摸金传人

MO JIN CHUAN REN

6 魔鬼古城

MO GUI GU CHENG

罗晓 著

SPM 南方出版传媒 广东人民出版社

·广州·

图书在版编目（CIP）数据

摸金传人．6／罗晓著．— 广州：广东人民出版社，2022.1
ISBN 978-7-218-15323-0

Ⅰ．①摸… Ⅱ．①罗… Ⅲ．①长篇小说—中国—当代 Ⅳ．①I247.5

中国版本图书馆CIP数据核字（2021）第213573号

MO JIN CHUAN REN 6
摸金传人．6
罗晓 著

出 版 人：肖风华

责任编辑：李力夫
责任技编：吴彦斌 周星奎
装帧设计：天下书装

出版发行：广东人民出版社
地　　址：广州市海珠区新港西路204号2号楼（邮政编码：510300）
电　　话：（020）85716809（总编室）
传　　真：（020）85716872
网　　址：http://www.gdpph.com
印　　刷：三河市万龙印装有限公司
开　　本：710mm×1000mm 1/16
印　　张：18 **字　　数：**250千
版　　次：2022年1月第1版
印　　次：2022年1月第1次印刷
定　　价：40.00元

如发现印装质量问题，影响阅读，请与出版社（020-85716849）联系调换。
售书热线：（020）85716826

目　录
Contents

第一章　古墓白僵 / 001

第二章　逃出生天 / 017

第三章　分道扬镳 / 034

第四章　魔鬼之城 / 051

第五章　城头狼战 / 068

第六章　再起分歧 / 085

第七章　又遇旧敌 / 102

第八章　智取苏少 / 119

第九章　险山圣地 / 136

第十章　寻得虎子 / 153

第十一章　圣地之谜 / 171

第十二章　噩兆来临 / 188

第十三章　神秘赌约 / 205

第十四章　赛宝计划 / 222

第十五章　兵锋初试 / 244

第十六章　黄山蹊径 / 263

第一章
古墓白僵

朱笑东一行人本想去魔鬼城找虎子和杨华的岳父、舅子，没想到误打误撞进了一座大墓。一路上处处都是机关陷阱，好不容易进了主墓室，结果刚打开棺盖就中了“女儿香”的毒。好在被杨薇和阿苏妮破解了，不然他们肯定会在这墓室中自相残杀，集体殉葬。

所有人都中毒后晕过去了，阿苏妮和朱笑东、杨薇准备把棺材彻底打开，看看这个把他们折腾了个半死的大墓的主人到底是何方神圣。

先前一顿折腾，朱笑东一直没机会细看石棺里到底有什么，阿苏妮、杨薇、朱笑东找来狼眼灯照进石棺。

石棺里面还是棺椁，木头金漆，棺椁盖上描着云纹飞鹤，金光闪闪，甚是耀眼，只是先前杨华在上面踩了不少脚印。似兰非兰、似麝非麝的女儿香多半便是混合在金粉里，可见那个设计者的手段高明，幸好被朱笑东识破。

先前温强、曾德宝两人推开石棺棺盖之际，发现被人打开过，但多半也就推开了上层的石棺盖子就中了女儿香，所以里面的木椁还没真正打开过。

阿苏妮取了手套，戴在手上，这是朱笑东吩咐的。此人能把毒物用到这么高明的地步，这让她不得不多上一个心眼，就算要开棺发财，也得小心一些，免得突遭不测。

杨薇、朱笑东没有手套，找来两块布片隔在手上，不让皮肤直接与棺椁接触。

和阿苏妮一人一头，抬起薄薄的棺椁盖子，放到一边。朱笑东有些迫不及待地回过头来，去探查那棺椁里面。

没想到这棺椁里面竟然还有一层椁，石棺的第一层木椁与第二层木椁之间又是严丝合缝，没有留下半点缝隙，自然也就看不到有什么值钱的陪葬品放置其中。

第二层椁盖深深嵌在第一层木椁里面，没办法直接抬起来挪开。朱笑东转身在地上找来两把撬棍，给了阿苏妮一把，自己拿了一把，又吩咐两个女的稍微左移一些，不要过分靠近，再用毛巾掩住口鼻，防止里面突然喷出毒烟之类的。

撬棍插进木椁一侧，轻轻往下一压，“咯吱……”一声，第二层木椁盖子慢慢升起，里面没有喷出毒烟，但是狼眼的光芒从缝隙中照射进去，却反射出来一片耀眼的黄光。

朱笑东、阿苏妮两人稍等了片刻，见里面没有什么动静，这才慢慢地抬起椁盖挪开。挪开盖子，众人看到其中躺着的是一位穿着元代蒙古贵族服饰、年龄在十七八岁的女孩子，浑身金光灿灿，仿若天人，保存完好，如同刚刚熟睡一般，面容甜美无暇，脸上还带着一丝甜甜的笑意。

朱笑东一眼见到，忍不住长出了一口气，随即一脸茫然地看着那女孩子。

杨薇有些暗恼，这女孩子容颜佳绝，虽不是倾国倾城，但也不在自己之下，又活脱脱一副春倦小睡的模样，很是撩人。看朱笑东一脸痴呆，八成是有了非分之想。

暗恼之际，杨薇忍不住悄悄在朱笑东的腰间掐了一把，提醒他赶快收起绮丽遐想，别一副色眯眯的样子，在阿苏妮面前失态。

阿苏妮却没去瞧那女孩子，她眼里只有女孩身上那件金光闪烁的衣服。这件衣服乃是素色纱底，上有金丝凤鹤牡丹团纹图案，缀着明珠、美玉，奢华但不失高贵，浓艳但不失清韵，图案线条柔和流畅，洒脱大方。阿苏妮一眼便看出来这件绝美的衣物必定是出自皇宫。这样一件衣物，如果完完整整地带出去，定是要比那一包财物有价值得多。

朱笑东被杨薇掐了一把，清醒过来，又见阿苏妮眼里的那抹神光，自然知道阿苏妮想要干什么，本来想要阻止，但是刚才让阿苏妮救了几个人，又让她亲手帮忙开棺也就不好阻止阿苏妮了。

朱笑东拉了杨薇，跟阿苏妮打了声招呼，说有事就大叫，然后退到一边去检查胖子等人的情况。

阿苏妮见朱笑东和杨薇走开，顿时大喜过望，当下也不顾忌许多，伸手扶起椁里女孩子，剥去那件金光灿烂的衣物。

没想到椁里的女孩子接触到生人气息，突然间就站了起来。

事出突然，阿苏妮“呃……”了一声，惊得一下子坐到地上。

那女孩睁开眼睛四处看了一遍，仿佛没发现什么可以惊扰她清梦的东西，又一仰身子，直挺挺地倒回棺椁，还想要睡个回笼觉似的。

听到阿苏妮的尖叫，朱笑东以为她是发现了什么值钱的宝贝，倒也没有在意，继续低头查看胖子的伤势。然而杨薇却怔怔地盯着他的身后，像看到了什么恐怖的东西，说不出话来。

朱笑东感到异样，抬头看见杨薇的样子，顿时知道事情肯定有变，急忙朝身后望去。

这一回头，他也惊得说不出话来了。只见刚才在棺中的女孩子，不知何时已经来到了朱笑东的身后，严格地说来，已经不是一个女孩子了，虽然还是穿了那件华美的衣服，但是那张脸以及暴露在外原本应该是芊芊玉指的手，都变得不成样子了。脸上的红润不见了，取而代之的是一片瘆人的惨白，那已经睁开的一双眼睛里黑少白多，已经深陷进眼眶之中，看起来就很是恐怖，十根手指黝黑枯瘦，鸡爪子一般，看着就让人心惊肉跳，这样子，分明就是一具僵尸！

正惶急之间，最先解毒的温强、曾德宝两人缓缓醒了过来。

曾德宝先前被胖子一脚踢开，这时正躺在朱笑东身后的角落里，他打了个哈欠，闭着眼睛，居然还伸了个懒腰，这才文绉绉地说了一句："啊……大梦谁先觉，平生我自知……这一觉，睡得……"

话还没说完，突然感觉到有冰冷坚硬的东西搭在自己的肩膀上，伸手一摸，又说道："老魏，魏九斤，你这家伙又拿人骨头来吓我，嘿嘿……不怕，我习惯了……"

猛然间感觉不对，睁开眼来一看，模模糊糊地看见一个男不男女不女，不知道是什么的东西，正张着黑黝黝的大嘴凑近自己。曾德宝忍不住大怒道："老魏，你，太过分了……"但曾德宝瞬间清醒过来，魏九斤早就死去多时，他当然不可能过分，过分的是自己，到现在还没能搞清楚状况。

这时杨薇才大叫一声："有僵尸……"

"僵尸……"曾德宝吃了一惊，这不是在做梦吧。梦里，自己还跟小翠花亲热过，怎么，眨眼就变僵尸了。

温强躺在不远的地方，估计也还没回过神来，淡淡地说了句："不就是个破僵尸吗……啊，僵尸……在哪里？在哪里……"

眼看这僵尸就要一口咬在曾德宝的头上，突然间"嘭"的一声，僵尸脑袋一歪，嘴巴咬空，发出“咔哒”一声响亮的牙齿咬合声。

朱笑东在急切之间，顺手在地上拿起一样东西，跑到曾德宝面前，“砰”地一下打在僵尸的脑袋上。

朱笑东这才注意到自己手里拿的是一把兵工铲，“砰”的那一声，是兵工铲拍在了僵尸的头上，要是用刃口去砍的话，可能还有点效果的，可是朱笑东急切之间哪里能顾得上那么多。

僵尸被朱笑东拍了一下，左边的眼珠子都被拍得掉了出来，这僵尸自然火大，一回头，盯着朱笑东，嘴巴张得可以塞进去一个斤把重的香瓜，发出一阵吼吼的声响，震得墓室顶上簌簌往下直掉尘土。

朱笑东哪里怕它跟自己示威，又是当头一铲，不过朱笑东依旧只是用拍的，没用砍。

这一下，算是彻底激怒了这僵尸，僵尸怒吼一声，弃了曾德宝，转身直扑朱笑东。

这僵尸灵活至极，完全不是朱笑东以前在电影里看见的那样。曾德宝稍微定下神来，见朱笑东和僵尸打得一塌糊涂，忍不住大叫道：“这是白凶，快拿糯米撒它……”

话才出口，猛然又想起，本来这次是带着糯米的，因为嘴巴里淡出鸟了，在半路上把那些糯米给煮着吃了，这正是自作孽不可活！

见没了糯米，曾德宝心里一阵慌乱，忙喊道：“快拿驴蹄子堵它的嘴！”

朱笑东和僵尸扭打成一团，一连拍中这僵尸四五铲子，但是惊慌中并没有意识到调转把头去砍，这一通下来，跟一个三四岁的小孩去扇一个成年人的耳光没有多大区别。

而这时，僵尸一伸手，倒抓住了兵工铲。朱笑东使劲回抽，但是哪里拿得回来。僵尸抓着兵工铲不放，朱笑东也不敢放手，唯恐一松手，这僵尸就拿了兵工铲回手一铲子抽到他脑袋上。

不过朱笑东脚下却没空闲，逮住机会就往这断身上招呼，但因为知道这僵尸是个女孩子，那些致命的要害部位，朱笑东自然是不愿去下手。所踢之处，也就不外乎大腿以下的腿脚，这对那僵尸来说，根本就没多大的伤害。

如此一来，那僵尸虽不至于立刻就断腿而倒，但是一时之间也站得不稳。一人一尸扭着一把兵工铲，推推攘攘却松不开手，虽然听曾德宝大喊快去拿驴蹄子，但朱笑东哪里有那机会。

温强站起身来，想要上前帮忙，但是刚走两步，却发现头重脚轻，一阵昏眩，竟然“扑通”一声又坐回到地上。温强还有些奇怪，怎么回事，自己不是在开棺的吗？细细一想，只记得刚刚推开石棺就闻到一股香味，很香，自己寻着香味走过去，突然发现一片春光，后来怎么回事就完全不记得了，难道自己是在不知不觉之中被这僵尸打晕了！

一想到自己在不知不觉中被僵尸打晕，又看着朱笑东正在跟僵尸做殊死搏斗，肯定就是朱笑东救下了自己。

想到这个，温强热血上涌，猛地站了起来，踉踉跄跄地扑到僵尸背后，拦腰一把抱住僵尸，一发力，把僵尸抱得双脚离地。没想到朱笑东正好一脚踢过来，没踢中僵尸，却踢在了温强的小腿骨上。

这一下，温强吃痛不住，和僵尸一齐扑向朱笑东。

温强和僵尸这一扑，朱笑东双手吃力不住，又担心僵尸会将自己扑倒，只得松开手指，任由僵尸抢过兵工铲，自己却勉强往后面退了一步。

“扑通”一声，温强和僵尸一起摔倒在地。僵尸伏在地上，抓着兵工铲，就往嘴巴里送，将鸡蛋大小的铲柄咬了个脆断，可能感觉到这不是能吃的，僵尸双手一挥，扔开成了两截的兵工铲，反手来抓背后的温强。

见僵尸两只手伸过来一阵胡乱扒抓，朱笑东赶紧上前抓住僵尸的一只手，死死地按在地上，大叫着："快来帮忙啊!"

阿苏妮、杨薇、曾德宝也忙得不可开交，阿苏妮去解昏睡过去的杨华身上的绳子，想故伎重施，用绳子捆缠僵尸。只是先前捆杨华的时候，唯恐这绳子捆得不结实、不牢靠，打了好多结现在要解开绳子，却半天找不到一个头绪出来，急得阿苏妮满头大汗。

杨薇则是到处寻找好用、顺手的武器，想要找到一件无坚不摧的武器，递给朱笑东也好，自己拿着，直接去和僵尸拼斗也好，关键是要能找到。可是偏偏眼睛能看到的，不是锈迹斑驳、不起作用的刀剑枪斧，就是梁三他们带来的挖土掘墓的工具，一时之间，一件稍微称手的也找不到。

曾德宝趴在地上，四处寻找先前掉在地上的驴蹄子，也不知道是怎么回事，明明记得那五六个驴蹄子就在身边的，这个时候偏偏又找不到了。

所以这个时候各忙各的，一片混乱。

朱笑东死命地按住僵尸的一只手，想着折断这只手臂，没想到这僵尸的力气不小，朱笑东咬着牙齿跟它掰手腕，一时之间也难决出胜负来。

就温强和朱笑东两人拼命按住僵尸，其他的人又没醒过来，没人上来帮忙，两人跟僵尸拼了一会儿力气，都已经手足酸软。

一个不慎，僵尸挣开朱笑东按住的那只手，在地上一撑，背温强站了起来。温强在背后用膝头猛顶僵尸的膝弯，本来是想让僵尸站立不稳，再次扑倒在地，没想到这僵尸借势便往后倒。

"砰"的一声，温强站立不稳，实实在在地摔了个四仰八叉，不曾想，地上正好有个骷髅头骨，温强倒地，骷髅头骨刚好顶在温强背心。上有僵尸猛砸，下有骷髅头顶着，温强只觉得一股钻心的剧痛传来，差点昏死过去，估计肋骨都被顶断了好几条，原本紧紧抱住僵尸的双手不由得一松。温强一松手，僵尸顿时挣脱温强的怀抱，差点就要站起来。

朱笑东眼看僵尸就要挣脱，一下子扑了上去。仓促间，朱笑东也顾不得形象，和这僵尸相拥相抱，差点就脸贴着脸搂在一起。僵尸似乎微微怔了怔，顿时有些酥软，一双鸡爪般的爪子软软地垂在地上。

朱笑东不明就里，还只当这僵尸也有力气用尽的时候，心下一喜，直接骑在僵尸身上，双手要去按那僵尸的手。

没想到那僵尸居然双手一动，挣开朱笑东的掌控，一伸手搂在朱笑东的脖子上，把朱笑东的脑袋往它嘴巴上按去。

曾德宝抱了一大堆驴蹄子，见朱笑东和这僵尸暧昧的样子，忍不住大叫："这是这老粽子发了情，要亲嘴儿的节奏！"

朱笑东苦不堪言，拼命地掐住僵尸的脖子，不让僵尸咬到，一张脸都憋得通红，暗骂：亲你个头，有想法你来！不过，危急之际，朱笑东哪里还能骂得出口，能憋住气、铆足力不让这死僵尸咬到就不错了。

温强躺在一人一尸身下，动弹不得，听曾德宝不知死活地胡说，忍不住骂道："我说你们两个要亲嘴儿什么的，别拉我当坐垫子啊，老子都快顶不住了。"

胡说归胡说，曾德宝动作却不慢，抱着驴蹄子跪倒在朱笑东和僵尸头边，拿了一只驴蹄子往僵尸嘴里塞去。

那僵尸闻到驴蹄子的味道更加兴奋起来，突然张开大嘴向朱笑东脸上咬去。朱笑东的脑袋，本来离僵尸的嘴巴就不远，它这一张嘴，白森森的牙齿，几乎就啃到了朱笑东的鼻子。

朱笑东大急，终于忍不住大叫：“快扳它的脑袋……”

曾德宝赶紧去抓那僵尸的头发，死命地往下压，没想到，这僵尸的头发，却是一挠一大把，挠了两把，连僵尸的头皮都给扯了下来，露出白森森的头骨，样子又恶心又恐怖。

这僵尸被曾德宝揪头发揪得凶性大发，突然放开朱笑东的脖子。

朱笑东本来就死命地往后挣，僵尸这突然一放，朱笑东身子一仰，往后便倒，只是他手上还掐着僵尸的脖子，一时之间忘记放开，他往后倒，僵尸自然也就被带得跟着坐了起来。

僵尸一坐起来，双手猛地往前一推，朱笑东十指吃力不住，硬生生在僵尸的脖子上抓掉两块皮肉，然后被推开。

推开骑在身上的朱笑东，僵尸几乎恢复自由，温强却顺势趴在僵尸背上，使出金蛇缠沾手，一双手从僵尸的腋下穿过，手掌死命按住僵尸的后脑勺，一双脚也缠住僵尸的双腿，整个人就像是附在了僵尸的身上，虽然制不住僵尸，但是却大大降低了僵尸的行动能力。

趁此机会，曾德宝将手里的驴蹄子送到大张着嘴巴的僵尸的嘴边。僵尸也不含糊，更不顾及背上的温强，一口咬住驴蹄子，差点连曾德宝的手指都咬住了。

僵尸的咬合力惊人，嘴巴一合，“咔嘣”一声，驴蹄子就被咬掉一半，一半掉在地上，另一半被僵尸“咔嘣咔嘣……”就嚼碎，“咕嘟”一声吞进了肚子。

曾德宝见僵尸主动吃驴蹄子，心里还说这次僵尸是死定了，禁不住有些得意，只是正得意间，见僵尸吃萝卜一般，把驴蹄子吞吃了下去。曾德宝不由得大惊，这驴蹄子怎么不灵！根据自己对摸金倒斗的研究，对付白凶，有糯米就成的，怎么连那能对付红毛妖尸的驴蹄子都不起作用了呢！

一瞬间，曾德宝又醒悟过来，能对付僵尸的是黑驴蹄子，自己手里的多半都是杂色的。那些给驴蹄子开光的道士，八成因为梁三给的钱少了，没真正用心，是以这些驴蹄子不大可能起作用。

可是，一时之间哪里有空去分辨真正的黑驴蹄子！没法子，这僵尸不是爱吃驴蹄子吗，一股脑儿全部喂它就是。

于是，见僵尸吞下半只驴蹄子，又张大了嘴，曾德宝毫不犹豫地又递上一只。僵尸自然不客气，一整只驴蹄子又被一口咬下一大半，三咀两嚼，“咕嘟”一声吞进了肚子。

曾德宝大惊，这僵尸牙口、胃口怎么都不是一般的好啊，吃这驴蹄子就像自己这辈子唯一的一次下馆子去吃那牛蹄筋一样，吃得又香又脆，狼吞虎咽也不怕给噎着！

曾德宝喂这僵尸吃着驴蹄子，越喂越是心惊，这次出来统共也就带了七只驴蹄子，这僵尸一口一只，这才不到几分钟，就已经给吃掉了五只，手里头就只剩下两只了，都还不知道哪只黑驴蹄子是真的。这僵尸吃驴蹄子像是吃了大补丸一般，不但没中毒，还强身健体了呢！自己对摸金倒斗的那些研究到底有用没有啊！

心里虽然想着这些，曾德宝手上可不敢停，拿了一只驴蹄子送到僵尸嘴边，别的不说，就这僵尸吃驴蹄子吃上了瘾一般，自己要不给，它铁定第一个找自己的麻烦，自己可没那本事扛得住这僵尸一击。

朱笑东被僵尸推倒在地，这时在地上一滚，爬起身来，正要再度上前去帮助温强，斜刺里杨薇递过一把藏刀。

朱笑东看了一眼僵尸，却不接藏刀，温强趴在僵尸的背上不肯放开，用藏刀这样的利器，极有可能误伤到温强。

那僵尸一连吃了曾德宝手里的六个驴蹄子，不但没有被制服，反而打了个饱嗝。这个饱嗝打完，僵尸的身体突然大了一圈，原本鸡爪子一般枯瘦的手爪子居然丰腴起来，身上好像也是该挺的地方更挺了些，该软的地方也更软了些，要不是死白的脸上还挂着一只被朱笑东给拍出来的眼睛珠子，头皮被曾德宝薅掉了，几乎就接近一个活生生的人了。

温强趴在僵尸的背上，却是有些惨然，他本来想用金蛇缠沾手控制住僵尸，但是现在看来这招就根本没用，不但没用，他也根本没办法脱离开去。他跟僵尸接触的地方，都有一些黑色的头发丝一样的东西，这些头发丝一样的东西钻进皮肉，吸食温强的血肉精气，却让温强没有任何的痛楚感觉，所以温强不曾防备，怪不得他缠住这僵尸，僵尸却一点儿也不在意。

待发现时却是已经迟了，温强也就只能眼睁睁地看着自己在突然间快速地消瘦起来，原本自己都有些引以为傲的手臂上的肌肉，以肉眼可见的速度在迅速萎缩，片刻之间，就已经皮包骨头。

温强黯然，这一趟出来倒斗，自己肯定是回不去了，好在自己是一个人吃饱全家不饿的孤家寡人，也没多少牵挂，死在这里也怨不得旁人，能出最后一点儿力气就出上一点儿力气吧，好歹先前老魏和梁国华都表现得英雄，自己就算是死，也不能死得窝囊！

想着，温强咬牙叫道："快想办法啊！我快撑不住啦……"说罢，温强伸头，一口咬在僵尸的右边脸上，活生生咬掉一块皮肉，也不管这僵尸肉的味道如何，张口吐掉，再咬，那样子，简直就跟僵尸吃人一般，不到片刻，竟然啃掉了僵尸半个脑袋上的皮肉。

僵尸本来好好地吃着曾德宝给过来的驴蹄子，对背上的温强不管不顾，不加理会，偏偏温强这个时候发起了狂，一口口地啃起它的皮肉来，真是岂有此理！一翻手，去抓温强的头发，恰恰温强刚刚做了个板寸，头发是没抓住，但是温强的脑袋上立刻留下五道深深的血槽。

温强连惨叫声都没发出来，那些头发丝一样的东西已经让他失去了痛感，连血都流出来得很少，大多都已经被僵尸身上长出来的头发丝一样的东西给吸食了，输送到僵尸体内，这才让僵尸变得丰腴起来。

僵尸身体虽是丰腴了些，但是一颗脑袋在温强疯狂的啃咬下也变得不成样子，恐怖至极。

僵尸被温强啃咬得发了狂，连曾德宝递到嘴边的最后的驴蹄子也不去吃了，又跳又蹦，不住地抓挠背上的温强，偏偏每次又抓不到温强的要害，虽然将温强一颗脑袋抓的血肉模糊，但依旧止不住温强那疯狂的啃咬。

温强没有了痛感，但是生命在一分一分消失，他却是有感觉的，知道已经到了最后一刻，温强一口咬在僵尸的后脖子上，不再松开。

朱笑东见温强一口口地在咬僵尸脸上的皮肉，就感觉到温强已经不成了，感念温强在最后一刻没有颓废，还强撑着跟僵尸搏斗，朱笑东猛扑了上去。

可惜，这个时候僵尸为了摆脱温强的垂死纠缠，在满墓室里不住地跳来蹦去，又是撞又是滚，想把伏在背上已经变成了一具骷髅但依旧死死地缠住它的温强摆脱或者撞散，朱笑东根本就没办法靠近。

僵尸满墓室的乱蹦乱跳也给阿苏妮以及杨薇都造成了极大的麻烦。

杨薇刚刚躲进角落，僵尸“砰”的一声撞到，差点把杨薇撞得吐出血来，半天也没爬起来，缓过神来，杨薇忍痛想要去抓僵尸，但是僵尸双脚一蹬却又撞向阿苏妮。

阿苏妮正在解绳子，僵尸从天而降，一下砸在阿苏妮背上，砸得阿苏妮闷哼了一声，狠狠地啃了一口地板，满嘴流血，半天没爬起来。

朱笑东和曾德宝两人追着僵尸四处奔跑，但是刚刚抓住僵尸的衣服，僵尸又跳开了，僵尸没抓住，却把它身上的那件凤鹤云纹牡丹素纱衣扯得七零八落、褴褛不堪。如此鸡飞狗跳一阵，曾德宝和朱笑东两人都累得直喘粗气。

僵尸发狂地乱撞乱碰不下百十来下，最后撞在石棺后面的那壁墙上，大约是觉得那个地方、那个姿势去撞背上的温强还比较有效，于是保持着那个姿势，对准了那一个地方，接二连三地连撞七八下，在“轰隆”一声中，温强终于软软地从僵尸背上掉落下来。

这时，温强全身的骨骼已经被僵尸撞得粉碎，掉落到地上的时候已经看不出是个人来。

僵尸摆脱了温强的纠缠，自然不肯给朱笑东等人喘息的机会，第一个看中的目标就是曾德宝，因为曾德宝手里有好吃的——那驴蹄子很补！

曾德宝根据他对摸金倒斗的研究，左闪右躲，始终不愿和僵尸正面接触，实力就摆在那里，除了躲没有什么办法。每每到了关键时刻，还好有朱笑东帮忙撑住，要不然，早就成了僵尸嘴中食物。

僵尸大约看准了曾德宝手里的驴蹄子，倒把朱笑东放在了一边，每当朱笑东上前阻拦，也是三拳两脚推开朱笑东或者踢开朱笑东，只要朱笑东滚到一边去就绝不追击，而是转身再去找曾德宝的麻烦。

曾德宝被追得鸡飞狗跳，情急之下跳进棺材，干脆躺在里面装死，没想到僵尸恼怒，直接一把将他从棺材里提了出来，拉到嘴边就一口咬将下去。

眼见僵尸对准曾德宝的手臂一口咬去，朱笑东顺手在地上捡了一根不知道是谁的大腿骨，插到僵尸嘴里，僵尸也不辨真假，将骨头咬在嘴里，“咔嗤……咔嗤……”一通乱嚼，可能感觉这骨头和驴蹄子的味道差别甚大，摆头吐掉再往曾德宝手臂上咬。

这一次，朱笑东却是递上了一把短矛，还把矛头直接往僵尸嘴里塞。

僵尸咬了一口，在矛头上留了一圈牙印，感觉不对，不由自主地放了曾德宝，拿手掏出嘴里的矛头，凑到那一只独眼面前细看。

曾德宝乘此机会，从僵尸手里逃了出来，只是又没地方躲，藏又藏不住，最后不得已，干脆就绕着石棺躲，想要借此阻拦僵尸，能苟延残喘片刻。

没想到这僵尸就是吃定了他，发现上了当，将铁矛头狠狠地往地下一扔，直接就跟在曾德宝屁股后面，前前后后、左左右右地绕了两圈，追得曾德宝鸡飞狗跳。只是这僵尸追得烦了，居然直接跳进棺材，就看着曾德宝在面前左左右右、前前后后地打转。

曾德宝绕着棺材跑了两圈，感觉僵尸没再追来，牛喘着，扶着石棺，想要透口气再说，没想到一手按下去，却按到一只人手，曾德宝还以为是朱笑东的手，说了句："你怎么也躲在这里……"

话还没说完，听见后面有响声，赶紧拉住那只手，说："快跑……"

那只手的主人却没动，曾德宝回头，想在危急的时候劝上朱笑东一句，没想到一转头正好对着僵尸既丑陋又恐怖的大嘴，还差点就亲了个嘴儿。

曾德宝一愣，随即"啊……"地长叫一声，张开的嘴巴差点就赛过了僵尸的那张血盆大嘴。

这一声惊叫把僵尸也吓了一跳，原本要去抓曾德宝的手也慌忙缩了回去，估计是温强把它啃咬得怕了吧，见到曾德宝张着大嘴，僵尸慌忙不跌地放开曾德宝，跳出了石棺。

没想到，僵尸这一跳却落到了胖子的身边，胖子这时刚刚苏醒过来，正撑起身子想要坐直起来。朱笑东唯恐僵尸乘机攻击胖子，赶紧拿了把大刀片子，从侧面一刀劈在僵尸的肩膀上。

这刀子砍在僵尸的肩膀之上，皮肉倒是给砍开了，但是却没能伤到骨头，而且，刀刃锈蚀过度，早没了以前的锋利。朱笑东抽刀回来，发现这刀不但卷了口，而且都变了形。

那僵尸冷森森地回头来看朱笑东，见朱笑东还想不管不顾地再砍上一刀，双手一伸，将刀片子从朱笑东手里抢了过来，凑到嘴边，嘴巴一张，“咔嘣”一口，咬在刀背上，差点就咬下一块来。

这时，胖子还迷迷糊糊地说了句：“晓娟儿，我儿子呢，咦，我们不是回了京城吗，怎么还在这儿……”

朱笑东见胖子无恙醒来，心里总算安慰了些，一边抵挡扔了大刀片子向自己扑过来的僵尸，一边叫道：“胖子，不想没有了东哥的话，就快点过来帮忙……”

胖子坐在地上，有些茫然：“东哥，怎么回事啊，你要我帮什么忙……”

朱笑东心头无奈，大叫：“胖子，有僵尸，温强都让他给……”一句话没说出来，又憋足力气抵抗僵尸的攻击。

“温强那小子怎么了？”胖子不解地问道。

见胖子醒过来，曾德宝大喜过望，现在在他看来，朱笑东他们这几个人，个个都是硬手，只是先前不小心中了毒，现在多一个人醒过来就多了一份力量啊，只是刚刚醒过来还不清楚目前的状况，这也不怪，不知者不怪。

曾德宝赶紧跑到胖子身边，拉起胖子，给他当了一回解说员，简单直接地说了眼前的情形。

胖子惊诧不已，这还了得：“还果真整出了个老粽子出来，看胖爷我的！”

说罢，胖子拖了藏刀，疾步跨到僵尸身后，照着僵尸的屁股就捅了去。

其实胖子也是没办法，朱笑东就在僵尸身前，砍得轻了，伤不到僵尸，要是砍得重了，以藏刀之利，恐怕又会误伤到朱笑东，所以胖子才出此下策。

这时，僵尸撅着屁股，一双手按住朱笑东的肩膀，拼命地想要在朱笑东的脖子上咬上一口，突然间只觉得后身有异，转头来看时，只见胖子举着一把明晃晃的藏刀，还要准备再来第二下。

僵尸想要转身去对付胖子，只是朱笑东见胖子得手，又哪里肯让僵尸有机会去对付胖子，赶紧抓住僵尸，大喝：“快，胖子……”

胖子当然快了，在僵尸还没转过身来时，藏刀已经再次捅了进去，而且直至没柄，还把藏刀搅了一转。

这时，僵尸再也忍不住了，猛力一推，推开朱笑东，然后双手捂在屁股上，又蹦了起来，只是这时候，它跳了几下，地上就多了一堆臭不可闻的东西，应该是被胖子给开了后门，肠肝之类的给搅了出来。

僵尸跳了一阵，估计是五脏六腑全都给掉了出来，跳到最后，“呯”的一声，倒在地上，不再动弹。

见僵尸躺在地上不再动弹，朱笑东长出了口气，曾德宝抹了一把冷汗，胖子却是笑道：“什么僵尸啊，胖爷我都还没玩够呢，这么快就玩完了……”

这时曾德宝回想温强的惨死，忍不住落泪下来，回身到有个破洞的这堵墙边，抱起已经看不出人样来的温强，想要把他稍微收拾的像样一点儿，然后好好地厚葬。

温强是个孤儿，跟曾德宝一伙混迹，平日里虽然不喜欢言语，但是对曾德宝等人也还算真心，这次出来，惨死异乡，不能魂归故里，少不得让曾德宝生出一番伤怀。

第二章

逃出生天

见曾德宝一个大老爷们儿哭得梨花带雨的，朱笑东也有些伤感。以前几次在外探险，所遇到的人大多都是钩心斗角、尔虞我诈，甚至有拔刀相向的。这一次，几帮原本毫无瓜葛的人却紧密合作，而且，梁三他们这一帮人为了大家还损失了三条人命，不管怎么说，这是一个沉甸甸的人情。

杨薇和阿苏妮两个女孩子见不得曾德宝落泪，也见不得温强那副惨相，搂在一起，一边陪着落泪，一边相互安慰。

胖子见到温强这个惨相，一时之间连想要轻松一下气氛都做不到。

陪着曾德宝抹了几把眼泪，胖子说："曾老哥，不管怎么说，温强的仇，兄弟我也给他报了，人死不能复生，曾老哥，你还得看开些，我们就好好安葬了老温吧。"

朱笑东也劝道："曾老哥，这摸金倒斗是刀口上舔血的行当，出去以后安安分分地做点其他的小买卖，就别再走这不归路了。对了，我们把温大哥好好地安葬一下，让他也落个好住处。"

“对!”胖子接嘴说：“这老粽子害死了老温，也好，我们就替老温把这老粽子的房屋家产抢过来，供老温享用，让这老粽子到了阴间，直接睡天桥底下去，有朝一日，这老粽子到了老温门口，让老温放狗咬它，好好出上这口气!”

胖子难受了一阵，又开始胡说八道。

曾德宝抹了一把眼泪，点了点头，现在梁三、杨华、烟锅叔、马大贵都还没醒过来，要走也得等他们四个人醒来一起走，眼下还有些时间去安葬温强。

曾德宝要整理一下温强的仪容，又问朱笑东该把温强怎样安葬才好。

朱笑东稍微沉思了片刻，起身到石棺旁边，见棺椁里面有现成的被盖之类的，虽是女孩子家的，但是让温强好好享受这老粽子的“闺房”倒也不错。

一阵折腾下来，僵尸身上那件凤鹤云纹牡丹素纱衣也便成了几缕分文不值的布条，这个时候，阿苏妮自然也就不再去想了。见朱笑东收拾棺椁，想要腾出地方让温强住进去，阿苏妮也过来，一半是为了帮忙，一半却是为了看看这棺椁里面到底还有没有更值钱的玩意儿。

没想到胖子也揣着这样的心思，也来帮忙“整理”，曾德宝这个时候倒没了其他的想法，只是一边整理温强的遗容，一边跟温强唠叨一些私房话。

杨薇没想到曾德宝一个大老爷们儿竟然会颓废到这个地步，想起自己跟朱笑东现在还困在这墓里，也有些黯然。

阿苏妮把狼眼调到最亮，把棺椁里每一个角落都看了一遍，甚至揭开里面陪葬的被服，终于在第三层被盖下面发现了几样金器。一套酒杯，一个酒壶，全是纯金的，造型粗犷，艺术风格质朴凝练，是最具代表性的元代早期官造金器，另外还有一对金箍，两块蝴蝶型的白玉佩，角落里还有一粒龙眼般大小，状如最低级别的昆仑干白玉的珠子。

阿苏妮手快，一伸手抢了酒杯、酒壶和那对白玉蝴蝶玉佩在手，胖子虽然只拿到那一对金箍，但两个人均是喜不自胜。

在阿苏妮眼里看来，被墓主人带在身边的陪葬之物，也就是墓主人最喜欢的，肯定就是最好、最值钱的，这酒杯、酒壶，这玉佩，肯定就是这整个墓里最值钱的了。当下，阿苏妮拿着酒杯、酒壶以及两块玉佩，欢天喜地地转身去装袋带走。

胖子看了一阵手上的金箍，渐渐又失望起来，其实先前装进背包里的好些东西的价值不知道要高过手上的这金箍多少倍，于是拿了那对金箍，追着阿苏妮，说："阿苏妮小姐，这金箍我可以送给你，能不能麻烦你让我欣赏一下你手里的酒杯和那对玉蝴蝶，怎么样？"

阿苏妮得意至极，这可是宝贝，价值连城，怎么能随便示人，便道："给你看也行，不过你得答应我一个条件，我就让你看上两分钟。"

胖子觍着脸，说："阿苏妮小姐，我就看你这些东西一眼，而且用一对金箍交换，这代价，嘿嘿……还不够吗？"

阿苏妮似笑非笑地说，"爱看不看，我可没求着你看，答应了我的条件，让你看，不答应就别来缠着我。"

胖子一咬牙："说吧，什么条件？"

阿苏妮眼睛珠子一转，说，"这个条件吗，你得先答应下来，我才能说，要不然，哼哼！"

胖子盯着阿苏妮看了半晌，摇着头说："我连你条件是什么都不知道，要是先答应下来，万一你坑我怎么办？现在僵尸这么值钱，倘若你要我把这僵尸给背出去，那我不是死翘翘了，还不如不看算了，不就是一堆破铜烂铁吗，有什么了不起！”

阿苏妮淡淡地一笑，不再理会胖子，自顾自地去找自己的背包出来。

胖子忍了好大一会儿，终于忍不了，追着阿苏妮说：“你说的条件，只要不是让我把僵尸给背出去，我就答应你，但是我得看好、看仔细，怎么样？”

“不行！”阿苏妮斩钉截铁地说道：“你看给了，天知道你怎样才算看仔细了！”

“那就让我把玩两天！”胖子忍痛说道，“我还不知道你什么条件呢，要是你看上胖子我了，我岂不是亏大了。”

胖子说着，又开始胡说八道：“我家里有个如花似玉的老婆，还有儿子，要是你看上了我，要我一辈子都不得离开你，我岂不是连祖宗八代都亏了进去。”

“去你的吧。”知道胖子喜欢胡说，阿苏妮正在高兴，也就不去计较，啐了胖子一口，随后又说，“我会看上你？你怎么不去让猪爬树……想看，答应我的条件，就给你看五分钟，否则免谈。”

“好！我答应你就是，快拿来我看看！”胖子始终敌不过好奇之心，不得已答应了阿苏妮的要求。

阿苏妮暗笑不已，从背包里拿了一个布袋出来，在背包里挑了十七八样收刮来的金银珠宝，满满地装了一布袋，扎好口子，然后递给胖子，说：“我的要求也没别的，就是不管怎么样，你得把这些东西给我带出去，然后交还给我。”

说着，趁胖子目瞪口呆之际，又把那酒杯酒壶、玉蝴蝶，一起放到胖子手里，催促胖子：“快看，我都开始计时了！”

胖子痛苦不已，自己为了看上五分钟这破酒杯酒壶，不但白白送了一对金箍给阿苏妮，现在竟然要沦落到给阿苏妮当苦力的地步，这到底是天作孽还是自作孽。

见胖子欲哭无泪，阿苏妮催促说："一分钟了，还有三分钟五十七秒，五十六……五十……"

"我不看了。"胖子带着哭音说。

"刚刚我还表扬你呢，说你是一个大老爷们儿……哼！"阿苏妮一伸手，从胖子手里拿回酒壶酒杯、蝴蝶玉佩以及那一袋子珍宝，不屑地说，"我就知道你们这些男人，没一个……"

胖子不等阿苏妮说完，一把抢过玉蝴蝶，说："我们男人怎么样了？不就是这个布袋子吗，又不是要我脑袋，就算是要我的脑袋，只要我答应下来了，你也尽管来拿就是。我们可不是你眼中那些没用的男人，胖爷我可是顶天立地的大英雄、大豪杰……"

阿苏妮抿嘴偷笑，瞬间，又正经八百地数着数："还有一分四十秒，三十九秒、三十八秒……二十秒……"

胖子急急忙忙翻看这酒杯酒壶以及蝴蝶玉佩，只是这个时候他真正领略到了一番光阴似箭的滋味。

一转眼，阿苏妮就已经数到："最后三十秒、二十九秒、二十五秒，十八秒……"

原来，阿苏妮的时间是跳着走的！

这边，胖子用一对金箍，另外加上不知道多长时间的苦力，在阿苏妮手里买下了一张参观金酒杯金酒壶以及蝴蝶玉佩的门票。

那边，杨薇站在朱笑东身边，帮着清理阿苏妮扫荡过的棺椁，朱笑东拿着那粒像干白玉珠子，在手里掂了掂，不由自主地叹了口气，然后要把珠子递给杨薇。

杨薇淡淡地摇了摇头，说："这是死人的东西，我不想要，何况这又不是什么值钱的玩意儿，那么多值钱的玩意儿，你都不要，要这颗普普通通的石头干什么!”

朱笑东又是叹了口气，说:“你跟我进一次墓，也不容易，就拿着它做个纪念吧!”

杨薇坚决不肯要，还劝朱笑东:“实在要留个念想，就找一件好看一点的，精巧一点的，能不能值钱，都不重要。”

朱笑东摇头苦笑了片刻，顺手将珠子揣进衣袋，然后继续帮温强整理“新家”。

这时，烟锅叔、杨华、马大贵陆续醒转过来，最后一个醒过来的是梁三，听说温强为了大家活生生地被僵尸撞得全身上下没有一块完整的骨头，居然搂着温强大哭了一场，其余的人也是各自喟叹了一阵，又去安慰了梁三一阵。

把温强放进棺椁，梁三竟然“扑通”一声跪倒在棺头，再次痛哭了一场，然后发誓说，来世，一定要再做一场同生共死的兄弟……

然后准备清理背包，再找出路。

在整理背包的时候，梁三特地把朱笑东叫了过去，把他自己先前装好的背包里的金银财宝“哗啦”一声倒在了地上，拿起一块金盘，问朱笑东:“这能值多少钱?”然后再拿起一个金碗，又问朱笑东,“这能值多少钱?”

梁三等人对古董古玩不是很熟悉，在装这些东西的时候选择的大多是金银器皿。在朱笑东看来，这些东西既笨重又不怎么值钱，要把这些沉重的金属制品徒步带出大漠戈壁，实在是不大容易。

不过，朱笑东明白梁三的意思，梁三先前说过了，只想找老粽子为魏九斤和二叔等人要上一笔安家费，多的，这个时候也不要了。朱笑东虽然知道梁三这时已经是心如死灰了，但是感慨他还坦率，于是一一作答。

“其实，元代金器不仅具有极高的艺术价值，更具有极高的研究价值，九十年代，香港佳士德拍卖会上，推出一顶一尺多高的元代金丝凤冠，成交价超过了十万港元，这样的成交价相对于其他时期的金器而言，并不能算很高的，与元代金器在中国金器史上的地位也是十分不相称的，如果是收藏的话，按现在的价值，最少不低于一百万元。”

“元代历史短暂，却有极为灿烂的艺术成就，就像你这只金盘子，如果说元以前的金器只是一种工艺品，那元代金器就可以被提升为一种艺术品。它的市场价值、收藏价值应该不在唐、明时代的金器之下，仅仅就是你这块盘子，按现在的价值，最少也得在两百万元左右……”

“你这一串翡翠珠子那就真的值钱了，记得在不久以前，我偶然看了一个节目，里面说像这样的冰种水清地翡翠珠子，拍卖价高达一千五百万元，如果梁三哥你真的只是要替老魏他们要安家费，有这串珠子，再捎带两件，也就足够了！”

梁三不禁一阵长叹，突如其来的财宝却让他无所适从，一个处理不好就成了祸害，这可不是中彩票。而阿苏妮等人也同样为这件事情发愁，倘若只是带几件出去，小心一些还不至于多麻烦，但是人心不足蛇吞象，这满地的财宝，谁不想多带一些！

杨华、烟锅叔、胖子、杨薇早收拾好了背包，只等朱笑东说上一声“走”就要开拔。可是，梁三等人却委实难以取舍，实在做不到像朱笑东他们那样潇洒自如，轻装前进。

朱笑东也不着急，不去打搅梁三等人，让他们自己做好决定。

烟锅叔背着背包，跟朱笑东一起四处查看，寻找出路。见先前被僵尸撞塌了一块的墙壁处有一个不小的洞，烟锅叔试着去推那洞口边的夯土。

没想到这一推，居然发现这被僵尸撞过的地方竟然也有一条盗洞，走向基本上跟墓室的墙壁平行，估计当时打盗洞的人计算有点失误，和这墓室仅仅一墙之隔。

对于盗洞烟锅叔虽算不上个中高手，但还是有一定的研究的，稍微研究了一阵，就回头对朱笑东说：“这条盗洞，已经很有些年头了，估计就是那帮互相残杀的人打的，人多，打得也比较宽敞，去向是我们过来的方向，不知道小朱老板要不要再去看看……”

在这地下也不知道时间，大家都只知道疲累至极了就休息上一会儿，不过估计也过了好几天的时间了，只是算过了这么久，却没见到真正的墓主，烟锅叔自然有些不大甘心，他这是出于摸金者的本性。

朱笑东叹了口气，说：“眼下，剩下的狼眼只有三支，而且都已经用过了一段时间了，估计也撑不了太长的时间，这墓里机关遍布，没有照明的手电，那是寸步难行。再就是现在大家的水都被用得一干二净，要是不赶紧找到出路，找到水源，大家都只有死路一条。”至于水是怎么用完的，用不着说，大家也心里明白。

五个人在盗洞里商议了一阵，决定顺着以前这条盗洞先出去再说，至于这里留下的不解之谜，以后有机会的话，再来一探这墓真相也不迟。

正说话间，耳听得墓室里传来一声怒吼，紧接着就是一阵“噼里啪啦”的乱响，其间夹着马大贵、曾德宝的惊叫声。

朱笑东没有犹豫，一返身回到墓室，不知怎么回事，先前已经倒地不动的那具僵尸居然又蹦跶起来了。

此时，梁三被僵尸推得背靠在墙上，被掐着脖子。梁三一张脸憋得通红，连吃奶的力气都用出来了，拼命要把它的嘴巴推开。

朱笑东细看之下发现这僵尸已经不似先前那个女僵尸了，这僵尸脸上稀烂，流着让人恶心至极的脓液，偶尔还能看到几条虫子在僵尸的眼眶里爬进爬出。朱笑东看着，胃就不住地抽搐。

不过朱笑东顾不得呕吐，大声要曾德宝、马大贵以及阿苏妮等人先退进盗洞，做好撤退的准备。

胖子大叫道："不好，我们抢了这老粽子的家当，它找我们报仇来了……"说着，蹿上前去，要再次给僵尸开上一道后门。不过这次却没那么幸运，藏刀刚刚伸到僵尸的背后，梁三竭力一顶，把僵尸顶得往后退了一步，胖子的藏刀本来是要给僵尸开个后门的，却差点将梁三开膛剖腹。

险些误伤了梁三，胖子吓出了一身冷汗，慌忙退开，站到一边寻找下手的机会。

朱笑东却是不管不顾，拿着藏刀，趁胖子退开，露出一些空隙，一刀劈在僵尸的背上。

以藏刀之利，朱笑东之力，砍在僵尸的后背，居然如同砍在破革之上，一连砍了两刀，也就是给僵尸挠了两下痒痒，不仅没对僵尸造成多大伤害，反而让朱笑东自己手掌发麻。

不过朱笑东这两下对僵尸造成了不小的干扰，梁三死命地挣扎，借此机会挣脱了僵尸的控制。

梁三跟僵尸拼了一阵，差点力竭，脱开僵尸控制之后蹲到一边，不住地喘气。

僵尸撇开了梁三，回头直接扑向朱笑东。胖子和朱笑东两人肩并肩抵挡僵尸的攻击，不多一会儿，便有些支持不住的迹象。

胖子一连砍了僵尸的手臂几刀，焦急不已地问朱笑东："东哥，这老粽子练过金钟罩铁布衫，刀枪不入，怎么办？"

曾德宝被烟锅叔拉到安全的地方，躲在盗洞口子边大叫："这是红毛妖尸，只有黑驴蹄子才能制得住它……"

朱笑东却大喊："快！用火攻试试。"

看样子，这僵尸的本质跟以前在湘南遇到的那只山魈差不多，多半是被人施了蛊，但是比那山魈却要恐怖得多，山魈还能砍死，这僵尸却是刀枪不入，要想彻底解决，只能想些其他的办法。

在这样的情况下，阿苏妮居然还是不舍自己的那份金银财宝，把自己那只背包拖到盗洞口边，这才提了藏刀，返身回来帮着对付僵尸。

阿苏妮有功夫，下手又狠又准，砍、劈、削、刺，藏刀在她手里比朱笑东和胖子两人的威力还要大得多。

僵尸受到三个人的围攻，但仗着皮坚骨韧，依然左冲右突，横冲直撞，凶悍异常，让三个人险象环生。不过这僵尸终究只是蛊毒之类的低级类人生命体，做出的攻击动作几乎都是出自本能的条件反射，比不得智慧人类，往往几乎得手之际，都在受到干扰的情况下又转头去攻击其他干扰它的人。

饶是如此也让朱笑东等人疲惫不堪，虽然它一时之间奈何不得几个人，但是长此下去，就算是累，也会活活把朱笑东等人累死。

梁三稍微喘顺了气，在地上抓了一把兵工铲，见僵尸把胖子带得往它怀里，一张嘴里露着白得瘆人的牙齿，就要一口咬将下去。在这千钧一发之际，梁三直接从胖子身后跳出，将兵工铲塞到僵尸嘴里，然后把胖子往后一拉。

僵尸嘴里碰到兵工铲，毫不犹豫地一口咬在铲上，“咔嘣”一声，五毫米厚的钢铲，居然被僵尸一口咬了个月牙儿般的缺口出来，然后又是几声令人牙酸的吱吱声响过，僵尸居然嚼碎了嘴里的那片钢块儿，要吞进早已没有了肠肝肚腹的肚子里面。

钢块碎屑从僵尸只剩下一些筋骨的喉咙处往下掉，看得朱笑东等人又是心慌又是恶心。

趁着吞咽钢铲的机会，朱笑东一刀斩在僵尸只剩半边的脖子上，原本是想一刀砍掉僵尸的脑袋，没想到这僵尸的脖子比其他的地方还要硬，僵尸脑袋一歪，就夹住了朱笑东的藏刀，一只手毫不犹豫地抓向朱笑东。

朱笑东想要后退，却依旧没能及时退开，被僵尸一把抓住了衣服，半晌挣不开来。

情急之下，朱笑东一双手死命抓了僵尸的这只手，本想扯开它好逃出生天，没想到胖子见朱笑东危急，竟然主动弃了藏刀，直接上前，一伸手扭住了僵尸的另一只手。

这僵尸虽然厉害，但是体型却是一个女孩子，比朱笑东和胖子两人都要低矮不少，两个人各自扭了它两只手，拼命往两边拉，想要直接将它手臂扯掉。

僵尸两只手被抓，还没明白状况，梁三一弓腰，又抓了它一只脚，使劲一扳，僵尸顿时失了重心，仰面便倒。

阿苏妮见此机会，自然不肯错失良机，一转眼抓了僵尸的另一只脚，四个人便把僵尸抬了起来。

朱笑东见此机会，大喝："扯……"

胖子也高喊："对，给这老粽子来个五马分尸……"

于是四个人分了四个方向，拼尽全力，想要把这僵尸直接扯个稀巴烂。

想不到这僵尸力大惊人，双手双脚一屈一伸，几乎让四个人差点抓捏不住，根本不能一起使力。

烟锅叔、杨华两人早就跃跃欲试，要不是手里没有趁手的家伙，只怕早就扑了过来。这时见朱笑东四个人把僵尸擒住，却苦于一时之间制服不了，俱是发一声喊，跑了过来，一个人帮了朱笑东，一个人跟胖子在一起，几个人一起狂拽僵尸。

曾德宝和马大贵两人自然也不甘落后，分别扑过来，帮梁三和阿苏妮两人拽了僵尸的两只脚，一起撕扯。

八个人一起上，分四个方向扯这僵尸，也仅仅是刚刚好能和僵尸势均力敌，想要再进一步却很是困难。

百忙之中，曾德宝还想要用驴蹄子对付这僵尸，可是一时之间却腾不出手来，一转眼，看见杨薇拿了些绳子，大叫：“给它喂驴蹄子，最后这只驴蹄子，肯定就是真的黑驴蹄子……”

朱笑东却大喊：“大家伙儿一起撞它……”

胖子也说：“对！拿它撞钟。”

“撞死它！”梁三暴喝。

于是八个人揪住僵尸，跌跌撞撞，拉拉扯扯，半拖半抬，到了墓室壁边，把僵尸的脑袋对准墓壁，喊起号子“一二三……”，“呯”的一声，把僵尸撞在墓壁上。

这僵尸脑袋“呯”的一声，撞在夯土墓壁上，硬生生地把墓壁撞了一个碗口大的凹陷，如此巨力，居然没能把僵尸的颈骨撞折，反而让僵尸挣扎更剧。

众人不敢有丝毫懈怠，继续喊着号子：“一二三……”，“呯”，“一二三……”，“呯”地撞个不停，把墓室壁上的夯土都撞得有些酥了。

一连撞了七八下，墓壁上的夯土被撞出来半个足球大个小的坑来，居然只是让僵尸发了蒙，少了一些挣扎。

胖子见墓室壁都被撞得酥了，扑簌簌直往下掉土块，又叫道：“换个地方，这地方不成了。”

朱笑东却大叫：“杨薇……快，找些能燃的，用火烧它……”

梁三大叫：“那边放风灯里有煤油，快拿过来……”

烟锅叔说：“我们不能停，换个地方再继续撞它……”

于是，八人换了个地方，继续撞击僵尸的脑袋，等待杨薇拿来煤油。

杨薇找了一圈，发现风灯里的煤油也只有不足二两，拿去引火实在可惜，毕竟干掉僵尸之后，还要走不短的盗洞，有这二两煤油，到时候能救命也说不定。

除了煤油，其他的可燃之物却是极难找到，杨薇慌忙之间，一脚踢到一样东西，拿起来一看，是先前被梁三差点当蜡烛点燃的炸药，而且是最大的那一卷，七管炸药绑在一起的！只是里面没有导火索雷管。

梁三大叫："再找，我记得还有一支两管的，那上面有雷管……"

杨薇找了一阵，终于在墓门边发现了那两管炸药，只是不知道是谁在上面踩了一脚，把好好的炸药卷踩得变了形，还好雷管、导火索都还在。

杨薇也没多想，直接拿了两卷炸药，又在地上找了块布片，将九管炸药包扎在一起，包扎完毕，却又问道："要怎么放？"

这时，朱笑东等人抬着僵尸撞钟，把第二处墙壁又撞了个洞出来，见僵尸还在挣扎，也就不敢松懈，呼喝着要大家加把劲儿，再狠狠撞它几下。

大家都是憋了一肚子火，遇到这个能痛打落水狗的机会，自然没人会轻易罢手，再换了一个地方，个个都铆足力气，喊着号子，"呼呼……"地撞个不停。

一连撞了这么久，僵尸的眼睛、鼻子、嘴巴，脑袋上所有的洞眼儿里都塞满了夯土碎末，虽然还在挣扎，但是力度却微弱了很多。这时，杨薇又抱着一大包炸药跑了过来。

见僵尸还在挣扎，胖子叫道："这僵尸撞不死。嫂子，拿根绳子来，把炸药绑在它身上……"

杨薇答应了一声，赶紧又回身找来一根绳子，见绳头有个套子，趁朱笑东拉回僵尸的那一片刻间，将绳套套住僵尸的脑袋，又在僵尸的大腿上绕了两圈，想要把炸药绑上，只是后面人多，却有些不大顺手。

阿苏妮和梁三等人见状，大喊朱笑东等人不要停，稍微减慢速度，然后放开僵尸的双脚，僵尸的双脚一阵乱弹，但是在阿苏妮等人快速地捆绑下，没过片刻，就被缠了个结结实实。

捆住了僵尸的双脚，还剩几米长的绳子。梁三抢过杨薇手里的炸药，死死地把炸药绑在僵尸的小腹处。

梁三立刻就要去点燃炸药，朱笑东却大叫："把打火机留下，其余的人先走，要不然等下大家一块儿走，会慌乱不堪。"

盗洞里狭窄，容不下太多的人一齐走，要想大家都能安全逃离，就只能陆陆续续地撤退。

梁三应了一声，却要阿苏妮、杨薇、马大贵等人先走，自己一定要亲手点燃导火索，为二叔梁国华、魏九斤、温强三人放个响亮的大炮。

朱笑东不得已，要杨华去帮忙把背包带出去，杨华只得应了，拼命拖了两只背包，去追赶烟锅叔和杨薇等人。

见其余的人都安全撤离，就剩下朱笑东、胖子和梁三三人，梁三摁燃打火机，点燃导火索，招呼了朱笑东和胖子两人一声，然后急忙去追赶烟锅叔等人。

朱笑东和胖子两人使出吃奶的力气，最后一次把僵尸的脑袋撞进夯土洞里，然后大喊一声，一齐放手，没命地逃进盗洞。

朱笑东和胖子两人钻进盗洞，还没跑出十米远，身后轰然一声巨响，顿时地动山摇，连盗洞都禁不住垮塌起来。

巨大的气浪把朱笑东和胖子两个人推倒在盗洞里，像是两颗在枪膛里的子弹，一下子顺着盗洞滑出去好远。朱笑东走在最后，还好背后有背包挡着，不然剧烈的气浪会撕烂他的后背。饶是如此，朱笑东也被震得脑袋发晕，眼前金星直冒。

终于逃过了一劫，还没等朱笑东回过神来，头顶上又开始掉落泥土灰尘，朱笑东脑袋昏昏的，手足酸软，寸步难行。

猛然间，只觉得有人拉了自己的衣服领口，强行往前拖动。原来，大部分的气浪让朱笑东挡住，胖子却是没受到多大的影响，见朱笑东没能跟上来，这盗洞又快坍塌，自然奋不顾身地回头来拉朱笑东。

烟锅叔带着众人，在不断摇晃垮塌的盗洞里穿行，走了将近半个小时，眼前终于出现了一团模模糊糊的光亮，看样子，已经是到了出口。

烟锅叔发一声喊，说是快到出口了，而且还看见了天上的太阳，看样子，时间还不晚，正是中午前后。众人顿时大是兴奋，不知道在墓里待了多久，总算是能重见天日了！

只是几个人刚刚爬出到洞口，整个盗洞便陆续垮塌下来。

洞口开在一处土坡的半山腰处，几个人惊慌失措地出了洞口，还没站稳，胖子便拖着朱笑东冲了出来，把前面的梁三一撞，一行人顿时全部倒地，朝山脚滚落。

众人一路翻滚，直滚到山脚稍微平坦的地方才停下来，待众人晕头转向，惊魂未定地回过头来看，只见土坡上在盗洞以上不到十来米的地方已经消失不见了，估计是梁三最后一炮把整个墓室都给炸塌了，以致土坡的整个山头都已经塌陷下去。按这个情况来估计，朱笑东等人经过的地方只是整个墓里极小的一部分地方，只是先前说这个墓里，给朱笑东等人留下太多的谜，以后怕是再没有机会进去一探究竟了。

众人躺在地上足足休息了半个小时，这才起身打量周围的地形。

满峡谷一片葱绿，高高矮矮的树木以及高原特有的植物遮住众人的视线，根本看不见这峡谷到底有多宽广、深远。阿苏妮皱着眉头，这个地方自己从没来过！

“从来没来过？”朱笑东有些疑惑地问道。

阿苏妮神色复杂地点点头，这里自己确实没来过，不过按自己的估算，现在的位置应该离新月谷不太远。

胖子坐在地上，满怀希望地问道：“不太远是多远？”

阿苏妮回答道：“几十公里也有可能，或者更远，不知道在墓里走了几天，反正我没来过，谁知道到底有多远！”

“那现在该怎么办？”梁三问道。

“怎么办？”阿苏妮看了一下天上的太阳，说：“我们是从南方往这边走的，现在只能往回走……”

朱笑东看着阿苏妮，问：“你现在就要回去？”

胖子失声问：“你不带我们去找虎子了？”

阿苏妮摇了摇头：“很明显，我们迷路了，现在要先找到回去的路，然后再想办法。”

杨华很是不满，直截了当地说道：“阿苏妮小姐，你根本不是迷路了，现在你有了这么多的财宝，不愿继续给我们当向导才是吧。”

其实朱笑东也有这个想法，只是朱笑东不好直接说出来而已。梁三和曾德宝两人现在不跟着去找虎子，这不能怪他们，但是阿苏妮是自己请的向导，而且报酬可是高达一千万元，这些财宝虽然不止一千来万元，但是说出口的话应该兑现才是。

阿苏妮不冷不热地回答说：“现在我自己都迷了路。我怎么知道魔鬼城在哪边，我说要往南方走，也是为了大家好，你们一定要这么说，那也由得你们。再说，我只答应帮你们带到魔鬼城边上，并没说一定得帮你们找到人，我们到了这地方，你们一定不愿意跟我走，我的职责也尽到了，你要怎么说，随你!”

顿了顿，阿苏妮继续说道：“你们也看到了，现在我们手里连水都没有了，再往前走，这跟去送死又有什么分别。再说，找到出路之后，我也没说就不再帮忙了，你还想要怎么样?”

阿苏妮连讥带哄，软硬兼施，一句话，就是坚持要往南走，南边找到出路的机会大些。话说回来，这一大背包金银财物何止一千来万元，既有如此身价，朱笑东等人又不愿理解尊重自己，又何必再给朱笑东卖命下去。

第三章
分道扬镳

杨华有些语塞，一时间找不出反驳的话来，一张脸憋得通红。

朱笑东稍微想了想，说："阿苏妮小姐，你一定要回去，我也不想阻拦，但是你说把我们带到魔鬼城边上，这魔鬼城到底在哪里呢？我不想要求你什么，但是请你给我们指条明路。"

阿苏妮脸上一红，过了半晌才说道："既然如此，我也就不再瞒你，实话跟你说，上次我遇到那虎子他们，确实是在魔鬼城边上，那里是我最后见到他们的地方，无论你信与不信，我能做的也就这么多了……"

见朱笑东等人执意不肯跟自己往南边去寻找出路，看来这分歧已经是无法达成共识了，阿苏妮摸出一张纸条，那是朱笑东打给她的那一张一千万元的欠条。阿苏妮把欠条伸到朱笑东面前，说："对不起，既然你们不愿要我这个向导，这个我还给你，从此我们就两不相欠了。"

胖子有些怒意，喝道："男子汉，大丈夫，你怎么能说话不算数！"

阿苏妮冷冷地说道："对不起，我不是男人，更不是什么大丈夫，我本来想带你们一起去找出路的，但是你们不肯，那就只有好聚好散了。”

胖子怒极，要上前跟阿苏妮理论，朱笑东拦住胖子，然后回头说道：“阿苏妮小姐，既然你是迷了路，我觉得这出路并不一定就是往南走，不如……”

阿苏妮却不回答朱笑东，只是说道：“你也知道，我们从南边过来的，现在往南方走的机会明明要大很多，但是你们一再坚持，要从其他方向找出路，我还有什么话好说。话也就这么跟你们说了，要不要跟我走那是你们自己的事。”

阿苏妮说着，将朱笑东的那张欠条扔在地上，也不管朱笑东是否会收回，自顾自地整理好背包，往南方走去。

梁三、曾德宝、马大贵三人有些尴尬，看着朱笑东，想要去劝劝朱笑东，还是一起跟阿苏妮先找出路再说。

朱笑东弯腰将阿苏妮扔在地上的欠条捡了起来，叹了口气，对梁三等人说道：“老梁，用不着劝我们，我们要找的都是我们的亲人，到了这一步，我们不能不走下去。你们原本就不是为这事来的，你们不愿跟我们一起走，我不会怪你们的。”

梁三不舍，这一路上多亏有朱笑东他们照顾，虽然丢下了三个人，但也算是满载而归。当下，梁三含着泪花，给朱笑东留下了自己的地址以及联系方式，要朱笑东找到虎子等人之后无论如何也要到他那里去一趟。

朱笑东劝道：“这地方阿苏妮也没来过，能不能走出去就是看天意，出路未必真的就会在阿苏妮走的那个方向。”

梁三却说，怎么说阿苏妮也是当地人，跟着她走，机会应该大上许多。

朱笑东摇头不语，现在都已经迷路了，身上连水都没有，自己直觉往南走行不通，但是这仅仅是自己的直觉，要用言语来解释清楚，做到以理服人，朱笑东却是没办法。

于是梁三等人跟杨华、胖子、杨薇、朱笑东等人道过了珍重，也是转身去追赶阿苏妮。

阿苏妮带着梁三等人走了之后，胖子骂骂咧咧的，却又不知道在骂些什么，在骂谁。

杨薇忍住泪，问朱笑东："接下来该怎么办？"朱笑东看着垂头丧气的烟锅叔和杨华两人，叹了口气，说："可能阿苏妮真的是没来过这个地方，确实不知道这里的情况，不过，我觉得出路不在那个方向也仅仅是直觉，往后走会怎么样，我也不知道，你们不会怪我吧？"

胖子骂了一句，又毫不犹豫地说道："我们相信东哥你的直觉。想当初，我们哪次在枪林弹雨里摸爬滚打，不是在东哥的英明指挥下才得以安然脱身，他们要去找死，谁能拦得住啊！"

杨薇点点头，默默地收拾起背包。

朱笑东一行五人，走了跟阿苏妮相反的方向，往峡谷深处前进。

一路上，五个人默默无言，只是越往前走，林木越是幽深，见不到一只飞禽走兽，整个林子里一片死寂。

约莫走了好几公里，朱笑东忍不住说道："胖子，给说个笑话吧，这一路上死气沉沉的，影响士气。"

胖子恼恨阿苏妮这个女人不讲义气、言而无信，得了好处就转身逃跑，朱笑东要他讲个笑话，他哪里还有心情。

见胖子不肯开口，朱笑东想了想，说："你们知道这次墓里最值钱的东西是什么吗？"

胖子心不在焉，最好的东西估计就是阿苏妮拿走的那套黄金酒具，早知道这个结果，自己怎么也不会答应给阿苏妮做苦力的，白白帮她背了十几件东西出来。

一想到自己还帮着阿苏妮背着一个布袋，里面还有十几件东西，胖子心里稍微好受了点，可能阿苏妮走得匆忙，根本就忘记了自己还帮她背着一个布袋，这布袋里的东西就算是违约金——扣押了它！

朱笑东却笑着说道："不知道你们听说过夜明珠这个东西没有？"

杨薇想起在给温强收拾棺椁时，朱笑东曾经要她收下一颗龙眼般大小的白色珠子，只是当时自己给拒绝了，现在朱笑东说起夜明珠，莫非那颗珠子就是所谓的夜明珠。

胖子在朱笑东找司慧朋报仇的时候就亲自拿过夜明珠，那颗夜明珠，当时姚观心的估价就在两亿元左右。朱笑东的二叔朱谨榆后来也说，其实当时见到那颗珠子的时候，就估价实际价值在一亿元以上，三亿元以下，只是那颗珠子最后还是被碾成了粉末。

杨华、烟锅叔两人也是听过这件事的，只是没亲眼见过那种价值连城的宝贝，见朱笑东说起夜明珠的事，提起了些精神。

朱笑东有些得意："所谓夜明珠，指的是一种稀有的矿物质，古代有称'随珠''悬珠''明月珠'等。通常情况下所说的夜明珠是指荧光石、夜光石，它是大地里的一些发光物质集聚于矿石中形成的，含有这些发光稀有元素的石头，经过加工，就是人们所说的夜明珠，常有黄绿、浅蓝、橙红等颜色。把荧光石放到白色荧光灯下照一照，它就会发出美丽的荧光……"

杨华理了理头绪，问道："这么说起来，其实夜明珠倒应该是普通之物了？可是我听说到的怎么都是神奇至极的奇珍异宝，应该是神话传说里才有的呢？"

朱笑东笑了笑，说："其实，这是你们把荧光石和真正的夜明珠混为一谈了。仅仅是荧光石夜明珠，就有自行发光和被动发光的分别，荧光石夜明珠具备吸收太阳光后才会发光的特点，这个应该算是被动发光的一种夜明珠，现在都具备了人造这类夜明珠的条件……”

“另外一种夜明珠，则是不需要借助任何外界能量进行激发，而是靠自身含有的碳、氚、钷、镭、钍等放射性同位素作为激活剂，成为靠自身激发而发光的永久性夜明珠。胖子，你还记得我拿给司慧朋的那一颗夜明珠吧，就是属于这一类的。”

“还不是让你直接给毁了。”胖子依旧心不在焉地说道。

“嘿嘿……”朱笑东笑了两声，说：“那颗珠子，说是珍贵，也就只是少见而已……说能值多少钱，其实也就是有些世俗，真正的夜明珠，哼哼……”

胖子没好气地责问：“你这‘哼哼’两声是什么意思？两亿多元的钞票，世俗？有本事多拿几个两亿多元的珠子给我，让我世俗一回！”

朱笑东“呵呵”笑着说道：“据我所知，萤光石成分的夜明珠真的不算什么，你们知不知道有种叫作‘六方晶系陨石钻石’的东西？”

“六方晶系陨石钻石……”几个人觉得这个名字有些特别，很耳熟，但是一时之间想不起在哪里听见过这个名字。

朱笑东笑了一阵，得意地说道：“我这么说吧，在七十年代，曾经发现一粒重量只有几十克拉，直径不到两公分，宛如一颗寻常石子的东西，强光刺激后，夜里能发光，其光能看清三米范围内的一切物体，距离半尺左右，能看清最小的铅字的六方晶系陨石钻石，当时就估价七千万美元……”

“啊……”胖子忍不住惊叫了一声，那个年代的七千万美元，折合人民币该是多少钱啊。现在，这价钱又提高了多少倍？这个不用多想也知道，也就是说，如果是现在有这么一颗珠子的话，最少不会低于三十亿元，这是什么概念！

迄今为止，一件东西能超过十亿元的，胖子也就见过一次，也就是这次前来找虎子之前，跟朱笑东一起在赌石场捡回来的那块翠王，陆林琛见了，当时就出价十五亿元！也就是那么一次，可是现在看来，朱笑东手里，很有可能有一件比那块“翠王”还要高出一半的“六方晶系陨石钻石，”而且，还是一颗夜明珠！

杨华终于想起这个传说中的名字与那神奇的传说，禁不住抹了一把冷汗。据传闻，目前世界上都仅仅有不到十粒这样的珍宝，既是陨石，也是钻石，又是夜明珠，是地球上没有的物体，也就是天外来物，胖子说值三十亿元，那也就是最低价了，真正能值多少，恐怕只有喜欢的人才知道。

杨薇纳闷了半晌，这才说道：“笑东，你是说……在那里，你要我带上的，就是……你说的什么‘六方晶系陨石钻石夜明珠’？”

朱笑东嘻笑着说：“可惜，好几个人都是高雅之士，对这些世俗之物，根本就不会拿正眼去瞧上一瞧，我这世俗之人，倒是不忍让明珠埋灭，所以……嘿嘿……”

胖子一听朱笑东说这话，顿时两眼翻白，一屁股坐到地上，一连在自己的脸上抽了两个耳光。在当时，两三只狼眼照射下，自己真的是没拿正眼瞧过那一粒不起眼的珠子，但绝对不是自己有多高雅，有多纯洁，其实自己的心比朱笑东还黑，自己没能拿那颗珠子，那叫有眼无珠，有眼不识金镶玉，要是当时自己拿了，朱笑东绝对不会来跟自己抢，偏偏自己捡了芝麻丢了西瓜，不，丢的是一座金山，为了一粒芝麻，丢了一座金山。

自己有眼无珠也就罢了，偏偏朱笑东还要拿这事来挤兑自己，别说胖子只在自己脸上抽上两个耳光，他死的心都有了。

见胖子坐在地上，抽完自己的耳光，然后怔怔发呆，朱笑东等人只得停了下来，反正也走得累了，就在此处休息一阵，吃点东西再走。

胖子坐在地上发了一会儿呆，突又转忧为喜："这么贵重的东西，幸亏我当时没拿在手里，要是我当时就拿在手里，说不定为了看一眼阿苏妮的那套酒壶酒杯，会连同那对金箍一起送给阿苏妮也说不一定，嘿嘿，不识货看来也不是没有好处的！"

"不过，作为兄弟，你就不应该拿这事来挤兑人，嗯，这回，就不批评你官僚作风，你得把那玩意儿拿出来，让大家伙儿一起瞧上一瞧。"

朱笑东毫不在意地从衣袋子里拿出那粒珠子，递给胖子，让他先饱饱眼福。

在墓室里的时候，这颗珠子龙眼般大小，显得有些干白，这时在日光下却变了颜色，看起来成了略带微黄色的米黄，微微透明，却更像是一颗貌不惊人，非常普通的玻璃球，要不是朱笑东亲口说这就是举世罕见，价值最低数十亿元的"六方晶系陨石钻石夜明珠"，胖子真的会立马就给扔了。

胖子看了半晌，很是疑惑地望着朱笑东，问："这就是陨石！这就是陨石钻石！这就是陨石钻石夜明珠！还会发光？我怎么就觉得你是在跟我开玩笑？"

朱笑东无语，片刻才说："其实，按照常识来说，这所谓的陨石钻石夜明珠要发光，就必须得经过超级广元照射和刺激，但是以目前的科技手段还没人能真正解读出来这玩意儿的形成机理，所以，就没一个定论，或者说没有一个能执行的明确评级标准……"

虽然朱笑东解释得很是详细，但是胖子翻来覆去地看了半晌，仍然没能看出个名堂来，最后叹了口气，把这无价之宝递给身边的烟锅叔，让烟锅叔接着欣赏。

烟锅叔对墓葬里的冥器的认识自然比胖子要深刻得多，不过，这既然是朱笑东带出来的，烟锅叔自然不会有其他杂念，也就是抱着把玩欣赏的态度，把这绝世奇珍摊在掌心略略看了几眼，不过，烟锅叔也真的没看出什么奇特来，过了片刻，就递给了杨华。

杨华接过这稀世奇珍，小心翼翼地看了一会儿，又问了朱笑东诸如该要如何鉴别以及优劣之类比较专业性的问题。这一点，杨华就比胖子要勤奋的多了，朱笑东喜欢杨华，多半也就是基于这些地方，当下把自己所知道的倾囊相授，让杨华、烟锅叔以及胖子都受益匪浅。

只是这东西毕竟太过稀罕，一般的人能看上一眼，也就是莫大的福气，就更不要说拿在手里或者交易了，所以，杨华等人即便是记下了朱笑东所说，其实也没多大实用之处。

杨华看完之后，把这颗星球级的珍宝传递给身边的杨薇。

杨薇漫不经心地接过，笑着对朱笑东说："就这么一颗，实在没趣得紧，我知道你的能耐，要不，你再去找一颗来，凑成一对儿，送给我！"

朱笑东"啊……"了一声，仰面倒地。

杨薇凑近朱笑东的脑袋，笑眯眯地问："怎么，不愿意？还是有其他的想法？"

朱笑东躺在地上，哀声回答："这个我真是没办法答应你……要真是能找出几大箩筐来，你肯定也就看不上眼了……"

杨薇"噗"地笑了一声："瞧你那紧张样儿……"

正说着，烟锅叔满脸通红，不住地捶打胸口，看样子，是吃牛肉干的时候不小心噎了一口，又没水喝，被噎得难受至极。

杨华跟胖子两人赶紧帮烟锅叔捶背抚胸，朱笑东和杨薇两人也是紧张不已，手忙脚乱了好一阵，烟锅叔这才缓过气来。

烟锅叔缓过气来，叹道："唉，人老了，吃点东西就是这样……"

朱笑东摇了摇头，说到底，主要是因为没有水，也不知道往这边继续走下去的这个决定对不对，要是找不到水源，恐怕大家……

烟锅叔叹了口气，说："小朱老板对我们也算是仁至义尽，再说，生死有命，富贵在天，要真走不出去，那也是自己的命该如此，怨不得别人。只是，唉，虎子他们，他们就自求多福吧，现在我们也帮不上了……"

胖子"嘿嘿"一笑，说："烟锅叔说得极是，不过有句老话说得好，车到山前必有路，船到桥头自然直，何况，以前我们没水没粮也不是一次两次，现在不照样活得好好的。决定要走下去是大家都同意了的事儿，老天爷真要让我们搁在这荒漠戈壁上，哼哼，也就不会生这么一片绿洲出来了。"

杨华也是一片惘然，反驳胖子说："沙漠上的那个才叫绿洲，而且，沙漠上有绿洲的地方肯定有人，这个地方叫峡谷，人烟就更不可能有了。"

几个人休息了一阵，见时间尚早，估计稍微加把劲，在天黑之前还能往前赶上一段路。迷了路，虽说不能慌乱着急，但是能走还得走下去。

几个人闷头闷脑地走了半天，现在胖子心情稍微恢复了一点儿，没话找话跟杨华两个人胡扯神侃，一行人自然就热闹了起来。

说着说着，自然又把话题扯到了阿苏妮身上。

一提起阿苏妮，胖子满腔恼意："才见到这女的我就知道她不是什么好人，眼里除了钱还有什么！俗话说，唯小人与女子难养也……"

杨华也不是专门跟胖子抬杠，只是为了胡说八道解闷，笑着反驳："你这话就说得不对了，你看看嫂子，像她们这样的女中豪杰，要是说起我们这些男人，她们还不是会说，唯小人与男子难养啊！"

一说到这里，胖子赶紧又说道：“这个当然，嫂子是什么人，又漂亮又大方，这要放古代，嫂子就是一品诰命，哪是阿苏妮那等人能比的。”

杨薇“咯咯”笑道：“你们两个这么肉麻，怕是平日里拍家里那位的马屁拍惯了吧，我可是鸡皮疙瘩都掉了一地。行啦，别再胡说八道了，注意脚下。”

说话间，胖子只觉得脚下一软，像是踩到了烂泥坑里。

朱笑东皱着眉头说：“奇怪，这地方又看不到明显的水源，怎么会有烂泥泡子。”

烟锅叔沉着脸，说：“这地方，我估计是个泥淖滩子，也就是常说的沼泽地带，大家可得小心一些。”

一听说是沼泽地带，杨华心里一喜，这里果然就有水了！

“我就说嘛，东哥的选择不会有错的，有水了，起码就不会被立刻渴死。”

朱笑东却说：“沼泽里的水，大多沤烂着各种各样的有毒的植物、动物，还有各种各样的寄生虫，没有特殊的净水装置过滤，这水是不能喝的。”说得杨华慌忙撒开捧在手里的水。

胖子一听“沼泽”两个字，心里一慌，只是他越心慌，就觉得脚下越软，明明几个人轻轻松松就能过去的地方，胖子一脚踩下去就能淹没到小腿，还不能挣扎，稍一挣扎，就看着自己直往下陷。

几个人又往前面走上一段，朱笑东也感觉到情况有些不对。越往前走，就越是陷得厉害，有时候一脚下去，直接就会陷到大腿根，而且，脚底下也感觉不到硬实的底儿。

“怎么办？”朱笑东回头问大家，现在回头虽然为时不晚，但是直觉告诉朱笑东，这个方向应该就是出路。

“估计这片沼泽地是冬季的积雪地，来年春夏季节冰雪融化，地面积水，形成的沼泽，应该会有一个较低的地势，作为水的出口，要不然，大量的水聚集在一起，应该形成一个湖泊才是，但这里是峡谷。再说，不管会不会有出水口，就整个地形来说，这个地带处在黄河源头，有沼泽泡子，就说明肯定会有水流出去。”

胖子脸色煞白：“这么说，东哥的意思是一定要强行穿过这片沼泽？”

朱笑东点点头，说：“不管用什么样的方法，我们都得穿过这片沼泽，不然就只能被困死在这峡谷里。”

“我们换条道走，成不？”胖子抹了一把汗水，却沾了满脸的泥污，胖子也不在意，继续说道：“东哥，我……我看着这黑漆漆的烂泥，我就心慌……”

朱笑东苦笑着说：“换道！我们现在哪里还有机会换道，你身后走过的地方，要是再去走第二遍，一不小心就会直接被吞噬。再说，另找其他的地方返回，我还真没这个把握！”

杨薇很是奇怪，问道：“笑东，你说走其他的地方你没把握，难道……你对现在这条路，有把握？”

朱笑东脸上一红，赶紧说道：“我就是凭直觉，这个你们也知道，我一向就是凭直觉行事的，要说把握，我还真没什么把握。”

杨薇咬着嘴唇，还要想再问一下，却终究没说出口。朱笑东红着脸，见杨薇等人挣扎得很是辛苦，便指着前面不远的一棵树，说道：“大家也走得累了，我们到前面那棵大树下休息一会儿……”

当大家全部走到树下的时候，惊奇地发现这树下居然有一处面积不小的硬实地方可供几个人稍稍坐下休息，这对于赶了好几个小时的路，又在烂泥坑里打滚了好半天的人来说，真的舒爽之至。

杨薇很是惊奇，问朱笑东：“你怎么知道这里能够休息的？”

朱笑东笑着说：“这还不简单，你看，其他的地方都是低矮的野草之类的，这里能长出这么大一棵树，没有坚实的泥土作支撑怎么能行?”

朱笑东这么一说，大家马上就明白了。稍微休息了一下，胖子说口渴得厉害，胖人本来就比较容易流汗，流汗过多，也就容易脱水，前些时候，在地底里，温度适宜，还不觉得，现在直接暴露在太阳底下，情形自然逆转而下。

朱笑东早在上到这片坚实的地方就找出了背包里的那把藏刀，开始在树脚下挖坑，才挖不到一尺深浅，就有水慢慢渗透进小坑里。只是由于是刚刚开挖的小坑，水还显得有些浑浊，不过，随着渗透进来的水慢慢蓄满小坑，水也就逐渐清澈了。

看着渐渐清澈的水，胖子迫不及待地要拿水囊装水，然后痛饮一番。

朱笑东阻止胖子：“想喝水，还得找些柴火，烧开了再喝。还有，这里的水只能算是解燃眉之急，不能装囊，更不能大量饮用。”

胖子苦着脸说：“没那么严重吧，搞得跟有洁癖的人一样，你说革命老前辈们爬雪山过草地，哪有那条件，这不能喝不能吃的，他们怎么闹革命。一句话，干革命就得吃苦，不能讲究太多!”

说着，胖子就要去装水来喝。

杨华在一边说：“伟人都说过了，身体才是革命的本钱，你这样不管不顾，万一喝出个什么好歹的，来个出师未捷身先死，岂不是没了革命的本钱。还是听朱大哥的话，赶紧找柴火去。”

这一路上，杨华受到胖子的熏陶，说话自然也是有些吊儿郎当地起来，好在跟胖子一起，不管怎么乱说，谁都不去计较。

朱笑东见胖子跟杨华两人抬杠搞笑，也不在意，只说：“这水经过土壤过滤，虽然能滤去一部分杂质，但是也不能直接就这么喝，本来，直接烧开了，接取蒸馏水来喝才是最保险的做法，现在没这条件，最起码也得烧开了吧。”

烟锅叔和杨薇两人找来为数不多的柴火，点燃，又取了缸子烧了水，等到水烧开了才先递给早已忍耐不住的胖子。

几个人正在喝水，突然，朱笑东隐隐听到有人喝叫。

“有人！”几个人一起站了起来。

几个人刚刚站起来，又听到有人大喊：“快，他们走的是这边，快……”声音焦灼急迫，就像生怕走错了似的。

“是梁三！”朱笑东失声叫道，随即，又放开喉咙，大叫，“是梁三哥吗，我们在这边！”

其实，对梁三等人，胖子他们还是有些好感的，这时听梁三的口气焦急，像是遇到什么事情，几个人便一起大叫了起来。

没过片刻，果然传来梁三的声音：“小朱老板，你们还在这里啊，快走，后面……”

话没喊完，就被曾德宝的大叫声给堵了回去，曾德宝大叫：“小梁，这里是沼泽，怎么办……怎么办……”

另一个女孩子的声音，说：“还能怎么办？快跟着他们走过的地方走……”是阿苏妮。

估计马大贵也跟他们在一起，只是马大贵平日里就寡言少语，这个时候也不例外。

没过多久，朱笑东等人就看见四个人向这边奔来。

虽然这四个人走的是朱笑东他们走过的路，那行动却慢得出奇，这倒不是梁三等人不想快，实在是快不起来。他们背上背着的背包比朱笑东他们的背包要沉重得多，在这样的烂泥地里还能快得起来，就真是奇迹了。

虽然慢，但朱笑东依旧看得出来，这四个人都是一副惊慌失措的样子，不知道几个人到底什么事。

见梁三等人走在已经走过的地方，不知道是马大贵还是曾德宝突然大叫起来，估计是哪个想要尝试一下其他的路径，没想到一下子陷了下去。

梁三大喊："老曾，别动，慢慢地把背包扔掉，把手伸过来……"

原来这个想要另辟蹊径，想要闯出一条新路出来却被陷了下去的人竟然是曾德宝。

曾德宝声音里带着哭腔，叫道："不要啊……我辛辛苦苦才带出来的……"估计是下陷得厉害，后面的话就再也说不出来。

梁三不由分说，三下五除二把背包取下来，扔在一边，那沉重的背包落在沼泽里，眨眼之间就被搅起的泥浆吞没。梁三却是看也没看那背包一眼，俯身扑倒，想要过去救人。

可是曾德宝不住地下陷，却又始终不愿抛弃背包，更不肯就此罢手，一抓到梁三的手臂，就是一阵乱动，拖得梁三也直往下陷。

见这情势危急，马大贵也直接扔了背上沉重的背包，一边大喊："老曾，扔了就扔了吧，性命要紧。"

曾德宝嚎哭着，坚决不肯放弃背包，手上却抓着伸过来的手不肯放松。

阿苏妮原本走在最前面的，这时居然也回转身去，只是才走两步，自己也开始往下陷，稍一挣扎，就下陷得更快，瞬间，烂泥就淹没到腰际。阿苏妮痛叫了一声，万分不舍地把背包取下来，往胸前一放，整个人一下子伏到快速沉没的背包上，竭力一挣，总算逃脱了被泥浆吞噬的下场，只是她辛辛苦苦带出来的那一背包财物，顷刻间就沉入沼泽之中。

阿苏妮也算很是了得，自己挣脱出来，一俯身子，泥鳅一般匍匐滑到曾德宝身边，手里拿出一把匕首，刷刷两刀，割断曾德宝的背包带子，大喝一声"起"，和梁三、马大贵一起，硬生生地把两手空空的曾德宝拔萝卜一般拔了出来。

曾德宝还想要哭叫，要转身去找他的背包，阿苏妮用沾满泥污的手扇了曾德宝一个耳光，喝道：“你不要命了。”

曾德宝被打得一屁股又坐了回去，哭喊着说：“小梁，我对不起你，你走吧，我不走了……”

梁三哪里去理会曾德宝耍赖，拖起曾德宝要走，只是才挣扎几下，几个人一起被陷住了。

陷在沼泽地里，那是万万不能乱动乱弹、胡乱挣扎的，如是小心翼翼地往前走，这沼泽还会生出一点浮力，但是你在一个地方胡乱搅动，沼泽不但失去了浮力，反而还会生出一股吸力。

一时之间，阿苏妮、梁三、曾德宝、马大贵四个人一起往下陷落。

梁三大怒，喝骂曾德宝：“你这家伙真不是东西，你看，为了你一个人，大家伙儿一起给撂在这里了。”

正在胡乱喝骂垂死挣扎之际，一根绳子抛在几个人面前。

朱笑东见几个人举步维艰，和杨华、烟锅叔三人拿了绳子前来搭救。胖子本来也要来的，但是胖子那身材、体重，不但帮不了别人，弄不好反而会把自己也搭进去，于是朱笑东让胖子跟杨薇俩就在小树底下接好绳子，慢慢往前放，如果他们实在回不来，就和杨薇两人拉绳子。

因为又要再走一趟，朱笑东等人也走得艰难异常，待赶到梁三等人身边的时候，泥浆都快淹到几个人的胸口了。

千钧一发之际，梁三抓住了绳子，朱笑东和烟锅叔、杨华，发一声喊，把梁三拖出了险地。

第二个是阿苏妮，阿苏妮虽然也被泥浆吸住，但是阿苏妮比其他人身手更好，稍微在绳子上一借力，便脱困出来。

阿苏妮脱困出来之后，并不直接向朱笑东这边过来，而是拉了绳子，顺势将曾德宝拉在手里，到了这时，曾德宝居然还想着他的那背包，不肯跟阿苏妮配合，阿苏妮气他不过，稍微动了点手脚，把曾德宝打昏了过去，然后把绳子绑在曾德宝腰间，大家一起使力，把他拖了出来。

接下来是马大贵，几个人毫不费力地就把他拉到了比较安全的地方。

一起到了小树脚下，杨薇准备了一些水，让阿苏妮等人略略清洗了一下脸上的泥垢，然后拿出为数不多的开水递给阿苏妮等人。

胖子一见到阿苏妮，忍不住揶揄说："我尊敬的向导小姐，怎么回事，你们又走了回头路？"

阿苏妮冷着脸，捧着一杯开水，一言不发。

梁三却跟朱笑东说，就在分开后不久，跟着阿苏妮往南方走了不到五公里，迎面碰上一头狼，开始，阿苏妮和梁三等人还以为只不过是一头或者为数不多的狼群，毕竟，在这片土地上，随时都会遇到这样的狼。像这样的狼，一般情况下，是不会主动攻击人类的，只是想不到，这头狼发现了阿苏妮、梁三等人之后，居然忽左忽右地跟在几个人身边，梁三等人也不在意，尽量避开与狼正面交锋，又往前走了将近一公里，阿苏妮突然发现，这根本不是那么回事。

这头狼极为狡猾，似乎正在把阿苏妮等人往什么地方引，或者说根本就是在往哪个地方逼。

能做出这种举动的狼，根本不可能是独狼，数量不多的狼群也不可能做出这样的举动。

阿苏妮稍微思索，猛然间觉得，这头狼极有可能就是几天以前，跟自己一帮人血战了一场，又一直到新月谷的那一群狼。

想到这里，阿苏妮几乎没有犹豫，立刻就走了回头路，就凭她还有梁三等人的实力，在手里没有任何武器的情况下要去跟那头狼王较量，根本就是去送死。

那头狼见阴谋败露，立刻发出“呜呜……”的长嚎，不过片刻，就有十来只野狼跟了过来。

虽然没正面跟阿苏妮等人交锋，但十几头狼一直都不放弃，一直跟到沼泽边。

既然有狼群里的狼出现，狼王肯定用不了多久就会出现，以现在几个人的实力，在无险可守的情况之下，根本就不堪一击。

第四章

魔鬼之城

眼看身后的狼群步步逼近，朱笑东皱起了眉头。

阿苏妮喝了半杯开水，见胖子贼眉溜眼地看着自己，忍不住说道：“别以为你们现在没事，你们知不知道，在沼泽地里，如果在秋冬季，就容易下雾，雾有时是沼气，而不是雾，这很容易让人中毒。”

有些沼泽地在山脚或者山谷中，下雾是一年四季常有的事情，本来沼泽起雾和植物关系不大，但是在泥沼地，那就关系较大了，因为有植物分解产生的气体，所以这种沼泽也是对人和动物危险最大的。

阿苏妮接着说：“不幸得很，我们身处的地方正是这样的一个泥泽之地。你们发现没有，这里一直都是阴森森的，一点儿也没有生气。”

胖子一个激灵，拍了一下脑袋，说：“怪不得，我说怎么会这么恐怖，恐怖得就像死亡谷一般。”

阿苏妮没好气地说：“你去过死亡谷？没事别乱嚼舌头！”

胖子说完，不到片刻，又嬉皮笑脸地说：“死亡谷也好，阎王谷也好，有这么美丽漂亮、身价巨万、身手又好的美女向导在一起，只要别被逼着去喝孟婆汤，就算到了阎王殿前，胖子我也一定追在向导小姐身后。”

阿苏妮知道胖子是在暗讽她，先前一定要固执己见，不肯跟朱笑东他们一起，以致于现在被狼群追赶，没有了向导的身份不说，连辛辛苦苦从墓里背出来的一大包金银财宝也扔在了沼泽里，什么身家巨万，明明就是在讥笑自己已经一无所有了。

阿苏妮眼里冒着火：“人家都到了这个地步，你还胡说八道，真的是欠抽。”

朱笑东问完梁三，忍不住叹了口气，安慰了梁三几句：“身外之物，丢了就丢了，以后再找机会挣回来就是。”

梁三哭丧着脸：“你没看曾德宝那样儿，他要是醒过来，还指不定会闹成什么样呢。”

朱笑东淡淡说道：“只要人在，不怕危险，机会多得是。关键得看值不值，为了那一点点身外之物，连自己的命都不要，那就不值得了。”

梁三自然连声说“是”，不过，现在想起自己扔掉的背包里的东西，心里还是暗暗肉痛不已，那可是几千万元、上亿元的东西，只要自己一出去，找条好的路子，房子、车子、美丽的女人，哪样不是立刻就有了，一场富贵就这么白白的扔掉了，说心里不痛那是假的。

安慰了梁三几句，见阿苏妮跟胖子两个斗嘴斗得火热朝天，一副立马就要干架的架势，朱笑东连忙过来“灭火”。

“阿苏妮小姐，对不起，你也知道我兄弟就这德行，别见怪。这样吧，我们现在的确还需要你的支持，我想继续请你当我们的向导，你就开个价，如何……”朱笑东说道。

阿苏妮瞥了一眼胖子，又看了看朱笑东，不可置信地问道：“你……还愿意让我做向导？”

“当然。”朱笑东毫不犹豫地说道，“除了阿苏妮小姐你有时候会有些固执之外，说实话，你是我见过的最好的向导，不请你，我请谁去！”

“我依旧要那一千万元，你肯给？”

朱笑东笑了笑，把早前阿苏妮还给他的那一张一千万元的欠条又递给阿苏妮，说：“在这里，一千万元的现金我是拿不出来了，不过这一千万元的欠条你可以拿着，我们走出去之后，绝对不会欠你一分一文！”

“另外，你如果能带着我们一直找到虎子他们的话，我将另外酬谢你一千万元！到时候一并给你，不知道这个条件阿苏妮小姐能不能接受？”

阿苏妮怔忡了片刻，摇头说道：“你刚刚救过我一命，要马上跟你谈钱的话，就有些过分，但是，我这人差钱，要是拒绝谈钱就有些虚伪了。这样吧，无论你能不能找到那位虎子先生，我接受你开出来的条件，但是我最多只能帮你一个月时间，一个月之中，找到了，就不用说了，要是一个月之后还不能找到，我将不会再帮你了。”

“你很差钱？”朱笑东没有直接回答阿苏妮提出来的条件限制，而是问了一句题外话。

“我……”阿苏妮张了张嘴，片刻之后，又摇摇头，“这不关你们的事，这张欠条我收了，至于另外一千万元，你记得就好！”

胖子目瞪口呆地看着阿苏妮，看来哈利桑等人说得没错，这阿苏妮真的就是一条母狼，什么时候都会把自己的利益放在第一位。

阿苏妮横了一眼胖子，站起身来，说：“小朱老板，这里不能久待，后面有狼群不说，一到夜里，这里的温度会降低很多，而且随时都会出现沼气毒雾。”

不用多说，也知道这是阿苏妮在催促大家赶快起程。

把曾德宝弄醒过来之后，曾德宝一直都默然不语，心里还惦记着那口袋丢弃的珍宝，胖子等人主动找他搭讪，他也懒得理会，只是不紧不慢地跟着几个人慢慢地往前走。

一路上，说是请了阿苏妮做向导，其实都是朱笑东在探路，虽然在泥淖里走得艰难，但好歹没出什么大错。

到了傍晚时分，朱笑东找了一处地基比较坚实的草甸子，在上面安营扎寨，只是考虑到狼王夜间过来偷袭，朱笑东让几个人沿着草甸子周围走了几趟，把整个草甸子周围搅了个一塌糊涂，估计就算有狼前来偷袭，凭借这一道四五米宽泥浆也能阻住一段时间。

还好，一夜过得倒也平静，狼王没来偷袭，也没遇到沼泽地里起雾。

第二天一早，胖子等人找来枯草，勉强烧了些开水，将就着吃了点牛肉干就继续开拨。

一路上摸爬滚打，一直走到中午，依旧是找地方简单地休息，补充体力之后再出发。这时，算算路程，估计几个人已经进到沼泽之中一二十公里的地方了。

朱笑东依旧在前面开路，才走几步，忍不住“咦”了一声。

胖子和杨华两人正在诸天神佛地乱侃乱说，听朱笑东惊奇地叫了起来，两人一起上前，想要看个究竟。

只是两人刚刚走到朱笑东身边，也是忍不住叫了起来，接着便喜上眉梢，两个人都是手舞足蹈起来。

杨薇看得奇怪，问朱笑东到底是怎么回事，朱笑东笑着不答，向杨薇招了招手，要她也上前来试试。

杨薇小心翼翼地上前，走到朱笑东身边，刚刚走过来，竟然也喜上眉梢。

原来，一直都是没过膝头，有时甚至是没过大腿的泥浆此时只能没及小腿了，而且脚底之下异常坚实，仿佛脚底下铺着石头一般。

杨薇上来，问朱笑东要了藏刀，直直地插进不足一尺的泥浆，刀尖触及之处坚硬无比，下面果然是一层石头。

杨薇抽回藏刀，满面疑惑地望着朱笑东：“这是怎么回事？这个泥淖泡子里面怎么会有石头？”

朱笑东耸肩，这个，他也不知道。

胖子和杨华拿着一根棍子，两人一齐试了试，发现能够立足的石头足足有四五尺宽，足足可以供三个人并排行走，两边却依旧是足足没膝的泥淖。再往前面试探，又发现好像是一条通道，试了好远也没个尽头，看样子，要不是大自然的神奇，就是有人在这沼泽腹地之中铺了一条石头通道出来。

朱笑东说：“很显然，这里曾经是一条人工铺就的石头通道。”

只是一说到这是石头铺就的通道，几个人又禁不住好奇起来，既然是人工铺就的通道，那又会是谁在沼泽中间铺出一条石板路来呢！

阿苏妮抿着嘴巴，沉思了许久，才说：“难道这里才是真正的魔鬼城！那么这片沼泽地到底在新月谷哪个方向？”

言语之间，除了惊喜，还多了几分虔诚，阿苏妮找了好几年这个地方，根本就没见过沼泽，更没听说过沼泽里面会有一条石头通道的事，更没人提起过。

这也难怪，一般的人见到沼泽就会避之不及，哪里还敢轻而易举地趟进沼泽深处，只怕在几百年间也没人踏足过这处沼泽，要不然关于这地方的线索，怎么会一点儿也没有留下。

这时，几个人排成了两排，顺着这条被掩住的石头通道摸索着往前走。

半个多小时之后，几个人目瞪口呆地站在了一座巨大的城堡之下。高耸的城墙完全是巨石堆砌而成的，城墙高处几乎两丈有余，虽然经过时间的侵蚀，那些巨石衔接的缝隙之处时不时冒出一簇枯黄的野草，但依旧掩饰不住昔日的辉煌和雄伟。原本厚重的木头城门也已经腐朽散落得不成样子，估计是这里地处沼泽边缘，潮湿过重所致，以致今日，城门洞开。无论是城堡的形状还是布置的格局，与本地那些稍微有些年代的古建筑相比，风格迥异，很有一些古时候的中原地区的风格。

城门楣上，有石头阴刻的几个大字，可惜，那却是弯弯曲曲的古回文，不要说朱笑东等人不认得，就算是阿苏妮也认不全那几个字。

不过，阿苏妮猜测，这里应该就是传说了几百年之久的魔鬼城，真正的魔鬼城！

阿苏妮一说这里有可能就是真正的魔鬼城，朱笑东当下问道："阿苏妮小姐，你说在魔鬼城的边沿见到过虎子他们，能不能确定是在这个地方附近？"

阿苏妮摇摇头："要是在这个地方见到虎子他们，我还不直接就进了城里，还用得着把人跟丢！"

朱笑东顿时很是疑惑，问阿苏妮："这是什么意思，难道说阿苏妮小姐你根本就不能确定魔鬼城到底在哪里？"

阿苏妮毫不隐讳地答道："在所有的魔鬼城传说之中，魔鬼城本来就是飘忽不定的，有时候在东边，有时候又在西边，根本就没有个一定的地方，要不然，我追着这魔鬼城跑了七八年了，也不会在今天才到了这里!”

胖子在一边说道：“这么说，你们所说的魔鬼城，和这里根本就不是一回事，你们一直追着找着的，多半是那个叫什么海市蜃楼……”

“也差不多就是那样!”阿苏妮淡淡地答道。

胖子指着气定神闲的阿苏妮，没好气地喝道：“原来，你一直都在把我们当猴耍，冒充一个什么向导，拿着我们的钱，跟我们搭伙，根本目的却是让我们帮着寻找你心中的那座魔鬼城。”

见胖子对阿苏妮很不友善，梁三、马大贵、曾德宝等人连忙上前劝阻，虽然到了这个所谓的魔鬼城，但是目前还依旧处在危险之中，大家都还是一条船上的人，一根绳子上的蚂蚱，不能就此失了和气。

阿苏妮冷冷地说：“我是想跟你们搭伴找那座魔鬼城，但是初衷却是真的想把你们带到跟丢虎子他们的地方，谁知道大家都运气不好，遇到了狼群，这也能怪我吗?”

朱笑东等人也很是懊恼，弄了半天，虎子他们的线索根本就不在这一方向，但这又不能全怪阿苏妮，要不是在新月谷被狼群逼得无意之中进了那座墓里，也就不会走到这里来，阿苏妮带着自己去的，也就自然是最后见到虎子他们的地方。

叹了口气，朱笑东也上前，拉开还要跟阿苏妮大吵大嚷的胖子，说：“胖子，算了，这确实是我们的运气不佳，怨不得旁人。不过，阿苏妮小姐也答应过了，我们还有一个月的合约协议，先找到出路再说吧……”

梁三和曾德宝等人自然是巴不得赶快进城，看能不能在里面找到一点值钱的东西，把在沼泽里的损失赶紧弥补回来。

见朱笑东劝住了胖子，梁三稍微说了两句场面话，就率先踏进了城门洞。

阿苏妮见梁三等人率先走进城堡，自然丢开胖子，不去再跟他理论，紧紧跟在梁三的屁股后面。

进了城门，一群人却发现里面并没有想象中的繁华，勉强能被称为街道的路上狭窄而且泥泞不堪，街道两边，大多是夯土坯房子。由于基础受到沼泽地里的水分浸泡，已经全部坍塌得不成样子，要不是荒草堆里偶尔间还露出一段勉强还能辨认出来的断壁残垣，这几乎就跟外面的荒野沼泽差不多了，放眼望去，却比外面多了一种悲凉苍夷。

往里，情况也就稍微好了一点，城中的地势稍高，再加上这城中间部分，估计是那个时候的富人居所，相对来说，比城墙边沿上那些土坯房子经受风雨水分侵蚀的能力要强了很多，就算已经全部坍塌，还能勉强看得出来当时的规模。

梁三等人越往前走，脸色越是难看，这座城堡，除了城墙还算完整，其他民居之类的，几乎都已经倒塌得一塌糊涂，别说金银财宝，连人尸兽骨都看不见一具，真不知道这里到底是出了什么样的状况。

阿苏妮也很是奇怪，一边往前走，一边对朱笑东说这不是她见到过几次印象的魔鬼城，她印象中的魔鬼城里金银遍地、珠宝成堆，当然，人、兽的尸体骷髅，也是不少。所以，传说中，那里固然财宝丰厚，也同样聚集着冤魂，金银珠宝可都是看得清清楚楚的，至于冤魂，这个是见不着的，阿苏妮也不相信的。

城中间有道不甚宽阔的沟渠，也就四五米宽，里面还有半米来深的水，几乎跟河沿平齐，这水色发绿，旁边杂草丛生，想要取作饮用肯定是不成的。

上面有一道石拱桥，可能是这座城中唯一能看到的一座保存完好的人工建筑，只是石拱桥的桥墩地基下沉，这个时候，桥面都已经沉浸在水里了。

朱笑东粗略地估计了一下，这城里的居民，估计在最鼎盛的时节，不止好几百户，应该超过上千人。如此规模的城堡，在当时应该算是极为繁盛的地方，即使现在废弃了，看着这个规模，依然能让人为之倾倒。

刚刚才过石桥，一阵狼嚎蓦然间在众人背后响起，不知不觉间，狼群已经追到了屁股后面。

朱笑东吃了一惊，想不到这群狼居然来得这么快，那狼嚎声里，竟然还有狼王那低沉的嗥叫。

本来跟杨华两人大声说笑的胖子大叫一声："这狼王也来了，看样子它真是要跟咱们死磕到底了。东哥，下命令吧，今天，不是它死，就只能是我们死了……"

朱笑东抬头，稍一观察，马上吩咐道："对面那座城墙上，快去……"

对面不远的地方就是这座城堡的另一个出口，那门洞两边都有石头台阶，直上城墙。

待朱笑东等人气喘吁吁地爬上城墙之时，狼王率领着黑压压的一大片野狼冲了过来，差点就咬到最后面的胖子的脚后跟了。

几个人当中，也就朱笑东和胖子两人手里还有阿苏妮几天前给他们的那种藏刀，杨华、烟锅叔等人手里拿的就是在沼泽地里找来探路的树枝木棍，梁三等人更是手无寸铁。

偏偏这上城墙的石梯又不止一处，城墙上狭窄，除开垛口，能站能走的地方也就不过五尺来宽，对一群手几乎是无寸铁的人来说，就跟站在无遮无拦的荒郊野外差不多。

狼王见到朱笑东等人分外眼红，把朱笑东等人逼上了城头，当下一声低嚎，开始排兵布阵。

朱笑东以前见过这狼王，还不觉得，其余的人倒是第一次见到这狼王，见这狼王体型巨硕，一身金毛，所到之处群狼俯首，那架势比百兽之王也不差，心里直打突。

胖子砍翻了两头追着自己不放的狼，本来还想要大声炫耀一番，只是抬头一看，脸色刷的就白了。门洞另一边的石头阶梯上，早有一大队狼上了城头，眨眼之间就跟烟锅叔、杨华等人接了火。

烟锅叔和杨华，凭着手里的木棍拼死抽打涌上前来的狼群，几个回合之下，两人手里的木棍便不见了半截，幸亏有阿苏妮在一旁协助抵挡，才不至被狼群冲乱阵脚。

阿苏妮手里是一把短刃匕首，虽然锐利，但是两三头狼都盯着她，跟她缠斗，也让她一刻不敢松懈。

朱笑东护着杨薇、梁三等手里没有武器的人，想要找一个更加安全的地方，可是放眼望去，除了这城墙之上，哪里还有可供躲避的地方。而且，对面那一边也有好些狼，从另一处石头台阶或者什么的爬上了城墙，受到两面夹击的形势，已经不可避免了。

百忙之中，朱笑东看了一眼城外，城外也是苍茫一片，无遮无挡，这个时候要下了城墙，出到城外，肯定会死得更快。

无奈之下，朱笑东只得死守城头，招呼阿苏妮、胖子等人先收缩阵地，放弃石头台阶那一块，直接固守城墙两头，这比去守三处通道要省力得多。另外，还要梁三等人再找找，看看有什么可以拿在手里作为武器的东西，力图自保。

胖子等人放弃了石头台阶那块阵地，掩护着烟锅叔、杨华等人后撤。如此一来，胖子和阿苏妮两人守着城墙上五尺来宽的通道，反而轻松了一些，尤其是胖子，跟野狼交战了几次，经验都丰富了起来，仗着藏刀锋利又能及远，猛砍猛劈，不到片刻就砍倒三四头挤上前的狼。

这时，朱笑东对面，狼群已经接近，朱笑东一个人拿着藏刀，想要防守五尺来宽的通道也够吃力的。

趁着还没和狼接触，梁三等人要了烟锅叔、杨华两人的背包，二话不说往地上一倒，两人的背包里除了有几件从墓里带出来的黄金明器外多半都是食物、绳索之类的救生用品，想要拿在手里作为御狼的武器却是一件也没有。

梁三见根本没有武器，也就不再翻找，转身去搬城墙垛口的石砖，企图在危急之际，能拿石砖御狼。

曾德宝见到两个背包里都有几件金晃晃的明器，心里想起自己那背包里的财物，心痛之余，便一件件地放回两个人的背包。不过，两个人明明有十八件明器的，让曾德宝装回背包之后，就少了四件。

装好背包，曾德宝把两个背包送还给严阵以待的烟锅叔、杨华，还十分殷勤地帮烟锅叔、杨华两人背好。

垛口的石砖原本是糯米灰浆砌成的，但是暴露在潮湿的空气里，又经过数百年的风霜雨雪，早已没有了原来的坚实，梁三一扳，“轰”的一下就垮塌下来一大块。

朱笑东眼前一亮，有了，现在虽然不能脱身，但是有城墙垛口的石砖，就地筑起一道防御工事减少狼群的直接冲击，还是能做到的。

当下，朱笑东让手里没有武器的人赶紧照着梁三的办法就地取材，在城墙头上再砌上一堵墙壁。

一时间，胖子跟阿苏妮两人苦苦抵御狼群攻击，朱笑东手持长刀，防备对面的狼群突袭，作为胖子等人坚强的后盾。余下六人以极快的速度拆卸垛口上的石砖，首先在阿苏妮、胖子身后砌筑起一道一米多高、仅仅留下不到两尺来宽的墙壁，而且，在朱笑东的指挥下，这堵墙壁还不住的加高、加厚。

几分钟之后，胖子和阿苏妮撤了回来，守在工事背后御狼，就轻松多了。

城墙垛口这边，让杨华留了两尺来长一段没拆，城墙里面的围垛却拆了个一干二净，如此一来，那处窄窄的通道，一次也就只能容一只狼过来，这边稍微抵挡，后面的狼一挤，反而就把前面进攻的狼给挤下城墙，都用不着人动手了。

城墙虽然有五六米高，但是地上却是软泥，被挤落的狼摔下去之后打个滚，马上又爬起来，重新加入到进攻的队伍。

不过，进攻的狼群越是汹涌，滚滚落下城头的也就越多，依据工事防守的人反而更加轻松。如此一来，原本阿苏妮和胖子两人防守的这边暂时就只留下了阿苏妮，因为朱笑东他们这边已经跟其他台阶涌上来的狼群交上了手，胖子要去帮忙。

完全没有了后顾之忧的胖子、朱笑东两人大踏步上前，并肩站在城墙上，大砍大削，砍得群狼不进反退。

朱笑东跟胖子两个大显神威，打得群狼节节败退，看得梁三心里痒痒的，这些畜生看着吓人，原来也不过尔尔，可惜自己手里没有刀，要不然，比那个胖子杀得还要轻松，还要威风。

朱笑东跟胖子两人一路砍杀，确实威风，杀得狼群不住地后退，大约，横的怕愣的，愣的怕不要命的，这句话同样在狼群里流行。朱笑东跟胖子两人那天在窑洞里砍杀了狼王不少部下，惹得狼王对他们两个念念不忘，一路追踪至此。现在遇到这群不死不休的畜生，自然不会手下留情，加上有过一次经验，再杀起狼来就利索得多了。

此长彼消，朱笑东等人威势如虹，狼群的气势自然削弱不少。朱笑东、胖子两人又追杀一段，砍死四五头狼，砍伤七八头，这边上来意图夹攻的狼群就干脆败退了下去，一时间逃了个干净。

胖子还想乘胜追击，朱笑东却阻拦胖子：“穷寇莫追，留些力气，这次战斗肯定是一次生死对决，不死不休。回去休息一下，恢复体力，准备迎接接下来的大战。”

胖子打了个哈哈：“这哪叫大战，根本就是这狗头狼王要它们来送死，我们这叫屠杀，一边倒的屠杀……”

朱笑东说：“这狼王狡猾，我们还是不要大意的好，小心驶得万年船！别一个大意之下翻在阴沟里了！”

“东哥说得是。”胖子嬉皮笑脸，“不过我这不叫大意，伟人都说过，我们在战术上藐视敌人，在战略上还是得重视敌人，我要做的，就是遵循这样至高无上的战争准则，以达到百战百胜……”朱笑东哪里愿意跟胖子胡说八道侃大山，阿苏妮那边的战况正紧，自己这边打退了狼群的冲锋，总不能不管屁股后面的事了，还有工事，该加强的还得加强，一定要做到万无一失。

胖子嬉笑着说：“对，光是猛砍猛杀，那是匹夫之勇，还得像东哥这样，有勇有谋才成。”

朱笑东不搭理胖子，找了一头受了重伤、还趴在地上哀嚎的狼，拖着回到工事里面。

这时，阿苏妮这边，群狼攻势稍缓，阿苏妮防守得也很是轻松，美中不足的是，这边的狼群不休不止，虽然进不到工事里面来，但是大多从城墙上滚落之后，便又重新爬了上来。

梁二等人早在朱笑东回来之前就拆下了足够的城砖，把工事修筑得又高又厚，留出来的空间也足够宽敞，就差没在上面盖上一层顶子当房子来用了。

见朱笑东回来，梁三心痒难耐，一定要问朱笑东那把藏刀，让他也去一展雄风。

朱笑东也不好拒绝梁三的要求，当下叮嘱一番，才放心地让梁三“出征”。

梁三换下了阿苏妮，对着刚刚露头的狼一顿猛砍，将这只狼的脑袋砍得稀烂，一脚把狼尸踢下城墙，然后得意至极地狂舞着藏刀，大声呼喝，那动作，确实有点儿声震天地的气势，看得朱笑东等人很是好笑。

梁三这样的气势是不错，但是他那样胡乱砍劈，极其耗费体力，终究坚持不了多长的时间，时间一长，必定会败下阵来，不过，现在要教梁三怎么去做却是多余，朱笑东笑看了一会儿，也就暂时不去理会梁三。

杨华要了胖子的藏刀，一个人守住另一边的出口处，监视败退的狼群的行动。

朱笑东叮嘱了杨华几句，然后把还在嘶声哀嚎的伤狼往地上一掼，已经失去行动能力的狼顿时嚎叫得更加起劲起来。

曾德宝有些心惊，问道："要怎么处置这头受了重伤的狼?"

胖子咧着嘴巴一笑，说："这一顿砍杀，嘴巴也渴了，肚子也饿了，《满江红》中说'壮志饥餐胡虏肉，笑谈渴饮匈奴血'，嘿嘿……今天就让你看看，什么叫壮士……"

朱笑东没好气地阻止胖子："你真就那么渴，那么饿？还不赶快去找绳子来!"

胖子嘻嘻哈哈的，找来绳子绑在受了伤的狼的后腿上，然后再使劲一脚，踢在狼身上，硬生生地把狼的肋骨踩断，让这头原本就受了重伤的狼发出更加凄厉的叫声，然后提起这头狼，往城墙下一抛。

这头狼临死之际的惨嚎刺耳至极，不但让还在进攻的狼群为之一乱，几个人都有些心惊肉跳。

狼王显然也是吓了一跳，只是稍过片刻，狼王又发出一阵吼叫，原本有些慌乱的狼群顿时镇静下来，继续排着队上前进攻，连先前被朱笑东和胖子两人打退的狼群都重新组织起来，再次前来进攻。

本来还在大声叫好的胖子顿时哑巴了。这狼王凶性爆发，驱赶着其他的狼前来进攻。

朱笑东叹了口气，说："看来震慑的力度还不够，还得多找来几只。"

这时，烟锅叔想到一个办法，拿出一卷绳子打开，接了一个绳套，固定在先前用来探路的木棍前端，这样，一个既简单又安全的套狼器就做成了，打算套上几头活狼，然后挂在城头上向狼王示威。朱笑东也很想借此打击狼王的气焰，就吩咐梁三稍微后撤，要放一只狼过来。

梁三跟狼群打了这一会儿，果然如同朱笑东先前预想的那样，已经渐露疲态，听说要他稍微后退，他自然是巴不得。

只是梁三终究不比胖子、杨华等经历过跟狼群苦战的人，没有多少实战经验，不懂得在这种情况之下，即使要后退，也必须先往前冲一下，逼退狼群之后才能往后退，一听说要让他稍微后退，他马上就后退了一大步。

这下可好，本来跟他纠缠在一起的那头狼趁势扑了进来，后面的狼本来挤作一团，突然间前面一松，顿时接二连三地往前面蹿了进来，急切之间挤落了不少掉下城墙，穿过防线的，也有多达四头。

四头狼一起冲进来，手上有武器的人除了梁三就剩阿苏妮，除了他们两人拼命抵挡之外，曾德宝等人顿时乱作一团，不仅要躲避狼的撕咬，还得要躲避梁三情急之下的胡砍乱劈。

百忙之中，烟锅叔抡起木棍，拼死抢上前去，堵住缺口，让后面的狼群再也不能轻易穿过防线。

缺口虽然是给堵住了，防线里面却是一阵鸡飞狗跳。

阿苏妮和朱笑东两人拳打脚踢，与四头狼陷入苦战，梁三这个时候正是疲累之际，又加上心慌不已，对付一头老狼都显得很是吃力，一个不慎，差点被那头老狼咬住了手腕。

幸亏朱笑东一脚把一头狼踢下城墙，然后顾不得自己危险，一转身揪住了老狼的一只后脚，使出吃奶的力气把老狼扔下城墙，只是在这一瞬间，朱笑东自己也被一头狼扑倒在地，

那头狼张着血盆大嘴，喷着一股腥气，向朱笑东当头咬落。

在千钧一发之际，杨薇拿了根棍子捅了过来，刚刚好捅进这头狼的左边眼睛。这头狼顿时发出一声撕心裂肺的长嚎，竟然弃了朱笑东，转身一跃，直直地掉落到城墙下面去了。

朱笑东脱离危险，毫不犹豫地翻身起来，给阿苏妮帮忙。在两个人猛攻之下，两头狼顿时显露怯意，想要逃跑，但是又不愿直接跳墙逃窜，于是，便在这狭小的空间里四处乱窜乱咬。

恰在这一刻，杨华接替的防线这边，狼群再次发动了攻击，本来杨华也还算经验丰富，一开始也还能不紧不慢地从容应对，只是背后一方突然间露出了破绽，放进了狼来，杨华分心之下就不由得有些慌乱起来。

慌乱之下，杨华一个失误，差点又放进来一头狼，还好胖子赶到杨华身旁，扬起拳头，大喝一声，“呯”的一拳头，打在已经进来半截身子的狼身上，硬生生地把一头狼打下了城墙，一瞬之间，让杨华有了缓和的机会，及时堵住缺口，才没有酿成大祸。

这边，朱笑东跟阿苏妮两人合力对付最后一头冲进来的狼，阿苏妮不停地用匕首在狼身上刺扎，在最后这头狼身上划出了一个大洞，连肠子都从肚内流了出来。

这头狼倒也凶悍，忍着痛，嚎叫着，想要跳墙逃跑。朱笑东哪里肯让它就此脱身，在这头狼刚刚跃下城墙之际扑身上前，抓住一条狼腿，将这头狼倒挂在城头上。

杨薇拿了绳子，极为利索地绑住狼腿，这头狼也跟先前挂在城

墙上的那头受过重伤的狼一样，发出阵阵哀嚎。

这一阵扰乱之后，曾德宝和马大贵两人找出绳子，将之前被胖子一拳打得发了神经的狼绑了起来，在狼身上不轻不重地刺了几刀，然后也倒挂在城墙头上，一并向狼王示威。

几头受伤的狼一起绝望地惨叫，终于让狼王发出了暂时撤退的命令。

梁三笑着来清点战果，这一阵被砍死的狼几乎没有，也就砍伤了三四头，被朱笑东和阿苏妮等人活捉的，居然有两头。

第五章
城头狼战

狼群暂停了进攻，众人好歹歇息了一阵，胖子不免又躺在地上胡侃装死，朱笑东没好气地呵斥他：“快起来，别老躺在地上耍赖皮，我们还有活儿要干。”

一听说有活要干，胖子自然再也躺不住了，翻身起来，问道：“真有事做？怎么干？”

朱笑东拿出望远镜，看了一会儿城墙脚下的狼王，又把望远镜递给胖子，说：“你看，狼王现在十分忙碌，忙前忙后的，不住奔走，估计是在恫吓它的部下，并且分派作战任务，我们还不能掉以轻心。为了防止狼王强攻，我们还得把工事加固一番，免得到时候被它一网打尽。”

胖子把望远镜交给杨华，问道：“这工事，我看也差不多了，不知道东哥还想要怎样加固？”

“加高……”朱笑东说道，“除了加高，外面还得尽量做得平整光滑一些，防止有狼急了眼，翻墙进来。另外，还得要加厚，防止狼撞墙，还有，我们的空间比较狭小，得防止万一有狼冲到里面来……”

胖子笑着说：“有理！这狼王狡猾，我们手里没有过硬的武器，也就只能做好打持久战的准备，所谓深挖洞，广积粮，防患于未然，才是硬道理，我们这就动手……”

说动手就动手，让杨华依旧在他的位置上防守监视，朱笑东在石头阶梯上护卫，其余的人尽量把狼群进攻的道路拆除得狭窄一些，以便在守卫的时候可以轻松一些，拆下来的砖石，就用来把工事加高加厚，加得坚固无比。

人多力量大，没多大一会儿，城门的石阶梯这边就筑砌完工了，几近一米来厚的工事墙壁，高度足足将近三米。再加上设计工事的进口的时候，朱笑东稍微动了一点儿小脑筋，设计出来一条三角形的道路，越接近工事里面，道路越窄，到和人交战的那一点上，就仅仅留了一尺来宽的道路。如果狼群进攻，多半要活生生地被挤下城墙，虽然摔不死，但也能极大地缓解防守人员的压力。

这边一切妥当，朱笑东再次检查了一遍，确认不会有什么差错，这才把防守的任务交给杨华，转头再进行另一边的工事补修。

只是这边的工事才修筑到一半，估计狼王也发现再拖延下去，让朱笑东等人加固好工事，就难以取得胜利。再说，被吊挂在城墙上的那三头狼不住地惨叫，实在让其余的狼群心惊胆战，如果不赶快发动攻势，狼心就会被扰乱，甚至到时候狼王的地位都有可能不保。于是在急促之间，逼着狼群再次发动了进攻。

这一次，石头阶梯这边，因为工事坚固，道路又被朱笑东等人拆得七零八落，防守的人又是杨华，进攻这边的狼群可谓是苦不堪言。

按朱笑东等人预想的那样，几乎有三分之二的狼群不断地被挤落城头，剩下三分之一的狼要进攻杨华，一头一头的，得挨着过来，好不容易脚下站稳了，等待它的却又是杨华手里那锋利的藏刀。一瞬间，不是被杨华砍死，就是被他砍伤，一样要跌落下去，不到一盏茶的时间，进攻杨华这边的狼群差点儿死伤过半。

杨华砍杀得爽意至极，自然是大呼小叫，只催狼群快点过来，好好受上一刀。

杨华这边守得轻松，朱笑东这边却叫苦不迭，因为工事才刚刚修筑到一半，万万不可能就此罢手，本来要不修补这一半还好，现在修上了这一半，不接着修补的话，那就是为狼群搭了半截进到工事里面的梯子。朱笑东跟阿苏妮两人配合，一左一右堵截狼群，远攻近守，显得很是吃力。

狼王也看中了这个绝好的机会，所以下了死命令，一定要强攻下来。百十头狼潮水一般，向朱笑东这边涌来，城墙上的通道有五尺来宽，七八头狼齐头并进，这就让朱笑东和阿苏妮两人的防守变得十分困难，往往眼看着可以有机会劈死一头狼的，但是半途之间却又不得不转身招架另一头狼。如此，缠斗片刻，朱笑东和阿苏妮两人均是手忙脚乱，左支右绌。胖子一看情况危机，将手里搬着的一块城砖奋力砸向狼群之中，然后在曾德宝腰间抽出他带出来防备万一的木棍，奋身上前，协助朱笑东和阿苏妮两人。

只是胖子手里拿着木棍，专门照着狼头天灵盖往下劈，几下下去，固然是打晕了一头狼，但是手里的木棍也被抽得破碎不堪。一不留神，一头狼半立起身子，张开血盆大嘴，一口咬向胖子，胖子在急切之间把已经碎得像扫帚条的木棍直直地捅向那头狼的大嘴里。

那狼连一声呜咽也没有，直接死死地咬住木棍，往后猛力拖拽，想要将胖子连棍带人一起拖进狼群。

在这个情况下，胖子哪里敢去硬抗，只得连忙松手，还顺势往前推了一把，咬着木棍的狼的嘴巴里顿时扎满了细碎的木刺儿，痛得发出一声嚎叫。

胖子手里没了武器，要抡起拳头做最后一搏，却被人拉着倒退了两步。

杨华本来正砍杀得兴起，一听说朱笑东他们那边已经岌岌可危，当下奋力砍伤一头挤进来的狼，趁着这头受伤的狼滚落城墙而后面的狼一时还没挤上来之时，转身去支援朱笑东。

杨华赶到朱笑东这边的时候，恰好看见胖子正准备赤胳膊上阵，赶紧拉住胖子，让胖子赶紧回头去照顾烟锅叔那边。毕竟烟锅叔年纪不小，手里拿的又是木棍，搞不好一时半刻都撑不下去。

胖子点点头，说："放心，有胖子在，你的屁股就绝对安全。"

杨华哪有心情再跟胖子说笑，在胖子的话还没说完之际，就猛扑了上去。

有杨华加入，多了把神兵利刃，顿时把狼群阻在一线之外。不过，因为这边的狼数量太多，又凶悍不畏死，情况依然严峻，稍不注意就有冲破防线之虞。

朱笑东一边大力砍杀，一边高声催促梁三："快了没有……能不能再快一点儿……"

这时，由于少了两个人手，修筑工事的人就剩下梁三、杨薇、曾德宝、马大贵四人，修筑工事的进度就慢了一半不止。

梁三专门负责拆卸被破坏的城墙垛口、地面的材料，最大限度的就地取材，把一块块城砖徒手扳下来，再传给专门负责运输的马大贵和曾德宝两人，他们两人再把材料传送给站在墙头的杨薇，让杨薇担当起工程师。

本来这一条线的流水作业进度并不是很慢，但现在是生死瞬间的境地，也就自然还想再快一点，还快一点！

朱笑东一刀将已经扑在右边的阿苏妮身前的一头狼劈成两截，刚刚解了阿苏妮被狼扑倒之厄，还没来得及转身，就被一头狼咬住了小腿。小腿上一阵钻心的疼痛，朱笑东不由得死命一挣，估计都有一块不小的皮肉落进了狼嘴。不过，这狼却是被朱笑东裤子上的布丝纤维挂住了牙齿，一时之间松不了口，朱笑东嘴里痛叫着，手上却毫不犹豫地一刀劈下，差不多劈开了半个狼头。

这头狼立时便死了过去，不过，因为还咬着朱笑东的裤子，朱笑东一时之间又解脱不开，此时另外两头狼又一起扑了上来。

朱笑东脚下拖了头死狼，顿时失去了灵活的避让能力，只得站在原地不动，咬牙挥动藏刀，硬抗两头狼的攻势。

杨华和阿苏妮两人都是在朱笑东身旁侧翼，靠在城墙的垛口边上比朱笑东稍稍上前了一点的位置，基本上只招架左右前方，不似朱笑东这中间的位置承受的压力那么大。

左边的杨华见朱笑东危急，顿时奋不顾身地挥刀解救，右边的阿苏妮也是吃了一惊，短刃匕首直接刺向朱笑东右边的这头狼。只是如此一来，杨华、阿苏妮两人顿时门户大开，同时陷入更加危险的境地之中。

阿苏妮刺了朱笑东右边这头狼一刀，却有两头狼乘虚而入，一头攻击阿苏妮的肩头，一头猛地咬向阿苏妮的小腿。

这边，杨华刚刚帮朱笑东赶开左边的这头狼，屁股上却是一阵剧痛，杨华忍不住大叫："胖子……我的屁股……破了……"

此时担任前卫防守的朱笑东、阿苏妮、杨华三人阵脚已经大乱，灭顶之灾只在顷刻之间便会降临……

这千钧一发之际，连杨薇都拿了一块城砖，扑到了朱笑东、杨华、阿苏妮三人身边。

梁三、曾德宝、马大贵等人紧随其后，战斗力不怎么样，但气势不弱，这边一下子有了六七个人，那阵势便硬生生地把狼群吓得倒退了两步。杨薇趁此机会拉起朱笑东，想要后撤。

朱笑东稍微稳住阵脚，安排杨华跟自己两人断后，其他的人赶紧依次后撤。就算撤退，也必须慢慢地，不要慌张，别在狼群面前弱了气势！

待梁三等人护着杨薇慢慢撤进工事，剩下的就是杨华跟朱笑东两人。这时，狼群见到嘴的肥肉又要弄丢，早就红了狼眼，死死地缠住朱笑东和杨华两个人，居然让两人一时半会儿还脱不了身。

偏偏杨华和朱笑东两人退到紧要之处，两个人就挤在了一起，虽然两人手里都拿着藏刀，但是却施展不开。

这个时候，朱笑东和杨华的处境尴尬至极，谁也不能先行后退，一退，后面的人就会立时陷入狼群之中。可是，现在不退，和狼群缠战下去，用不了多大一会儿，就会被拖到力竭。

正在手忙脚乱之际，朱笑东大喝一声，不退反进，一大步跨进狼群里面，一把藏刀上下翻飞，横削直砍，倏忽间把狼群硬生生地逼退了一步。

杨华见朱笑东舍身阻狼，哪里还敢耽搁，抽身就进了工事。

杨华一退，朱笑东反而放得开了些，稍微抵挡，便安全退回到工事里面。

见朱笑东安全退了回来，早有接过杨华的藏刀的马大贵守在道口，进来一只狼，便一刀砍落，只是马大贵这一刀砍得有些偏，只是将那头狼砍成了重伤，随后一偏，便掉下城头。

胖子见朱笑东进来，要了藏刀，然后直接换下烟锅叔，跟马大贵一人一边，死死地守住门户。

杨华喘了口气，往地上一坐，随即又捂着屁股直叫唤。

胖子一脚把一头砍伤了的狼踹下城头，然后笑着问杨华："拉屎出来的那个地方怎么样了，要不要用针缝上？"

杨华暴跳起来，指着胖子，喝问："胖子，你这脑袋里都装的什么啊，怎么都是那些低级趣味的东西，没有一点儿高尚的革命情操，就你这意识，那叫龌龊……"

胖子跟杨华两人斗嘴斗得痛快，杨薇却是心痛至极，卷起朱笑东的裤腿察看伤势。

朱笑东被狼咬了一口，外面看着不怎么样，卷起才发现朱笑东其实伤势很是严重，被狼咬过的右脚小腿处皮开肉裂，血肉模糊，只是朱笑东一直都紧咬着牙关不肯出声。

清洗干净伤口，上了膏药，缠好绷带，朱笑东又站了起来，只是刚刚站起来的时候差点跌倒在地，幸亏杨薇手疾眼快，扶住了朱笑东。

朱笑东慢慢走到城墙的内垛边上，要杨薇把望远镜递给他，杨薇依言找来望远镜，递到朱笑东手里。

朱笑东四处看了一阵，神色凝重，粗略估计了一下，除开正在城墙上拼死进攻的狼群，其他等候在狼王身边的，少说还有二三十头狼，而且剩下来的这二三十头狼，都是狼王身边的精锐。

这一群狼至少也还有七八十头，而且，这个时候，上前进攻的狼群在进攻之中也学到不少经验。先前进攻的狼群，大多是奋勇向前拼死力战，至死方休，但是现在，这些狼宁肯从城墙上摔下去，然后爬上来再战，也不愿意让胖子等人轻而易举地砍死砍伤。

尤其是那狼王，估计是看穿了朱笑东等人手里没有威力巨大的远程武器，居然大摇大摆、毫无顾忌地推进到离城墙不到三十米的地方，直接监督狼群作战。

狼王如此肆无忌惮，看得梁三心头火气，顺手扳下一块城砖，“呼”的一声，朝着狼王扔了过去。

不过，梁三的手劲以及准头都不是很好，城砖又大又重，城砖飞了还不到十米远便“噗”的一声落到泥泞的地上，激起一汪烂泥，四处乱飞。

狼王却是正眼也没瞧上一瞧，这四处乱飞的烂泥离它还远，对它一点儿威胁也没有。

倒是杨薇，看着狼王一身金色皮毛，忍不住对朱笑东说道：“这狼王的皮子好漂亮，要是能剥下来，做件皮衣，倒也不错!”

朱笑东心中一凛，暗暗咀嚼杨薇话里的意思，杨薇这话多半是有感而发，但却没说明是什么意思。

偏偏梁三在一旁笑道：“什么皮做衣服不好，却要去捡这破狼皮，狼毛又粗又硬，穿在身上舒服吗？再说穿了狼皮大衣，岂不是应了一句话，叫披着狼皮的羊!”

胖子让烟锅叔硬拽着换下了岗位，要他稍微休息片刻，胖子坐下，一边抹着汗水，一边笑道：“其实，披着狼皮的羊始终是羊，披着羊皮的狼才是最可怕的。这世上，就有不少的人，都是披着羊皮的狼。”

杨华跟胖子抬杠，说：“羊是羊，狼是狼，羊皮是羊皮，狼皮是狼皮，羊不可能去披一张狼皮，狼也不可能去披着羊皮，羊皮不是狼皮，狼皮也不是羊皮，羊没必要去披狼皮，狼也不可能去披一张羊皮……”

杨华说得又快又急，偏偏节奏韵然，像说相声的，逗得梁三等人哑然失笑。

胖子摸了摸脑袋，望着杨华，好半天才学着杨华的腔调说道：“羊是羊，狼是狼……”

听得杨薇忍不住咯咯地笑了起来，笑声中，杨薇的身子微微颤了颤。

朱笑东皱了皱眉，这才明白过来，原来大家一直都在拼命抵抗狼群，个个都是大汗淋漓，此时天色已晚，加上又是深秋季节，被汗水湿透的衣服贴在身上，自然就觉得有些冷意了。

杨薇感觉到有些凉意，自然而然地就想到要加穿衣服，只是这次出来带的替换衣服并不是很多，而且大多都已经消失殆尽。杨薇最后的一套衣服早送给了把背包丢落了的阿苏妮，朱笑东等人的备用衣物也是早就换的换，扔的扔，一件存留的也没有了。

朱笑东想了想，对胖子等人说：“能不能搞到几头比较完整的狼皮，这高原上的夜晚，估计会寒冷无比，大家都没有多余的衣物，帐篷毛毯之类的又不够数量。”

梁三等人猛然惊醒过来，只顾着杀狼杀得痛快，入夜以后的事情都没去考虑，当下想要到外面去拖上几具狼尸回来，剥取皮毛。

只可惜，工事外面的狼群还在不断地进攻，想要出去，却又没有多余的趁手武器。

朱笑东稍微想了一下，拉起城墙上挂着向狼王示威的没死多久的三头狼，吩咐众人赶紧剥了。

马大贵恨这些狼入骨，当下和曾德宝交接了岗位，向阿苏妮要了匕首，当着狼王的面把三头狼尸高高地吊了起来，然后大张旗鼓地开始剥皮。

阿苏妮的匕首锋利，马大贵更是没少干过杀羊宰牛之类的活，手法娴熟，不到十分钟，一张狼皮就给剥了下来。

这张狼皮上先前给人都用刀子刺伤了十好几个洞，差点就成了渔网，不过大体上还算完好。梁三迫不及待地拿过来，直接披在了身上。

当然，这也是当着狼王的面做的。

马大贵剥完一头狼的狼皮，依旧把没了毛皮的狼尸吊在城墙之上。只是才剥掉一张狼皮，狼群就有些发疯了，不仅城墙之上狼群突然间加大了进攻的力度，原本围绕在狼王身边的那几十头狼也一起扑到城墙脚下，猛力跳跃，竟然想要直接从地上跃上城头，其声势之猛烈，让人触目心惊。

可惜，城墙几近两丈来高，即使狼的脑袋撞在城墙上，依旧没办法越雷池一步。

见狼群发了疯一般乱扑乱撞，胖子忍不住高声笑骂："一群畜生，无论如何凶残狡猾，终归也只是畜生一类，想要和人斗，有那个实力，却永远没有那个智力……怎么样，现在逼急了，想要直接撞墙而死……"

待马大贵剥完三张狼皮，索性一顿乱砍，将最后一头狼尸砍成无数小块，一块块地扔下城头，让狼肉掉落进脚下乱扑乱撞的狼群里。

马大贵等人的动作终于激怒狼王。狼王大踏步冲到城墙脚下，一阵低嚎，所有的狼群顿时安静了下来。原本乱撞城墙的狼群在狼王的威逼下秩序井然地后退了数步，一起半蹲半坐在地上。

狼王盯着城头上的朱笑东等人，突然仰头向天，发出一阵凄厉的长嚎，好像在告诉朱笑东等人，今生今世都会与朱笑东等人决战到底。

狼王叫声刚停，狼群又是一起应和，一片“呜呜”的声音响彻天地。

站在城墙上的朱笑东等人只觉得天地阴沉、冷风嗖嗖，一时之间，仿佛这座死城里慢慢地冒出来无数冤魂一般，气氛逼人至极。

胖子经受不住这逼人的气息，硬着头皮，撒开喉咙，也是一阵狂吼，想要在声势上压倒狼群。但是狼群一起嚎叫，那叫声之响亮，岂是胖子一个人压制得住的。

狼王带着群狼嚎叫了一阵，一转身子，昂首阔步，竟然爬上了石头阶梯。

胖子沙哑着嗓子，大叫：“不好，这狼王要御驾亲征了……”

朱笑东皱着眉头，略一思索，当下问大家：“手里还有没有完好的木棍？”

烟锅叔、杨华、胖子三个人的木棍都在和狼群鏖战里破损丢失了，现在也就只剩烟锅叔和杨华用过的半截以及杨薇手里的一根了。

朱笑东拿过杨薇的那根木棍，在手里掂了掂，很结实，也有鸡蛋粗细，五尺长短，估计正好合用。

胖子不解，问朱笑东：“这是要做长矛？”

朱笑东说：“这狼王欺侮我们没有远程武器，我们就做一把弓，让它尝尝厉害！”

说话间，狼王带着最后那群狼上了城墙，眼看就要发动最后的攻势。这时，先前进攻不止的狼群反而不再进攻，而是慢慢地退到狼王带上来的这一群狼身后。

趁着这空档，阿苏妮换下一直坚守着的烟锅叔，杨华也忍着屁股上的疼痛，换下曾德宝。

梁三等人不明所以，不就是再一次的进攻吗，没什么了不起的，来多少，就消灭多少！

朱笑东跟胖子一边做弓，一边说道：“没这么简单，看见先前那些狼跳跃得多高没有？要我估计，它们是在试探有多大的把握，看能不能越过我们的工事，直接从我们头顶上进攻！”

梁三和胖子等人心里一颤，现在回想起来，还真是如此。

“不过先前那些狼为什么就不知道直接越过工事，从天而降来攻击我们？”

朱笑东头也不抬地回答说：“一直都在进攻的这群狼，不是受了伤的，就是老弱病残，只能直接从地面上进攻，想要凌空而降，它们没那个能力，要不然，狼王也不会把那些精锐一直都留着没动。现在狼王和它那些精锐一起出动，也就是说，狼王已经摸透了我们的实力和弱点，所以，要将我们一网打尽。”

胖子一拍脑门子，说：“我还以为它们不过是一群畜生，想不到这家伙比我还要聪明，居然能想到这么高明的战略！”

朱笑东接着说：“不管怎么样，我们和这群狼都成了死敌，现在，要么就只能将所有的狼全部歼灭，打得它们永远无法翻身，要么就得干掉狼王，最少也得要让它大伤元气，再也领导不了狼群。否则，我们最终就只能是狼群的糕点。”

胖子说：“东哥，下命令吧，怎么样打它……”

梁三也说道：“小朱老板，你说怎么办，我们都听你的。”

朱笑东用杨薇的木棍做好了一张简易的弓，试了试张力，感觉还算满意，又说道：“胖子，你跟梁三两个力气大一点儿，现在我要你们上到工事两边的墙上，去阻挡狼王的进攻，而且，不能用刀……”

“不能用刀！”胖子跟梁三失声说道，“徒手阻止狼王的进攻！

这不是去找死吗！”

“没有其他的办法了！”朱笑东叹了口气，“仅有的两把藏刀还得留在下面，另外，你们主要的目的不在能杀死杀伤多少头狼，是诱敌！”

“诱敌！”梁三不解，都面对面要干个你死我活，还诱什么敌！

朱笑东拿了阿苏妮的匕首，开始用仅有的两根半截木棍做箭矢，又解释说：“狼王狡猾得很，轻易不肯露面出来，就算露了面，没有绝对把握的情况下，也绝对不会亲自进攻。经过这么久试探，估计狼王相信我们没有远程杀伤力的武器，所以才带着它的精锐部队登上城墙。但是，它肯定会躲在狼群背后，你们现在要做的，就是要向狼王示弱，一定要让狼王实实在在地相信，我们也不过如此。然后亲自上前进攻，只有这样，我们才有机会，一举灭掉狼王！”

马大贵忍不住说道：“我们为什么不跟狼群缠斗下去，直到把这一群狼消灭为止呢？要知道，有这些狼群存在，始终都是当地的一大祸害，干干净净地消灭了，也算是为当地人做了一件功德无量的事啊！”

朱笑东摇摇头说：“这是没办法的事，以我们目前的情况来说，还没有能力一举消灭这么多的狼，唯一的办法就是能早点脱身，以后有机会再做计较。”

马大贵有些失望，估计平日里也受到过狼群不小的祸害，所以巴不得将之一举消灭干净。

马大贵、梁三还想说点什么，这时阿苏妮叫了起来，说狼王的精锐部队已经开始发动了进攻，赶快做好防备。

胖子早在曾德宝等人的帮助下，很是费劲地爬上了工事墙头。

这工事的墙阻挡老弱病残受伤的普通的狼自然不在话下，但是对付狼王的精锐，肯定是不成的。

先前在城墙下面，胖子等人是亲眼看见过的，一头精壮的狼，稍微加点助跑，完全是可以跃到两米来高的，就算不能直接越过两米来高的工事，要是有一只上到墙头，那都能给工事里面的人造成巨大的威胁，毕竟，这些狼都是狼王的精锐，攻击力和破坏力都非同小可。

随着一阵狼嚎，果然如同朱笑东的猜测一般，狼王远远地躲在群狼背后，其余的，无论是精壮的狼，还是老弱的狼，一齐扑了过来。老弱一些的依旧在下面进攻，只是这个时候的攻击，规模虽小，但是秩序却要严整得多，为精壮的狼留出来很宽的一条道路。估计，狼王是要它们继续进行攻击，牵制工事里面的人手，精壮的，则是如同先前预演的那般，一阵助跑，然后跃向工事的墙头。

胖子和这些精壮的狼才一接触，顿时大惊失色，原来，自己一向都是砍瓜切菜一般，杀得惬意至极，始终都认为不过如此的群狼，这个时候才显现出真正的实力。

第一头狼，估计是没掌握好力度，起跳的地点也稍微远了点，跳起来之后，脑袋刚刚好搁在胖子的脚下，虽然没能直接跃上墙头，但是巨大的冲击力，撞得临时搭建的工事墙壁一阵摇晃，墙边上没砌好的两块城砖哗啦一声掉了下去。

胖子的脸色都不由得惨白了，凭着狼群的这个架势，几乎都不用直接跳上墙头了，一只只地当成狼肉炮弹来轰击，这临时工事也断然不会撑得太久。

那头狼撞掉两块城砖，掉落在城墙之上，毫不犹豫地一转身，跑到几米之外，然后进行第二次跳跃攻击。

在狼王的督导之下，每次最多有三头狼跳跃攻击，每一轮攻击也并不全部想要跃上墙头，只是尽量地往墙头上跳跃，把自己当作炮弹，以肉体轰击薄弱的工事墙壁。

无论工事砌筑得如何厚实，但始终只是仓促之间搭建而成的，加上这一群人又不是专业的泥水匠师傅，虽是把墙壁砌了一米多厚，但是那墙体结构跟豆腐渣工程也差不了多少。在狼肉炮弹乒乒乓乓的一阵撞击之下，不到一顿饭的工夫，工事就已经岌岌可危了。

而且，这个时候，胖子脚下已经开始有狼直接跳了上来，只是墙上面积狭窄，刚刚跳跃上来的狼还来不及站稳，就被胖子拿着半块城砖给轰了下去。

狼王见胜利在望，更是加紧了攻势，先前直接撞击工事墙壁的狼有好些都力竭或者是被撞伤了，但是这些家伙根本不去顾及伤口，一转头，又号叫着挤开老弱的那些，直接从地面上进攻。好在这底下是阿苏妮在防守，拿的又是藏刀，所以，就算是精壮的狼，一时半会儿也还是没办法强攻进来。

胖子在墙上守了将近一顿饭的工夫，实在支持不住，这些狼太过凶悍，凭着手里的两块半截城砖再也没把握守得住了，忙不迭大喊："要想我不去喂狼的话，快把我的藏刀递上来。"

朱笑东看了一眼岌岌可危的工事，在狼群的撞击下，原本两米多高接近三米的工事现在已经降到不足两米了。可以说，稍微精壮一点的狼，几乎无需助跑，凭借着掉落在城墙上的城砖，就可以直接将前爪子搭在胖子的脚下。

胖子要真是没有利刃在手，就绝对守护不住了。

"不行!"朱笑东继续制作手里的箭杆，头也不抬地回答说，"现在还不到火候，你还得再坚守一会儿。"

烟锅叔不忍胖子一个人独守，唯恐胖子一个不慎遭遇不测，想要上去帮忙。

朱笑东不让，这个时候，稍有异动就会惊走狼王，一番苦心白费了不说，从此之后，恐怕永无宁日，就更别想狼口逃生。

胖子在上面大呼小叫："东哥，不给藏刀，把那把匕首给我也成啊，真的快要守不住了！"

朱笑东咬着牙说："匕首也不能给你，你得死死地守在上面，给我坚持下去，直到狼王完全放松警惕，没了戒心。"

杨华和梁三这边虽然也是遭受着狼群进攻，但是程度轻微得多了。他们这边，依旧只是先前那些老弱病残的狼群，虽然咆哮得厉害，但是攻势却没有一点加强。梁三站在墙头，根本就算是无事可做，见朱笑东几乎是"残忍"地让胖子独自一个人抵挡狼群精锐，忍不住对朱笑东喊道："小朱老板，我看胖子哥是真的坚持不住了，你就让我去帮帮忙吧。"

朱笑东盯着梁三，冷冷地说道："你要是不想把大家一起害死的话，就乖乖地待在上面，这边的事你不能管。"

虽然梁三明白个中厉害，还是忍不住说道："小朱老板，要不，我下来吧，我一个人在上面看风景，也没多大的意思。"

朱笑东说道："谁让你看风景了，我要你上去，就是监视狼王的动向，你知不知道，我们整个行动的成败关键就掌握在你的手里。我们所有人的命，也在你一个人手里握着的，你还有心思看风景！"

"我……"梁三一怔，实在没想到自己的肩膀上还有这么重大的责任。

"现在，我们手里有一张简易的弓，但是能用的箭矢却只有两支，也就是说，我们最多只有两次机会射杀狼王。你说，不让狼王感觉到我们已经是强弩之末，走投无路了，它会上这个当？"朱笑东说道，

“狼王狡猾残忍，警惕性之高超乎想象，胖子的耐力可能是我们之间最好的，你不忍心胖子受累，引不来狼王，你要我怎么去做。”

朱笑东说着，眼里却有些潮湿，这是他生平第一次，拿自己兄弟的命来换大家的命。他自己心里难受的程度，恐怕超过了所有的人。

胖子在不到两米高的工事墙壁上手忙脚乱，嘴里却喊着说：“东哥，我知道了，我不会怪你的，一个胖子倒下去，会有千百万个胖子站起来。不过我要是有个万一，回去之后，你一定要告诉我的儿子，给他说说他爸爸是如何的英勇顽强，单枪匹马在百万狼军之中横冲直撞，取敌首级犹如探囊取物……”喊叫到后来，胖子已经声嘶力竭，话不成声。

朱笑东忍住泪意，问梁三：“狼王的动向……”

梁三抹了一把眼泪：“还在那里没动……”

工事里面，杨薇、烟锅叔、曾德宝等人都低下了头，不忍去看，不忍去听胖子在墙上沙哑着嗓子的胡说八道。

不过片刻，朱笑东又问：“狼王的情况……”

梁三哽咽着回答：“没动……”

这个时候，胖子一个人已经差不多坚持了一个多小时了，小腿上面，裤子早已被扑上来的狼抓扯得稀烂。而且，胖子根本就已经站立不稳了，只得盘脚坐倒，仅仅凭着手里两块连棱角都已经砸没了的城砖石块抵御上前进攻的狼群。这情形，实在是有些悲壮。

第六章
再起分歧

胖子在城头抵御狼群的进攻，虽然已经筋疲力尽，但看着狼王的进攻套路，又不免稍稍慰藉了一阵。畜生终归是畜，这比豆腐渣强不了多少的工事，只要狼王再聪明一点的话，继续用狼肉炮弹轰击，早已坍塌得一干二净了。偏偏这狼王，眼看着可以轻而易举接近的墙顶，又临时改变了策略，只是一味地猛烈往上扑，至于狼肉炮弹，反而弃之不用，以至让那些原本精壮的狼半天上不去，上去之后连脚都站不稳，就又被胖子一砖头给砸了下去。

胖子虽然守御到身疲力乏，几乎葬身狼口，但狼王的战果却是不大，不但没能前进一步，还有不少的狼从城墙上滚落，虽然没摔死摔坏，但是也摔得狼狈不堪。

“梁三，狼王的动向……”不到一盏茶的工夫，朱笑东问了梁三不下三十次。朱笑东张弓搭箭，却不敢主动出击，他怕，怕一个把握不住，九个人，九条命，就此丢在他的手里。

“没有……没有动……”梁三看着已经累倒在墙头，却依旧强撑着跟狼群搏斗的胖子，泣不成声地回答。

胖子坐在工事墙上，实在是累到不行了，满头的大汗也顾不上去抹上一把。不过这个时候，狼王身边的精锐也差不多力竭。

狼群虽众，但是一趟趟进攻下来，体力消耗也远远快于胖子。只是看着胖子的模样，朱笑东始终心有愧疚。

不过，不管朱笑东心里如何愧疚，却始终不敢让人替换胖子，朱笑东要等的，就是狼王要彰显它的地位、实力和威望的那一刻！

可惜的是，即使胖子真的快坚持不住了，狼王依旧不为所动，还在等待，等待胖子失去反抗能力前的那一刻。

现在已经将近黄昏，天气也更冷了，杨薇站在冷风中瑟瑟发抖，既因为温度大降，又因为紧张眼前的形势，最主要的是担心胖子的安危。

朱笑东也是满头大汗，拉着长弓，一根木箭搭在弦上，保持着随时都能够扬弓发箭的姿势，定定地立在胖子的脚下，连脑袋也不敢冒出去，生怕稍有异动便惊走狼王。

“怎么样？”朱笑东再问。

“没……动……”梁三咬着牙，一个字一个字地从牙缝里挤出来。

胖子这个时候已经是强弩之末，但梁三只能眼睁睁地看着。朱笑东一直不肯让人换下胖子，实在也是无奈之极。换了胖子，其他的人就算拿上藏刀在墙上坚守，如此激烈的战斗消耗，也没人可以支撑到现在，这一点，朱笑东算是真正了解胖子的。

另外，安排梁三做观察哨，朱笑东也是知道，到了最后，要胖子一边坚持战斗一边监视狼王的行动，那纯属扯淡，要不然，也用不着要梁三上去。烟锅叔、杨华等人观察力是强，但是他们对付狼的经验和胆气比梁三等人要强大得多，朱笑东让他们待着，防止一旦自己的计划失败，有预备队替补。

所以，朱笑东宁肯让烟锅叔、杨华等最有经验，但耐力却又不如胖子的人先躲在工事后面憋屈一些，也不肯让他们出面。

这个时候，胖子手里的城砖对狼群几乎已经没有任何威胁了，只是凭着一股意志力勉强挥动着，吓唬着狼群。

狼王最精锐的部队经过了近两个小时的强攻，到这个时候也就是勉强还维持着进攻的态势。基本上走到胖子脚下，后面的狼稍微一挤，前面的狼就虚弱至极地再次滚下城头，实际上，对胖子也没多大的威胁。

不过，狼群胜在数量多，尽管没办法直接置胖子于死地，但是依旧保持着攻势，让胖子始终不能停歇下来。

就在这一刻，狼王终于发现了一个可以进攻的时机，在墙头坚守的胖子已经没有多大的威慑力了，现在，只要狼王愿意，一步就能站上墙头！

这就是狼王最终期待的，也是它彰显地位、实力和威望的时机！

所以狼王低声嗥叫，要狼群停下进攻，看看它的实力。

狼王威风凛凛地大踏步上前，一众狼群紧随其后。

狼王凭空一跃，登上工事墙头，庞大的身躯如山一般压向胖子。

胖子无力地挥动手里的砖头，想要去阻拦这个以君临天下的姿态踏上墙头、站在自己身上的狼王。

狼王站在胖子身上，并不急于下口咬死胖子，而是将这个肥硕的猎物踩在自己的脚下，仰天长啸，以示威仪。

就在这一刻，狼王感觉到喉头处一痛，一根将近三尺的木箭几乎穿过脖子。

狼王一滞，实在没明白这是怎么回事，朱笑东的第二支箭又已射出，心口处，强劲至极的木箭穿胸而过。

在这同一时刻，烟锅叔翻身上了墙头，杨华跟曾德宝两人几乎在同一时间将胖子从墙头上扯了下来。

这一刻，梁三跃下墙头，直接对着本来就奄奄一息的狼王一顿拳打脚踢。随后，将狼王的脑袋割了下来，隔着烟锅叔，“扑通”一声，扔进还不明所以、继续进攻烟锅叔的狼群里。

狼王的脑袋落地，狼群先是一愣，随后一声惊嚎，紧接着开始四处溃散逃窜，有的来不及转头，直接就从城墙头上跳了下去，眨眼之间不见踪影。

一群跟踪、缠斗朱笑东等人多日的狼群，片刻之间，消失得无影无踪。

烟锅叔、梁三等人站在墙头高声欢呼，朱笑东和杨薇两人半抱起胖子，杨华赶紧用缸子接了汩汩流出来的狼王热血凑到胖子嘴巴前。胖子虚脱到了极度严重的地步，一双小腿血迹斑斑，真的是目不忍睹。

胖子躺在朱笑东的怀里，勉强睁开眼睛，问：“成了……”

朱笑东忍住泪水，点点头，说：“睡一会儿吧，胖子，待会儿请你吃狼王肉……”

胖子慢慢地闭上眼睛，虚弱之际说道：“你们没我那手艺……我才不吃……”说罢，胖子昏睡了过去。

第二天一早，胖子被一阵烤肉香味熏醒过来，肉是马大贵烤的，香味还算可以。

只是胖子稍微动弹了一下，浑身的骨头酥痛，痛过了小腿上的伤口。

这一次，朱笑东等人主要的目的是出来找人，虽然工具武器不多，但是各类伤药却是用得最好的，所以此时胖子身上的伤已然无大碍，只是一场恶战下来全身早已累瘫。

看胖子醒来，杨华兴高采烈地端了一缸子肉汤，试了试温度，感觉不太烫，就要递给胖子。

没想到胖子把脑袋一歪，大大咧咧地说了句：“你这肉汤差了茴香，辣椒粉也不够，还有……”

杨华一怔，随即笑道：“看来你是没什么大碍了，东哥还担心你走不了，特意要大家多在这里留上一天，还好你没事，那我就去叫东哥回来，咱们这就启程。”

胖子马上又叫了起来：“哎，别慌，你们可不能这么对待一个大英雄、大功臣，对了，那狼王呢……”

“狼王！”杨华瞪着眼睛，说道，“狼王不早就死了！脑袋都让梁三当球踢了，你不记得了？”

“不是。”胖子急切地说道，“我是说，那狼王的羊皮……不，是狼皮，狼皮怎么样了？给杨薇嫂子做了衣服没有？”

杨华嘿嘿一笑，说：“狼王的那张皮，杨薇嫂子说要跟阿苏妮小姐还有一位叫什么娟儿的一人一块。不过，阿苏妮小姐说不要，自然，那羊皮……不是……是狼皮，杨薇嫂子就和那位什么娟儿的平分了……”

胖子怔了半晌，这才转过脑筋，杨薇说的那个什么娟儿的自然就是自己的老婆王晓娟了，看来，东哥他们还是没忘记自己。

一阵胡侃，下到城墙，寻找柴火、水源的朱笑东等人回来，见胖子已经醒过来，俱是上前问候。

自从昨天朱笑东射杀了狼王，大家总算是安安稳稳地睡了一个好觉。马大贵执刀，剥了好些狼皮，新鲜狼皮又厚又重，大家拿来做了临时的褥子、被盖，夜里虽是寒气逼人，但是大家有了狼皮，再加上没有了狼群威胁，大大方方地下到城墙，找来不少干柴，生起了一堆篝火，烤肉烧水，倒也过得逍遥自在。

大家围着胖子胡侃海吹，只有朱笑东一个人默然不语，想来还在为昨天自己设计射杀狼王时要胖子一个人独自涉险的事情心怀愧疚。

胖子等人又岂能不明白朱笑东当时的心情，可以说昨天那一场人狼大战，要不是朱笑东果断决然，现在几个人还能不能在一起高声笑语地喝着热气腾腾的肉汤，恐怕还真没人能说得准。

不过，胖子一开口却是叫了声："东哥……"顿了片刻，然后才问道，"要是昨天你的那个射杀狼王的计划失败了，你还有没有另外的计划？让我们也学学经验。"

朱笑东盯着胖子，看了很久，才黯然叹了口气："对不起，没有什么其他的计划……"

胖子失声道："没有？有了A计划，就应该有B计划的。东哥你做事情不可能不会考虑后果的，别藏私，B计划是什么，说出来听听？"

在执行射杀狼王的计划的时候，朱笑东当然还有以防万一的计划，当然，那个计划的代价是从射杀狼王失败那一刻开始，所有的人就只能苟延残喘，直至被狼王困死为止。

不过，狼王一死，这个备用的计划自然也就没有任何意义了，所以朱笑东淡淡地说了一句："对不起，我真的没有安排什么B计划，我只是在赌博，所以，我对不起你……"

胖子当然不相信朱笑东做事会那么轻浮浅薄，没有细致缜密的安排，没有十拿九稳的把握。朱笑东会赌？开玩笑。

"胖子，我欠你一个人情！"朱笑东黯然说道，"昨天，我……真的只是在赌一把，而且，赌注是大家的命！不过，我也想过了，要是我不幸输了这场赌局，我会第一个为你填命。真的对不起了，胖子！"

胖子嘿嘿一笑："东哥，别跟我说这些，你知不知道，经过昨天这一战，胖子我终于是扬眉吐气了一回。想想，一个人面对千军万马，谈笑自如，取敌首级犹如探囊取物，放眼当今天下，试问谁还能如此豪气干云！东哥，是你成就了胖子我一身英名，我儿子孙子，子子孙孙，都会牢记这件事，都会打心眼里感激你八辈祖宗！要是你当时决定的人选不是我，我这辈子就没办法再做出这么一件出彩的事了，以后我还不后悔到死。”

见朱笑东依旧闷闷不乐，自责颇深，胖子有些急了，红着眼睛说：“昨天我做的事情是一件救人性命的事，是千古留名的事，你要这样放不下，我……实在也没什么好说，你要老是这样，是不是觉得我们兄弟的情谊就此断了？如果这样，我也不敢强求，这次出去之后，我们就只能各奔东西……”

说到后来，胖子一脸惨然。

烟锅叔等人见状，也是默然无语，想要劝劝朱笑东跟胖子两人，但实在又不好开口，所以只好在一边瞪着眼睛暗暗着急。

杨薇在一旁劝慰朱笑东：“笑东，昨天这事你就别再计较了，当时的情况如此，除此之外，也没别的办法。要是你们兄弟两人因为这事生出嫌隙，就算再杀一百头狼王，也是得不偿失。”

“可是……”朱笑东惨笑着说，“可是我心里始终过意不去。”

胖子眼睛更红，想了想，说：“东哥，你心里真的过不去？那也成，要不，你给我一点儿补偿。”

朱笑东吸了口气，问：“你要什么？”

“我要一颗珠子，你手里的那颗……”胖子说。

朱笑东没有犹豫，伸手拿出那颗“六方晶系陨石钻石夜明珠”，直接塞到胖子手里，淡淡地说：“兄弟……”

胖子把珠子捏在手里，又说道：“东哥，我可说好了，这不是我要吞为己有，我只是要拿着好好地把玩两个月，两个月以后，再还给你。”

朱笑东一愣：“你不要？我送给你了！”

胖子嘿嘿笑着说：“要一个人记得你，最好的方法就是找他借钱，借上一大笔钱。东哥你不差钱，问你借多少，你都不会在意，所以我只能借你的东西，而且，借嫂子最心爱的东西，我就让你和嫂子好好地惦记惦记……”

“你……”朱笑东终于被胖子气得笑了起来。

朱笑东终于放下心里的包袱，烟锅叔等人顿时松了一口气，不知道是谁，“啪”的一声，响亮地拍了一下巴掌，顿时，一阵热烈的掌声响了起来。

昨天杀死了的狼有十几头，被砍伤的没人去计数，但是狼血却是遍地都是，晚上温度下降还好，现在到了白天，温度回升，自然就招来不少苍蝇蚊虫。转眼间，时间已经到了正午，胖子问什么时候起程。

朱笑东检查了一下胖子脚上的伤势，见那些伤口虽然没完全愈合，但大部分已经开始结痂，想了想说：“我们不急着这一时半刻，再说，我们还得要找上一些装备，明天，明天一早就出发，你们认为怎样？”

虽然大家都心急，但是不少人有伤在身，所以也没人反对朱笑东的决定。

胖子亲手为大家烤了几条狼腿，那滋味就不用说了，虽然狼肉有些粗糙，但是经过胖子打理，还是让大家差点连舌头都吞了下去。

吃饱喝足，马大贵又找阿苏妮要了匕首。昨天，马大贵剥了几头狼皮，大家拿来做了褥子暖暖和和地度过了一夜，但是想到以后还有很多地方都需要这些狼皮，马大贵自然不肯就此放过现成的狼皮。

马大贵技术娴熟，又有曾德宝等人帮忙，几分钟之内就能剥下一张狼皮来，分给众人，反正大家在狼尸里打滚的时间也不短，狼身上的那股味道也没人在乎。

杨薇拿了那张金毛狼王的皮子，一会儿围在腰上，一会儿又披在肩上，仔仔细细地计算着，回去之后跟王晓娟一分，自己还能做什么样的服饰，惹得阿苏妮满眼嫉妒，很是后悔当初的决定。

杨薇笑着说："要不再分给你一块？"

阿苏妮叹了口气，却又说："像我这样的人，实在用不着这样好的东西，拿在手里也是浪费，还是成全你的好事罢了。"

两个女孩子叽叽咕咕的，谈得甚是投机。

梁三、曾德宝两人找马大贵要了两张狼皮，做了两个背包，不大，马大贵说这狼皮虽好，但是强度却不是很高，就算做成背包也背不了太多、太重的东西。

梁三笑着说："也不是完全用来做背包用，天儿冷的时候背在背上暖和，晚上还可以拿来做褥子。"

曾德宝却是直接拿了一整张狼皮披在身上，将狼皮做成一件大衣，很是炫耀地说："这是所有的狼皮里最完整的一张，现在当作大衣，晚上就当被盖，带出去还能卖个好价钱！"

七七八八、忙忙碌碌，便又到了晚上，朱笑东等人吃着胖子的烧烤，讨论明天要走的方向。

阿苏妮建议："现在出了城就往东走，然后折往南行，南方有人居住的地方才是当下最应该去的地方。"

曾德宝却说："反正现在没了狼群的威胁，就应走原路穿过沼泽，往南方返回。"虽然也是要往南方走，但是路线却跟阿苏妮不一样。

朱笑东自然明白曾德宝的心思，但是此行的目的却是寻找虎子等人，即使到现在还没有找到他们的踪迹，但他依旧想着能一边找出路，一边扩大搜索范围，反正现在没有狼群威胁，最多多耗几天时间而已。

但是这一群临时凑起来的人此时却再次产生了分歧，一番争论后，众人商议猜拳来决定方向，九个人各有所思，很快就分成了几伙。朱笑东表明，为求公平公正，他不先说出自己的想法，以免胖子他们盲目跟从，所以，胖子、杨华、烟锅叔他们三个人居然选择了两个方向。烟锅叔选的是正东方向，大体上跟阿苏妮同一条路，胖子跟杨华两人却是故意捣蛋一般，选了正北方向，也就是顺着峡谷的方向直走。

朱笑东握着杨薇的手，说：“这样吧，我要是选你们任何一个人的方向，就有帮助他投机取巧之嫌，既然你们已经选了三个方向，也就剩下一个西方没选，我跟杨薇两个人，就选西方吧。”

如此一来，曾德宝自然是大喜过望，梁三、马大贵三个人在这一伙人里，人数占了优势，机会比其他人都要大得多。

曾德宝生怕有变，赶紧说了一下具体规则。

就以最简单的黑白板来决定，每个人出手心或是手背，手心是白，反之为黑。这并不是主要的，每一次，无论黑白，少的自然就算是被淘汰出局，人数多的那一方算胜，留下来继续猜拳，直至打败所有的对手，或者，留下跟自己一边的人。最后获胜的那人所选的方向，就是大家明天要走的方向。

胖子等人哄然叫好，还说，谁要不遵守最后的那个决定，今天晚上就让他搂着狼尸好好地反省反省。

于是，九个人围了一个圈子，喊了句：“一二三……”大家一齐伸出手。

没想到，这个方法看似简单，但是淘汰率也高得很是惊人。

才第一次出拳，就把烟锅叔、梁三、胖子、阿苏妮四个人淘汰出局了，就剩下马大贵、曾德宝、朱笑东、杨薇、杨华五个人。

曾德宝脑门子上有了一层细密的汗水，也顾不得去擦一下，毕竟这关系到自己的身家大事，输了固然没什么值得开心的，赢了就要进到那沼泽地里，捞取已经不知道沉到哪里去了的背包，同样是提着脑袋去玩。

再次喊了“一二三……”五个人一起出拳，这次，被淘汰出局的居然只有杨华一个人！

接下来，朱笑东跟杨薇两人一起出了一次掌心向上的白板，没想到曾德宝和马大贵两人也是一起出了白板，第三局，没有胜负，也就只能再接着猜。

谁知道，接下来，一连四次，无论四个人怎么变着法子出掌，都是两黑两白的平局，始终没法子淘汰另一方的其中一个。

又连猜了四次，朱笑东和杨薇两人变着法子出黑白，但事情就有这么巧，每一次都是黑白两对，不分胜负。

原本是实在没人能拿得定主意明天该往哪个方向走，用猜拳来确定方向是希望碰运气的，没想到这时节，老天爷也跟着开起玩笑来了。

又比了两局，梁三大叫：“怎么会这么巧，要不然就是杨薇跟曾德宝出一样的，朱笑东却跟马大贵出一样的，要不然，马大贵跟曾德宝出一样的，朱笑东跟杨薇又出一样，始终就是分不出胜负，怎么会这么巧合？而且，还是一连七八次的巧合。”

梁三一叫，胖子跟杨华两个人自然是巴不得让场面再热闹一些，于是，胖子和杨华两人，也就放开喉咙，拍着巴掌，跟着梁三一起使劲儿地瞎起哄，一时之间，热闹至极。

阿苏妮和烟锅叔两人看了一会儿，却渐渐地就看出来了点儿苗头。杨薇跟朱笑东两人，每每出拳都是后发先至，看起来，朱笑东跟杨薇两个人还稍微吃了点亏，但实际上，朱笑东跟杨薇两个人却是眼疾手快，脑子又灵活，见到曾德宝稍微伸出手来，朱笑东和杨薇在那一瞬间就能判断出他们两个人要出的是黑还是白，朱笑东、杨薇两个人也就反着来出。

不过，有一点却是难能可贵，朱笑东跟杨薇两人配合默契，这一点是朱笑东跟杨薇天然的优势，也是曾德宝跟马大贵两人无论如何也做不到的。

其实，这也不能说是老天爷在开玩笑，更不是什么巧合，杨薇以前是开酒吧的，作为一个开酒吧的女孩子，长期混迹在红男绿女之间，对猜拳行令早已信手拈来。

朱笑东就更不用提了，在没“改邪归正”之前，酒吧基本上就是他最常混迹的地方，猜拳行令对他来说根本就是小菜一碟儿。别说这么简单的黑白猜，就算是赌数、猜枚，朱笑东都不会输给曾德宝和马大贵这两个新手。

每一局都杀成平局，只不过是杨薇觉得好玩，朱笑东看出杨薇的心思，陪着她一起玩玩而已！要不然，用这么简单的方法来定胜负，再加十个曾德宝，也不可能是朱笑东和杨薇两人的对手。更不用说时间稍长，朱笑东跟杨薇两人都渐渐摸透了曾德宝和马大贵两人的出拳规律，应对起来就更加轻松。

烟锅叔虽然看出了其中的关键，却不想坏了两人的兴致，再说要不是朱笑东有言在先，烟锅叔肯定会毫不犹豫地跟着朱笑东选正西方。

阿苏妮却是撇了撇嘴，低声咕哝着说了一句：“无聊，要往哪边走，直接说出来就是，何必一定要去戏耍人家!”

阿苏妮说话的声音不算大，没想到却被梁三听了个一清二楚，他稍微琢磨片刻，立刻也就明白了过来。

到底往哪个方向走，并不是特别重要，但是如曾德宝所说，直接按原路返回，去找背包，终究对梁三的利益大了些。

只是胖子先前说过了，谁要是不遵守规矩今天晚上就要让他抱着狼尸好好反省反省，这个猜拳撞运气找方向的主意是梁三自己出的，规矩是跟自己一伙的曾德宝定的，倘若反悔，就算不会真的抱着把皮毛剥了个精光的狼尸去反省，理由也说不过去啊！

梁三想了一会儿，居然有种搬起石头砸自己脚的感觉，看着已经进行了第十次毫无悬念的平局猜拳，梁三皱着眉头蹦了一句：“小朱老板，你们……”

谁知道，梁三这一打岔，正拼得兴起，再猜第十一局的曾德宝微微一怔，本来要出黑的手掌没有翻转过来，一下子出成了一个“刀”！

刚好朱笑东跟杨薇两个人一齐出了一样的黑，马大贵出的却是白，按规矩来说，曾德宝在这一局的出拳就只能算作废，而马大贵因为只有一个白，跟朱笑东和杨薇的两个黑来比，那就只能算是少数了，所以，曾德宝和马大贵两人就算是输了！

曾德宝脸上一红，随即耍起了赖来：“慢着，这局不能算，老梁要说什么，我们先听听他说的……”

胖子在一边大叫：“老曾，你这是认输还是想要耍赖啊？你这明明就是输了的……”

杨华也跟着起哄，说：“老曾，人家拼的是黑白，你这出‘刀’，到底该算哪样啊？”

朱笑东跟杨薇两人却毫不在意，笑意盈盈地问梁三有什么事。

梁三笑着说：“小朱老板，我算是看出来了，老曾他们两个跟你们猜拳是不可能胜得了你们的。不过，这是技术技巧，你们高明，我们心服口服，也就没必要比下去了，要再比，就换个方法，要不然，我们跟你走就是了。”

杨薇一乐，咯咯地笑了起来。

曾大宝瞪着眼睛，有些懊恼地说：“梁三，你打岔就为跟我们说这事？明明是我跟他们势均力敌，你这不是胳膊肘往外拐吗？”说着他也不理有些恼火的梁三，拉着马大贵，对朱笑东说，“小朱老板，来，我们再来比试。”

梁三一打岔，朱笑东顿时没了兴致，见曾德宝还要比，转头跟杨薇使了个眼色，两人心意相通，做好准备。

曾德宝也不多说，当下喊了一声：“一二三……”跟马大贵两人出了一黑一白出来，朱笑东跟杨薇两个人却是一起出了白。

赌局到此，朱笑东就算是大获全胜，按规矩，明天要走的方向就应该是朱笑东选择的西方。

胖子和杨华等人见朱笑东获胜，自然高声叫起好来。

马大贵无所谓，既然说出了话，就得愿赌服输，走西方，那就走西方呗。

曾德宝红着脸不干了：“不成，这是梁三打了岔，我还没进入到状态，我本来要出白的，我们重新再来，三局两胜定输赢。”

朱笑东本来就没了兴致，再说，这规矩和方法都是曾德宝等人定下来的，曾德宝这样一再反悔，有耍赖之嫌。

曾德宝还要狡辩，梁三开口了：“老曾，这就是你的不对了，人家小朱老板已经给过你机会，是你们技不如人。反反复复，小人行径，惹人笑话！”

“谁小人了！”曾德宝两眼冒火，现在连梁三都这么说自己，自己的计划看来是要泡汤了，曾德宝不由大吼大叫起来。

杨华不知轻重，嘻嘻地笑着说道：“老曾，这规矩可是你定下来的啊，要不你今天晚上抱条狼去暖和暖和？我给你找条能生崽儿的……”

本来杨华也就只是跟胖子一起胡说八道惯了，但是这话听在曾德宝耳朵里就显得格外刺耳，规矩确实是自己定下来的，但是这一次明显就是外因导致自己失误的，杨华他们这边仗着人多，连这样一个弥补的机会也不给，真是太过分了！

胖子一听曾德宝说这话，顿时不干了：“什么叫过分？老曾，咱们一点儿都没过分，你自己定的规矩，你现在又要反悔，到底谁才过分！”

曾德宝怔了怔，一张脸红得发黑，忍不住怒道：“别以为你们人多，欺侮我们人少，大不了我不跟你们一块儿走罢了……”

本来是觉得好玩的朱笑东见曾德宝都冒出火来，当下劝道：“老曾，算了，你也知道，胖子是个爱胡说八道的人，你就别计较了……”

胖子哪里肯依，这事儿他可是一点儿都没胡说：“昨天梁三要了烟锅叔和杨华两人的背包，要找武器打狼，把他俩个的背包都倒了个底朝天，里面从墓里带出来的明器让曾德宝偷偷藏了几件，当时大家都忙着抵御狼群，也没人发现，就只有我一个人看到了。后来跟烟锅叔和杨华说了这事，烟锅叔跟杨华两人检查背包，发现果然如此，一共少了四件明器。”

“只是烟锅叔和杨华两人觉得明器丢了无非也就只是少赚了一些钱的而已，看样子，曾德宝也可能是手头不宽裕，才干出这样的事来，看在大家一起打狼的份上，这事就这么算了，只要他别再干出这样的事来就可以了。”

“没想到这家伙贪心不足，还强词夺理，说我们仗着人多欺侮他，是可忍孰不可忍！”

朱笑东和梁三等人一听有这事，顿时呆住了，队伍里出了这种事，谁还能放下心来。

本来，曾德宝只是在猜拳找方向的事上表现得不堪，也就没什么太大的影响，但是出了这事，梁三的脸上就挂不住了，当下问杨华和烟锅叔两人，丢了的到底是什么玩意儿?

烟锅叔淡淡地说道："算了，这事都过去了，就那么三四样，也值不了多少钱，我们也没想着要去追究……算了吧!"

梁三沉着脸，说道："我梁三虽然不成器，但是最看不起偷鸡摸狗的勾当，也最见不得别人栽赃陷害，这话可得说清楚，不明不白的事，我梁三可不愿意去背那黑锅。"

烟锅叔一再说："大家伙儿现在的处境，容不得起矛盾、闹内讧，区区几件小玩意儿，也值不了多少钱，这事就这么算了。"

可是杨华却认为梁三也有偏袒曾德宝的意思："我们做失主的都不想去追究这事，你这梁三说话，倒好像我们是在栽赃陷害了曾德宝似的，那我们就把话说清楚吧。"

杨华说："丢了一件黄金项链，坠子是红宝石的，值不了多少钱，是准备送给老婆马晓娟的，还有一件是一只镶金白玉瓶儿，准备送给老丈人做寿礼的。反正都是准备送人，没了就没了，但是这话我可得要说清楚，我们绝对不是不知道，也绝对不是随便栽赃害的人。"

烟锅叔见话都说到这份上了，随即也说出了自己丢失的那两样："一件是珍珠串儿的手链，一件是黄金的生肖羊，这两样加在一起，也不会超过五十万元，我们是真没看在眼上。"

梁三铁青着脸，转头望向曾德宝，说："老曾，我是真的看错了你，你什么事都该做，但这件事，你不该，你自己说，你还怎么去见人?"

虽然事情败露，但是曾德宝却抵死不认账，坚决否认自己拿过烟锅叔和杨华两人的东西："什么黄金项链宝石坠子，什么珍珠串儿生肖羊儿，我都没见过，根本不知道你们两个人在说什么？要不然，你们搜搜我的身上，看看有没有你们说的那些东西!”

“捉贼捉赃，得有真凭实据，要不然说这话出来，不是欺侮人是什么!”

朱笑东见曾德宝这么说，也有些气恼，别人不知道，朱笑东可是知道，白天，大家一起捡柴火的时候，曾德宝鬼鬼祟祟地说是去方便，可是后来朱笑东无意中经过，却发现根本没有方便过的痕迹，那是在干什么？现在回想起来，恐怕就是曾德宝在藏那几样东西吧。

曾德宝依旧强词夺理。

朱笑东淡淡一笑，说：“老曾，你就不要狡辩了，这件事我们就到此为止，你愿不愿意跟我们走，我们不强求……”

曾德宝跳起来，说：“你们这是污蔑，根本就是在欺侮人，有本事你们拿出赃物证据来，要不然你们就是诽谤，以多欺少。你们现在就算是求着我跟你们走，我也不去，大家一拍两散，这天底下，没谁还不能活了？”

第七章

又遇旧敌

杨华跟烟锅叔两人一听朱笑东说丢失的那几件明器有可能被曾德宝藏在其他的地方，稍微回忆了一下白天曾德宝的动向，两个人便一起拿了火把，要去把那几件明器找回来。本来只想暗暗送个人情给他，没想到这家伙反咬一口，是人都不可能吞下这口气。

当下，梁三也要亲自去看看，到底是不是属实，朱笑东知道地方，自然是带着大家一起，曾德宝要洗清冤屈，自然也要一起跟去。

见阿苏妮和马大贵两人懒得去看热闹，曾德宝出言相激，说："还是大伙儿一块儿吧，免得到时候有人拿了屎盆子往别人脑袋上乱扣。阿苏妮和马大贵两人稍一迟疑，也就一起跟着下了城墙。"

找到曾德宝白天方便过的地方，杨华拿了藏刀去挖那地面，果然，才挖两三下，烟锅叔和杨华两个人丢失的东西就露了出来，而且一件不少，这就说明胖子等人所说非虚，并非是在冤枉曾德宝。

梁三一脸煞白："这可是当着大家的面挖出来的赃物，你曾德宝还有什么话好说？曾德宝……曾德宝……"

曾德宝不在，明明曾德宝跟他们在一起的，不知道什么时候，这家伙就溜了。

朱笑东见曾德宝不见了，顿时大叫一声："糟糕，老曾肯定回头去偷胖子你们的背包了……"

几个人急急忙忙回到城头工事里面，一看，只见满地都是凌乱不堪R工具、食物、药品，烟锅叔的背包不见了，所有人的，包括朱笑东杨薇两人的背包都被打开过，只是两个人背包里根本就没金银明器，又可能是因为时间紧迫，曾德宝来不及把背包倒出来细细查看。

朱笑东返身去看城墙外边，只见黑暗之中，一个连滚带爬的人影正在仓皇逃窜，不是抢了明器的曾德宝又是谁，只是没过片刻，就消失不见了。

朱笑东一屁股坐到地上，他不心痛丢失的明器，遇到曾德宝这样的人，他心头不痛快。

胖子跺着脚，就要跳下城墙去把曾德宝抓回来痛打一顿，杨华和烟锅叔两人举着火把，转身要下城墙去追曾德宝。

朱笑东叹了口气，叫住胖子等人，说道："这座城堡建在沼泽地中间，曾德宝抢了那些明器，黑灯瞎火的，要是命大能闯出沼泽，那些明器就送给他享用吧，不过估计他也就是有命抢没命花，我们大家犯不着去陪他玩命。"

胖子等人暴跳如雷，大声叫骂，足足一个小时方才罢休，清点了一下损失。被曾德宝抢走的有七八斤牛肉干，一个水囊和绳子以及胖子的那把藏刀，至于说几个人的明器，则是一件也没留下。

还好，朱笑东给胖子的那颗夜明珠，胖子一直都放在贴身的口袋里，要不然铁定也会让曾德宝一起带走。

这一次，朱笑东等人算是栽了个大大的跟斗，栽到家了！

一个个瞪着眼睛，刚刚战胜狼群的喜悦和骄傲顿时化为满肚子的憋屈，梁三更像是斗败了的公鸡，耷拉着脑袋躲在角落里，头都不敢抬，毕竟曾德宝是跟他一起的。

一夜无语，第二天一早，胖子胡乱地烧了开水，煮了点牛肉汤，大家勉强喝了，收拾妥当，就此开拔。

朱笑东见梁三眼睛有些红肿，知道梁三昨天晚上肯定难过了一夜。

下了城墙，朱笑东提议去看看曾德宝昨天晚上走过的路径，梁三本来不愿意，但又不好说出来，只得默默地跟在几个人身后。

只是他们顺着一串脚印，还没走出半里路，前面就剩下一串串泥泡子，再也没法子往前走了，估计曾德宝虽是抢了几个人的明器，但是也没能走出这泥淖沼泽。朱笑东等人叹息了一阵，就此折转往西。

在泥淖沼泽里打滚了两天，一行人终于来到了一处石山脚下。

虽然疲累，胖子等人倒是兴高采烈，倒在草地上发疯一般打了一个小时的滚，这才躺在草丛里，大唱"岁月是把杀猪刀，美了少年，软了香蕉……"

见胖子等人没有惦记被曾德宝抢走的财物，梁三的心情也舒缓了不少，高兴不已地说："现在用不了多久，就能回到人间，恢复正常的生活了。"

朱笑东摇着脑袋说："这可不一定，就目前来说，也就是摆脱了被沼泽吞噬的命运，这无人区里，谁知道后面会不会有比沼泽、狼群更危险的，总之，还是小心一些好。"

正说着，阿苏妮一声惊叫，指着前面不远的地方，说不出话来。

朱笑东转头看过去，只见石山左边的半空之中，影影绰绰地出现一片海市蜃楼的景象：那是一个很美丽的地方，一片色彩斑斓的群山脚下有两个美丽的湖泊，两个湖泊中间是一道小小的山梁，远处还有几栋房屋，看起来，很有诗情画意。

最主要的是，有五个人骑着马匹在湖边漫步而行，形象悠闲惬意，虽然看不清人的面目，但烟锅叔一看骑马的大个子，立时就叫了一声：“虎子……”

杨华也叫道：“是晓娟他爹他们……”

烟锅叔和杨华两人说着，就要跑过去。

朱笑东深知这是海市蜃楼映像的幻境，这么看着幻象去追，除了毫无结果，弄不好会惹出不可预知的危险出来，当下便拦住烟锅叔和杨华两人，要他们暂时别激动，先看看能不能找到那个地方的线索再说。

又转头问阿苏妮，知不知道哪里有这么个所在——两个像眼睛一般连着的湖泊，还有鼻梁一样的小山。

阿苏妮沉默了半晌，才说：“这个地方以前我听说过，但是我没去过，因为那里就是穆罕默德的圣地，同样是传说中的地方，多少年来，无数的人都去追寻过，自己也去找过几次，却都是无果而终，所以也就一直把那个地方当作是一个传说。”

朱笑东笑着说：“虎子他们都找到了，而且他们现在就在那里晃荡，说明这个地方是真实存在的，看来虎子他们的运气比你阿苏妮小姐要好啊！”

胖子恬不知耻地说道：“这不关运气好坏，虎子是什么人，他是胖爷我手下最最最得力的干将，官居副副总，没两手绝活儿怎么能成？再说，跟着胖爷干了那么久，胖爷我的绝技少说也学到了八成，要找个什么马汉什么德的地儿，还不是小菜一碟儿。”

杨薇“噗”的一笑，说：“这么说，虎子是师承胖子你了……”

胖子高傲不已，继续吹嘘：“那是，没见着他现在就在无数代人都找不到的那个什么地方晃荡吗？这说明强将手下无弱兵，名师才能出高徒……”

杨薇又是一笑，说道：“这我就不明白了，怎么会徒弟找到了的地方，你这当师傅的还满天下到处乱跑着找人，你不会掐指一算，然后直接把你徒弟找出来?”

胖子尴尬不已，一时之间找不到话语来搪塞杨薇，倒是杨华在一旁嬉笑着帮胖子解围：“他这就叫名师出了高徒，青出于蓝而胜于蓝，不过，关键是虎子哥‘胜’过了胖子这当师傅的，这当师傅的自然没徒弟厉害了……”

胖子、杨薇、杨华三个人在一边胡说神侃，朱笑东却仔细地问阿苏妮关于圣地的细节。

阿苏妮解释了半天，朱笑东才渐渐明白，他们所看到的这个地方，或许并不是真正的穆罕默德圣地，但也至少是被当地人供奉的一个神圣所在，在这种地方一旦触怒了当地人，那可不是儿戏。

不知道什么时候，胖子转过头来，嘿嘿地笑着说：“我明白阿苏妮小姐的意思，既然是你们本地人的圣地，也就是说，我们到了那里，不能乱拿乱抢，一切买卖要公平……”

胖子虽然胡说八道一气，但是却说中了阿苏妮心中的顾虑。这帮人，尤其是梁三一伙，见到金银珠宝好东西，就不顾一切，又拿又抢，弄不好还又烧又炸，几乎跟鬼子扫荡没什么区别，真要到了圣地里，再这么来一次，自己就真的成了帮凶。

梁三讪讪地笑着说：“阿苏妮小姐，这个你就不用担心，我现在想抢，抢来的东西也没地方装，想炸，也没了炸药雷管。这么说吧，从现在开始，我的身份就是一名游客，很文明的一位游客。”

阿苏妮瞥了他一眼，也没作声。几个人休息一阵，半空之中的海市蜃楼早就消失不见了，朱笑东等人稍微整理了一下，就继续向西进发。

翻过了石头山，再往前面走上半天，又是一片赤褐的戈壁。只是到傍晚时分，在一处背风的地方安营扎寨的时候，阿苏妮突然说：“这里我曾经来过。”

朱笑东等人一喜，连忙问：“这里到了什么地方？”

阿苏妮却是一脸迷茫，说：“这个地方确实我来过的，这么说吧，这里离新月谷已经超过了两百公里，而且，新月谷现在的位置，就在这里的南方偏东。我们怎么会到这里？”

朱笑东想了想，说：“这不稀奇，我们由南向北进入新月谷，然后进了那座墓里，大约就一直在向东走，进了沼泽之后，走了几天，都是向北走，实际上，应该是与我们原定的计划在平行前进。后来从城堡里出来，又一直往西走，自然就能回到新月谷的前面。”

阿苏妮稍微细想了一下，欣然说道：“这么说来，虎子他们最后消失的地方就在前面不远了，估计再有半天就能到达。”

胖子、烟锅叔等人一听到这个消息无不欢欣鼓舞。

而且，更让人兴奋的是，阿苏妮说这地方如果折转向北，只有五天的路程就能到达有人的游牧区，那里是最近的有人区。

梁三一听这个，顿时激动得眼泪都差点掉了下来。这一路走来，无时无刻不在盼着能回到人间，重新过上正常人的日子，这个愿望现在就摆在自己的面前，只是一起来的人中，现在就剩下自己了，想来实在是有些伤感。

现在有了明确的方向，朱笑东问梁三：“如果明天就分手的话，我们可以拿出足够的食物饮水，赠送给你，就不要继续跟着我们去冒险了。回去之后，还是想办法，做点小生意之类的，踏踏实实过日子才好，所谓探墓倒斗，真的不是一件常人能够承受的事情。”

“还有，马大贵，这一段时间也算是辛苦你了，我就按照我们先前说的，付给你这一段时间的工钱，跟梁三一块儿回去吧，也算是有个照应。”

马大贵鼻子一酸，这一段时间里，多少次生死瞬发，对他来说确实是一种折磨，这种刀头舔血的日子马大贵还真不想过下去了。

于是，朱笑东把几乎一半的水，近三分之一的牛肉干，一些胖子准备的狼肉，还有几样简易的求生工具，拿一个背包装了，递给梁三和马大贵。

眼看就要分手，杨华等人也是依依不舍，烟锅叔从怀里摸出一个布包，递给马大贵，说：“这一件明器，我一直都贴身藏着，你拿着，算是替小朱老板付给你的工资。”

马大贵推辞了一阵，也就接了过去，打开布包一看，里面是一对黄金镯子，相当沉重，当这一段时间的工资，那是绰绰有余了。

杨华也拿了一块黄金雕盘出来，递给梁三说：“这是我仅有的一样了，拿着，回去变卖之后做点小生意，算是哥儿们这一段时间的辛苦费。”

事情已定，所有人都唏嘘了一夜。第二天一早，天色微明，梁三和马大贵两人辞别众人，两伙人各自出发。

一路上少了两个人，气氛就没有以前热闹了，胖子和杨华两人依旧是胡说八道侃大山，但也就是有一搭没一搭。

如此走到中午时分，到了一个四周都是光秃秃的大山的地方。阿苏妮站在盆地边缘的山口，指着前面不远的一个地方说：“不到五百米远，就是上次最后见到虎子的地方。”

“因为那次我是步行，虎子等人却是骑着马，追到那里以后，虎子他们就隐入到那些山丘后面，就再也找不到了。”

阿苏妮说，她在这里盘桓了七天，最后因为食物和水都剩下不多，恐怕无法支撑回程，这才不得已离开。

朱笑东问阿苏妮：“虎子他们是骑马而行，沿路肯定会留下马蹄印或者马粪之类的痕迹，你怎么会找不着？”

阿苏妮回答说：“这里遍地是戈壁，会留下马蹄印？至于马粪，估计是他们用了马粪兜收了起来，我哪里去找得到。”

朱笑东默然，这戈壁滩上，没有马蹄印，没有马粪，确实是满眼茫然。

杨华走了一阵，嚷着肚子饿了，想要吃东西。

胖子说：“现在我们手里的食物只能够支撑三天左右，三天之后还能余下的，就是回程路上的，这个可得要计算好，别饿死、渴死在短短的五天的路程上，会让虎子他们笑掉大牙的。”

为了节约时间，胖子拿出牛肉干分发了，几个人一边吃着已经变硬的牛肉干，一边向盆地里的山丘进发。

很快到了阿苏妮所说的地方，这里就像被斧头砍去一半的小山丘，留下的半边光秃秃的，一根草也没长，裸露着一片褐红色的石岩。

朱笑东凑近足足有十七八米高的岩石壁细看，只见两米来高的地方有几个歪歪扭扭的大字：“马进到此一游！”

字是用刀子刻上去的，岩石的硬度不大，接近砂岩的硬度，所以这字刻得也很是明显。

杨华看着这石壁上的字迹，可以确定这就是自己那小舅子干的好事。这家伙，好好地待在家里不行，非跑出来四处瞎逛，害得大家都不得安生，见着了非好好地揍他一顿不可。

胖子笑着说：“要揍你小舅子一顿，还得先揍你老丈人，这叫上梁不正下梁歪。马进不好，当然是他老子带坏的，对了，还有你叔丈人、你堂舅哥，要揍都得一块儿揍。只能掉一村儿不能掉一人，少揍了哪一个，都容易得罪人！”

于是杨华和胖子两人又是一阵胡说八道。

朱笑东想了片刻，拿出藏刀，试着在上面去刻字，杨薇以为朱笑东也会刻上一个什么“朱笑东到此一游”之类的，没想到朱笑东手腕用劲，片刻之后，居然刻下一行：“见此，往东半天，转向北走，五天，有人区！”的指示路标，还留下了落款，“朱笑东”三个字。

字迹龙飞凤舞、苍劲有力、古意盎然，和马进那个“到此一游”相比，实在是高明了不知道多少倍。

只是大家这一段时间里，已经忘却了日期，不知道具体的时日，所以最后朱笑东就只留下了一个“八月……”的时间标志。

刻完，朱笑东在胖子等人的喝彩声中收了藏刀，又回头看了一眼这些字，觉得还算显眼，这才下了岩壁，催促大家再往前走。

一边走，朱笑东一边解释说：“这有可能并不是马进顽皮，而是他担心回程的时候找不到出路，所以刻写这样看似无聊的“到此一游”，作为回程时候的标记。可以想象得到，他们其实也是在万不得已的情况下冒险，要不然就用不着留这些记号。”

胖子不大相信这个说法，笑着说：“这地方风景还算不错，马进那小家伙儿，这是有意在青屎上留下一屁，这也说得过去，他们来找那个什么圣地，不可能一点把握都没有地瞎闯乱跑，对不对？”

“干这事最怕的是什么？”朱笑东说，“最怕的就是被人看穿行迹，被人看穿了行迹，别说打歪主意黑吃黑的会盯着，就算是官方，也不会放过。要不然，怎么虎子他们的行踪就只有阿苏妮小姐一个人了解。”

现在回想起来也是，当初去找哈利桑做向导的时候，哈利桑就明确表示过，他真的不知道虎子他们的行踪，而且，还要了三十万元一个星期，以后每个星期涨两万元的价钱，才答应带大家出来。估计，就算哈利桑不是苏多德尔一伙，也是真的不知道虎子等人的行踪，这就只能说明，虎子他们的保密工作确实做得到位。

既然保密工作都做到了这一步，又还在这里留下字迹，其用意昭然若揭。

胖子想了想，这才点头，表示认可朱笑东的说法。

“可是……”朱笑东拿过又接着说，“到底是什么原因，让原本把保密工作做到极致的虎子他们，到了这里又突然置保密工作于不顾，还大张旗鼓？”

“怎么大张旗鼓了？”杨华好奇地问，“留个记号，怎么还会有大张旗鼓这一说？”

朱笑东答道：“要是我，在做他们一样的事的话，无论任何情况下，想要留下一个作为路标的记号，大可以找一些不会太显眼的地方，自己知道、记得就好，绝不会让人老远就能看得清清楚楚的。这是给自己留的，又不是专门留给别人的。”

胖子一拍脑袋：“对啊，我怎么就没想到这些啊！嘿嘿，东哥就是东哥，这脑袋瓜就是灵活，怪不得我们百战百胜，次次都能凯旋。”

杨薇揣摩着朱笑东的心思，片刻之后，说道：“在我看来，估计是出于两个目的，一个是真的没把握，这个就不说了，另一个，恐怕是在故布疑阵……”

“故布疑阵！”杨华有些糊涂了，这又是怎么回事？

杨薇朝着急急忙忙在前面带路的阿苏妮努了努嘴，低声说：“想要骗开的人，除了她，还会有谁。”

杨华略一沉吟，马上明白过来，这事情，果然比预想中的要复杂。

杨薇笑了笑，说：“不过这只是猜测，事情的真相得要找到虎子他们才能知道，不过你们现在……”

杨华摸着脑袋，然后又点点头低声说：“明白了，嫂子……”

走了一阵，阿苏妮回过头来，等朱笑东走到身边，这才问道：“我在这里找了几天，去过不少的地方，但是没找着，我们是重新去那些地方找一遍，还是直接往前走？”

阿苏妮追踪了七天，找过的地方自然不少，但是都没能发现虎子等人的踪迹，再去走上一趟那些地方，肯定就浪费时间。现在，朱笑东等人肯定没有七天的时间可供挥霍，胖子说只有三天的食物储备，也就是说，最多可以找两天，去看没有线索的地方肯定是浪费了。

阿苏妮点点头，说：“既然如此，前面又是一段未知的路，我们是直着走还是……”

如果是直着走，当然可以达到盆地最深处，然后在食物补给还能坚持到回程的时候折返回来，但是搜索的面积就小了很多。找到虎子他们的机会自然也就小了很多，但要是搜索着走，面积是可以增大不少，但是时间上又不允许那么做，所以，阿苏妮要朱笑东自己做主，决定该怎么走。

朱笑东想了想，先往里面直着走，然后，回程的时候，再走另一条路，这样既能保证尽可能地到达盆地最深处，又增大了搜索面积，能不能找到虎子他们，这个，反正就只能是尽最大的努力了。

烟锅叔和杨华两人点头，也只能这样！

于是，一行人便直指盆地深处，直直地在一片光秃秃的丘陵般的小山中间穿行。

这半天，在盆地里将近走了二十来公里，当然这不是指直线距离，几个人走着直线，却是遇山翻山、遇坡下坡，说是往前走了将近二十公里，但实际上直线距离却不超过十公里。

傍晚，正准备找个地方休息上一夜的时候，朱笑东突然听到一阵马嘶。

胖子也仿佛听到了，其余的人却是忙着安营扎寨，没注意。

朱笑东觉得稀奇，这里半天也没见过一只飞鸟，哪里来的马鸣！

胖子硬拉了朱笑东，返身爬上身后的山丘，要去看看到底怎么回事。

朱笑东欣然答应，跟烟锅叔等人打了招呼，又从杨薇的背包里拿了望远镜，跟胖子往山上爬去。

这小丘不高，也就百儿八十米，坡度却是相当陡峭，朱笑东跟胖子两个费了好大劲，才爬上山顶。

到了最高处，入眼只见层层叠叠，灰褐一片，全是光秃秃的山头，看得胖子一阵眼晕。

朱笑东却是举着望远镜，有些紧张地四处观望，这盆地里有马鸣叫，多半便是有人，搞不好，就是碰巧遇到虎子他们也说不定。

看了一阵，朱笑东突然脸上一阵煞白，一言不发，把望远镜递给胖子，要胖子往朱笑东手指的方向去看。

朱笑东手指着的方向恰恰就是自己走过来的方向，不到三公里的地方，一队骑着马的人正急急忙忙往这边赶来。

胖子在望远镜里看得清楚，领头的正是被杨华用仿真手枪打火机烧过的苏多德尔，苏多德尔这次带了七八个人，个个都背着枪械，在高倍军用望远镜里，这些可是看得一清二楚。

这倒不说，他这七八个人的队伍里，居然还带了另外三个人——最让胖子咬牙切齿的曾德宝，早上才分手的梁三、马大贵。

估计梁三和马大贵两人是不愿过来的，所以，苏多德尔一伙人把梁三和马大贵两人都绑在马匹上了。

这情景，如何不让朱笑东脸色煞白。

最恐怖的是，这次苏多德尔还带着两头成年狼一般大小的猎犬，他们能够来得如此之快，估计少不了那两头猎犬的功劳。

苏多德尔一伙现在跟朱笑东等人虽然说不上死敌，但也是形同水火，能不接触当然不接触的好。

胖子问："梁三、马大贵两个都被苏多德尔捆着呢，怎么办?"

朱笑东无可奈何地摇摇头，说："眼下只能暂避苏多德尔的锋芒，至于梁三和马大贵两人，只能看情况伺机再救。苏多德尔肯定不会无缘无故杀了他们两个，至于曾德宝，看那老小子一脸嘚瑟，肯定是向苏多德尔投降的主儿，用不着管他。"

当下，朱笑东等人连滚带爬，下了小山，把情况一说，阿苏妮和烟锅叔也是恨得咬牙，但又无可奈何，只得草草收拾好背包行李，上了那座小山。

上了小山，朱笑东却不想走，这座小山地形陡峭，就算苏多德尔发现了几个人在上面藏身，也用不上马匹，等他们爬上来的时候，自己可以有很充裕的时间做准备。

阿苏妮低声笑了笑，说："正愁着没有代步的工具，这家伙居然就送了上来，哼哼……"

胖子也"嘿嘿"一笑，说："什么叫做准备，干脆，咱们调虎离山，去抢了他们的马匹行李，嘿嘿……谁叫苏多德尔这家伙上次追着咱们屁股打！这个仇，咱们报定了！"

见几人都迫不及待地想要去报一箭之仇，朱笑东再三叮嘱："万万不可伤人，另外，要是有了收获，就按原定的计划直接往前跑，在五六公里的地方汇合。"

胖子跟杨华两人拿了藏刀和简易的弓箭，跟着阿苏妮从小山背后下去，趁着苏多德尔一伙还没赶到，悄悄绕到另一边去埋伏。

不大工夫，一阵人嚷马嘶，苏多德尔一伙追到了朱笑东等人先前准备扎营的地方。杨薇一看苏多德尔骑着的那马匹，差点叫了起来，这些马匹多半都是朱笑东从阿古力手里买过来的，苏多德尔本人骑着的，正是杨薇的那匹白雪，胖子的那匹宝马也在其中！

上次，苏多德尔一伙人从废弃的窑洞里逃了出去，不但带走了朱笑东等人的马匹，连食物都带了个七七八八，想到这个，朱笑东也忍不住咬牙，暗暗祈祷，让胖子好好地教训这家伙一顿。

苏多德尔见两头猎犬在朱笑东等人扎过营的地方不住地吼叫，便下了马，上前去查看。地上确实有一些新鲜的痕迹，估计朱笑东等人可能是闻风而逃，没走多远。

苏多德尔呼喝着，正准备上马再追，那两头猎犬却是号叫着，往朱笑东等人藏身的小山追了过来。

烟锅叔和杨薇两人都有些紧张，朱笑东却是拿了两块石头，准备收拾这两头猎犬。

狼都杀过了无数，害怕这两头恶犬，笑话！

猎犬很快便爬上了半山腰，苏多德尔一伙站在山脚下，似乎还在考虑着什么。没想到这时，一头猎犬一声惨叫，居然从半山腰滚了下来，另一头猎犬如临大敌，冲着山头不住地狂吠。

滚落的猎犬自然是朱笑东的杰作，一块石头准确地落在快要接近的那头猎犬脑袋上，这头猎犬顿时惨叫着翻落下山腰。

朱笑东本来还想将另一头猎犬一起干掉，省得这猎犬追着自己跑，惹人讨厌，没想到这头猎犬不知道是怎么回事，距离朱笑东等人二三十米就不再上前，只是拼命狂吠。

“不好，有狼……”苏多德尔大叫，一听说有狼，苏多德尔手下一伙人，全部取下武器，推弹上膛，瞄着朱笑东他们藏身的地方，呼呼啪啪地一阵扫射。

曾德宝却大叫道：“不是有狼，那个姓朱的，他们身上有狼血……”

梁三在马背上大骂：“曾德宝，你这个混蛋，朱老板他们放过了你，你出卖了他们不说，还掉过头来对付他们，你不得好死！”

曾德宝不理梁三，对苏多德尔说：“估计朱笑东一伙就藏在这山顶上，只是这姓朱的一伙人很是厉害，你们可要小心了。”

苏多德尔自然知道朱笑东等人厉害，要不然，自己一张脸到现在都还没好彻底！

拿了一把手枪塞给曾德宝，苏多德尔要曾德宝打头阵，曾德宝推说自己不会用枪，也就用不着去打头阵，要不然，朱笑东等人肯定会第一个干掉自己。

没想到苏多德尔将手里的冲锋枪往曾德宝腰里一捅：“要么我现在就打死你，要么抓住那姓朱的，只要抓住他们，两个女的，赏你一个。”

梁三哈哈大笑，说：“曾德宝，你也有今天，好好的人你不做，偏偏要给人家去做狗。不要说朱老板他们，就是老子，也饶你不得，你要栽到老子手里，老子第一个废了你。”

曾德宝一咬牙，接过手枪，对苏多德尔说：“我不要那个什么女人，你只要答应我，抓住那几个人，全部弄死他们，我就去打头阵！”

苏多德尔阴森森地一笑，说：“要不要阿苏妮那个女人，那也随你，但是抓到那姓朱的一伙，少不了你的好处。”

曾德宝无奈，嚎叫了一声，朝着山头“呯呯”地连放了好几枪，然后拼命地扑了上去。

本来，曾德宝还以为自己这一冲锋，苏多德尔的手下必定会像电视里的情节一般，大声号叫着，拼死冲锋陷阵，只是回头看时，却发现苏多德尔一伙人都是拿着枪往山顶扫射，跟着自己一起去冲锋陷阵的，一个也没有。

烟锅叔两眼冒出火来，抓了块石头，“呼”的一声扔向曾德宝，只是山势虽然陡峭，烟锅叔又不敢真的直接要了曾德宝的老命。所以，那石头离曾德宝还有好几米的地方就落地了。石头落地，砸得尘土四扬，显然力道不小，看这情形，也确实挺吓人的，要是直接落在脑袋上，肯定像铁榔头砸西瓜一般。

曾德宝心虚不已，一时不敢上前。

苏多德尔一伙却是对着山头一阵狂射，想要压制住朱笑东等人，又大声呼喝要曾德宝继续往小山上冲击。

只是朱笑东、烟锅叔和杨薇早就计算好，伏在山顶两块巨石后面，也不露头，直接把石块当作是迫击炮弹，给扔了出来。

虽然是盲目地乱扔，但是从百十来米的高处往下落，那力道依旧惊人，加上这光秃秃的山脊，石块多得是，朱笑东他们根本不缺弹药，接二连三地往外扔，那阵势，也是极为吓人。

苏多德尔见手里的武器根本对朱笑东他们没有威慑，反而差点被落下来的石头砸中，一时之间气得暴跳如雷。

曾德宝冲不到十米，被一阵石头给砸了回来，哭丧着脸，说："你们手里的枪，怎么就没个准头，这样子怎么行啊！"

苏多德尔气急败坏，骂道："他们躲在山梁背后，我手里的又不是迫击炮，我哪里打得着他们？"

见曾德宝连滚带爬地回来，梁三大声叫好："小朱老板，打得好，给我狠狠地砸这帮畜生……"

马大贵见曾德宝狼狈不堪，也忍不住大声叫好，只是没叫上两声，却又被看管他的两个人几巴掌扇得住了口。

曾德宝想了片刻，说："姓朱的自命仁义，干脆我们也不用枪，让梁三跟马大贵两个做人肉盾牌……"

苏多德尔差点给了曾德宝一个耳刮子："这么好的主意，你怎么不早说，害我白白浪费几百颗子弹，你知道这些子弹值多少钱吗？你这是在浪费我的钱！"

苏多德尔的两个手下从马背上拽下了梁三，把梁三拖到苏多德尔面前，梁三一见曾德宝，顿时挣扎着要去踹上曾德宝两脚，两个苏多德尔的手下自然是一顿拳打足踢，不让梁三得逞。

曾德宝满脸惧意，不过在苏多德尔的威逼下，曾德宝最终还是把手枪对准了梁三的脑袋，要他往前走。

梁三啐了曾德宝一口，骂道：“混账东西，有本事就直接朝老子开上一枪，做狗的事，老子不干……”

杨薇见苏多德尔要拿梁三做挡箭牌，忍不住大急，问朱笑东：“现在怎么办?”

朱笑东沉吟不语，显然一时之间也想不到好的办法。

烟锅叔也是着急不已，连连怒骂苏多德尔卑鄙，竟然干了鬼子的勾当，有本事就单打独斗。

朱笑东沉吟了片刻，说道：“目前的情况，我们是没有办法了，撤!”

第八章
智取苏少

“可是梁三……”烟锅叔跟杨薇两个人都不忍就此撤退。

朱笑东说：“没办法，我们不撤，梁三吃的苦头会更多，不过，就算是撤，我们也要让苏多德尔一伙吃上一点苦头。”说着，朱笑东张弓搭箭，瞄准苏多德尔，“嗖”的一箭射了出去。

朱笑东这一箭，自然是射不中苏多德尔，太远了！目的是为了吓吓这个狂妄至极、为非作歹的家伙。

只是这支箭虽然没射中苏多德尔，也着实是把他吓了一大跳，这姓朱的手里除了石头，还有弓箭！说实话，自己手里就算有枪，也未必能胜得过这些家伙。

曾德宝却献计说：“姓朱的他们只是现在占了地利，我们手里可是现代化的大威力武器，现在我们手里头有梁三这块挡箭牌，我们还可以把他们围困在山上，直到他们投降为止。”

梁三怒骂：“狗头军师……你这良心都被狗吃了……”

苏多德尔皱着眉头，考虑到底该怎么进攻才能将朱笑东一伙一网打尽。就算采纳曾德宝的提议，谁跟着上去？让曾德宝一个人上去，弄不好是给朱笑东等人送武器，那些家伙手里要是有了武器，可不会像自己这些手下，真逼急了，那可是会直接对着人打的。

“那怎么办?”曾德宝问。

苏多德尔恼怒至极，一脚踹在梁三的肚子上，大叫道：“姓朱的，你听好了，你的朋友现在落在了我的手里，我给你五分钟时间考虑，五分钟之后，你要是不出来投降，我就杀了你这个朋友。”

山顶上一片寂静，没人回答他。

苏多德尔大怒，再踢了一脚梁三，梁三闷哼了一声，强行把一口鲜血吞回肚子，笑着说：“姓苏的，有本事就给老子来个痛快，你这老娘们似的，不痛快。”

苏多德尔自然是怒火中烧，自己手下怎么就没有一个这样的硬骨头！

又等了片刻，见山顶上还是没有音讯，苏多德尔沉不住气，又狠狠地揍了梁三几下，想要以梁三的惨叫来激怒朱笑东。

只可惜，到最后梁三终于忍不住惨叫起来，也没听见山顶上有半点动静。

苏多德尔大怒，对曾德宝说：“上去看个究竟，是不是这姓朱的跑了！对了，把手枪留下，别让那姓朱的一伙有机可乘。”

曾德宝哭丧着脸，说：“这姓朱的阴险狡猾得很，别中了他的计策，我就这么赤手空拳地上去，哪里是他们的对手，好歹也给我一样防身的武器吧，”

苏多德尔拿起原本就被曾德宝带走的那把藏刀，喝道：“快去，只是去看看还会要你的命？去，我们用火力支援你！”

说着，苏多德尔又让手下照着山顶一顿狂射，足足让曾德宝上了半山腰，直到原本密集的石块渐渐地稀疏，苏多德尔的火力掩护才停下来。

曾德宝一步一挨，慢慢往山上爬，一直快到山顶，也没遭到袭击，原本畏畏缩缩的曾德宝胆子大了起来，转身对山脚下的苏多德尔高喊："他们已经走了……"

"这就走了？"苏多德尔转身又是一脚，踢得趴在地上的梁三杀猪一般叫了一声。

曾德宝见山顶上没人扔石块，又隐隐约约听到一个女孩子的哭声，这声音曾德宝认得，正是苏多德尔念念不忘、绞尽脑汁也要活捉的杨薇的声音。

杨薇在哭，那肯定就是这一阵枪弹把朱笑东打死了！

曾德宝大喜过望，赶紧爬上山顶一看，只见满是石块的地上，杨薇抱着朱笑东正哭得凄切不已，烟锅叔也躺在一边，看样子，两个人应该是被流弹打死了。

曾德宝大步上前，现在山顶上就一个杨薇，自己根本就不怕，抓住杨薇，在苏多德尔面前可是大功一件。

所以曾德宝也不忙着叫喊苏多德尔，而是轻轻走到杨薇身后，叫了一句："杨小姐……"

杨薇不理，继续低头痛哭。

曾德宝再接近一些，又低声叫："杨小姐……朱老板他……"

杨薇仍旧不理，依然低头痛哭。

本来曾德宝还有些怀疑，见杨薇如此痛哭流涕，根本就没顾及到自己，估计要不是朱笑东真的死了，杨薇也不会如此伤心。

曾德宝高兴之极也顾不了许多，伸手去拉杨薇，只是在这一刻，曾德宝突然感觉一股危机涌上心头。

跟朱笑东一起的除了梁三、马大贵，应该还有胖子、阿苏妮、杨华等人，这里怎么会只有三个人！还有三个人哪里去了？

这是朱笑东设下的圈套！曾德宝突然醒悟。

山顶上，朱笑东等人根本就没走，本来，朱笑东射了那一箭之后，准备就此撤走，但是烟锅叔跟杨薇两个人实在不忍梁三受折磨，就要站出去向苏多德尔投降。没想到苏多德尔实在是迫不及待，才在朱笑东等人沉默片刻之际，就认为他们已经走了，让曾德宝上来查看。

朱笑东心里一喜，曾德宝这家伙这回算是落到自己手里了。

于是三个人故意不出声，设好陷阱，等曾德宝上当。

没想到曾德宝还真的上了当。

只是曾德宝还未来得及跑路，背上就被人狠狠砸了一石头，一口热血硬生生地堵在了喉咙里，连叫都没叫出来一声，人也一个踉跄，扑倒在地上。

紧接着，曾德宝的手被烟锅叔反剪在背后，杨薇拿了绳子，直接给曾德宝来了个五花大绑，曾德宝还要拼死挣扎，朱笑东也不客气，一拳打在曾德宝的眼睛上，让曾德宝半天也睁不开眼睛。

烟锅叔更不客气，拿块石头不停地往曾德宝身上招呼，让曾德宝痛入骨髓。

足足打了曾德宝五六分钟，烟锅叔才住手，揪着曾德宝的头发，低喝："姓曾的，我们平日对你怎么样？"

曾德宝早被一顿痛打，有些糊涂了，见烟锅叔发问，喘息着回答道："爷，我服了！"

烟锅叔"啪"的一个耳光扇在曾德宝脸上："你跟着我们，我们供你吃供你喝，我认你是兄弟，你却偷我们的明器。我可怜你没钱，你却抢我们的背包，我们依旧放过你，无非是念在大家生死一场，共同进退的份上，但你都干了些什么事？投靠苏多德尔那是你的自由，你把我们一起都出卖给苏多德尔，我也不怪你，但是你连你们仅剩的兄弟梁三都卖给苏多德尔，你自己说，这做的还是人事吗？”

“我是被那姓苏的胁迫的……”曾德宝终于稍微清醒了点儿，开口为自己辩解。

杨薇“呼”地踢了曾德宝一脚，问：“他怎么胁迫你？”

曾德宝痛哭流涕，说：“我好不容易从沼泽里逃了出去，没想到正遇上组织了打狼队的苏多德尔他们，他们不但抢了我的……你们的那几样财宝，还威胁说，要我带他们来找你们……我本来也不知道你们往哪里走的，后来遇上梁三，对，就是梁三出卖了你们，我这么对他，也是想替你们教训他……”

烟锅叔根本不会听信曾德宝的话，“啪啪”一连给曾德宝两个嘴巴子。

朱笑东阻止了烟锅叔，凑到曾德宝面前恶狠狠地说道：“你要不想让梁三把你杀了，扔在这戈壁滩上，变成一具干尸，你就想办法把苏多德尔给我骗上来，否则，我会把你交给梁三！”

落到朱笑东手里，最多只会是受上一顿皮肉之苦，这是曾德宝知道的，所以曾德宝能赖则赖，能瞒则瞒，说的大部分都是谎话。

但是，朱笑东要把自己交给梁三，自己就绝对只有死路一条了，朱笑东不会杀他，梁三却是一定会，毫不犹豫地会！

曾德宝恐惧至极，盯着朱笑东问道：“我把苏多德尔骗上来，你会饶了我？不会把我交给梁三？”

朱笑东斩钉截铁地说道：“我这人虽然不敢说一言九鼎，但是说过的话，目前为止，还没吞回来过，你要不信，也由你，反正我要对付那个苏多德尔，有的是办法。”

“可是，我要骗了苏多德尔，他又怎么会放过我？”曾德宝忍着痛楚，“我也知道，无论我答应不答应，我都死无葬身之地了，你还是干干脆脆杀了我吧！反正得罪了他们两个，我都没有好下场！”

朱笑东淡淡地笑道："我怎么会杀你？杀了你，岂不是脏了我的手！"

"你杀了我吧！"曾德宝尖叫。

"我说过不会杀你！"朱笑东笑吟吟地说道。

偏偏朱笑东越说不会杀他，曾德宝越是恐惧，眼下的形势曾德宝不是不明白，梁三对苏多德尔来说，不过是一颗无足轻重的棋子，但是苏多德尔绝对不会杀了他，犯不着！

但是曾德宝就不一样了，本来就得罪了梁三，要是再去把苏多德尔骗上来，朱笑东要是心狠手辣也就罢了，偏偏朱笑东只会想办法制服苏多德尔，却不会杀了他，到时候，自己却是一连惹怒两个会杀了自己的人，自己无论如何也走不出这戈壁滩。

朱笑东说不杀他，当然不会杀他，让烟锅叔用臭袜子堵了曾德宝的嘴巴，让他别出声就成。

烟锅叔脱下已经穿了好几个洞的袜子，看了一眼，然后毫不犹豫地塞进曾德宝的嘴里，还怕曾德宝吐出来，又找了段绳子，死死地勒在曾德宝嘴巴上。

朱笑东凑近曾德宝的脑袋，但是马上又被烟锅叔的袜子给熏得退开了些，迎着风头使劲吸了两口新鲜空气，才缓过气来。

不过朱笑东倒是赞许地向烟锅叔伸起了拇指，对付曾德宝，这味道，还算将就！

朱笑东试了试嗓门，学着曾德宝的声音和腔调，叫了一声："苏大少爷……"

只有一点点儿像，朱笑东轻轻咳嗽了一声，坏笑着对曾德宝说道："你说，你这声音怎么这么难学啊？"

曾德宝明白过来朱笑东要干什么，顿时两眼一翻，昏死了过去。

朱笑东学着他的声音，不要说把苏多德尔骗上来，只是激怒苏多德尔，就够曾德宝受的。

杨薇见曾德宝昏死过去，有些担心地问道："他会不会死啊？"

"没事，就是被烟锅叔的袜子熏晕过去了，一会儿还会醒过来的。"朱笑东低声笑道。

烟锅叔有些尴尬地说："没法子，这一路过来，没有足够的水，所以，这脚上就……"

杨薇笑了一阵，这才问朱笑东，到底要怎样才能把苏多德尔骗上来？

朱笑东看了杨薇，说："这个啊！哼哼，我们演出戏让他们瞧瞧。"

"怎么个演法？"连烟锅叔都很是好奇地问道。

朱笑东说："也不用别的，杨薇你就大骂曾德宝一顿就可以了，狠狠地骂，而且还要一边叫，一边骂，一直骂到苏多德尔上山为止。"

杨薇"噗"地一笑："我骂曾德宝，会骗苏多德尔上山？"

"苏多德尔会不会上山我不敢说，但是你这一顿臭骂，让曾德宝从此再也不敢见到苏多德尔，这是肯定的。"朱笑东坏笑着说。

杨薇忸怩发一笑，不肯答应："笑东，我感觉你越来越坏，不是以前我认识的那个你了！"

"越来越坏？"朱笑东错愕不已，过了半晌，朱笑东才张口说道，"杨薇，我也是迫不得已。你想想，苏多德尔对我们穷追不舍，恐怕你也是他的目标之一。再说，胖子他们就在下面埋伏着，我可不想他们有什么危险。"

杨薇啐了一口，笑说，"把这么龌龊的事情说得这么冠冕堂皇，恐怕也就你能说出来吧！"

"嗯……"朱笑东笑了笑说："其实，我选的老婆，还应该要有几个标准，嘿嘿……"

“你这一张嘴，准没好话……”杨薇笑骂，隔了半晌，又问，“什么标准？”

朱笑东探出头去，看了一眼山脚下焦躁不已的苏多德尔，又缩回脑袋，笑着说：“人说娶老婆，一定要上得厅堂、下得厨房，这两样你是没得说了；杀得了木马、翻得了围墙这两样，也不用说了，电脑你比我厉害；开得起汽车、买得起洋房就更不用说了，对你来说那是小菜一碟儿；斗得过小三、打得过流氓这两样么，嘿嘿……我没有小三，你就自然不用去斗了，只是打得过流氓这一个标准，现在正好有个机会，可供实践实践……”

杨薇没好气地说：“还说这个，我都很后悔，人说找老公一定要找睡得了地板、住得了走廊、跪得起竹板、补得了衣裳、耐得住寂寞、带得了孩子、养得起姑娘、吃得下剩饭，可你，一样都没达标！”说完，杨薇又“噗”的一声笑了出来：“养得起姑娘这个标准，你还是不要达到得好……”

烟锅叔听朱笑东和杨薇两人笑闹着打情骂俏，微微一笑，拖着曾德宝，稍微走得远了些，这些是他们两口子的私房话，自己一个五六十岁的老头子，听着不雅。

苏多德尔在下面见曾德宝叫了那两声之后便没了声息，又不知道是不是上面真的没人了，焦躁不已之际，自然少不得对梁三又踢又打，梁三顶受不住，发出两声惨叫。

正打着梁三，山头上突然传来一串女孩子凄厉的叫骂声：“曾德宝……你不得好死……”这叫骂声一闪而过，又没了声息。

山梁上还有人！那女孩子的声音是杨薇的声音，苏多德尔记得清晰无比，可是曾德宝是姓朱的一伙人的死敌，杨薇骂他也实属正常，但是曾德宝一个人上去的，也就只有杨薇一个在喝骂，其他的人呢？莫非……

上面的人死了？受伤了？没有反抗能力了？就剩一个杨薇还活着？曾德宝一个人在上面干什么？这半天了，他怎么一点声儿也不出？一时间，无数念头闪过苏多德尔的脑海。

正揣测着，山头上又传来一声野兽发狂一般地嚎叫，有几分像曾德宝的声音，但是不真切，只是要命的是，杨薇又高叫了一声："你放开我……"

一股热血顿时涌上了苏多德尔大脑："曾德宝这个畜生，他敢先占！弟兄们，给我上！"

苏多德尔的手下顿时跃跃欲试，其中却有三个人是认得朱笑东他们的熟人，包括纳吉多、司机、哈麦提，他们三个却站在原地不愿动，这三个人是曾经在废窑洞里跟朱笑东等人并肩跟狼群战斗过的。最后还是朱笑东等赠送了马匹才得以逃生，所以，对朱笑东等人，他们三个还是有一些感激。

先前在苏多德尔的淫威下，他们三个开枪，也基本上是把枪口抬得高高的，对着天空乱放。现在的情况，估计上面有人被打死了，苏多德尔要亲自上去"查看"，他们三个自然知道苏多德尔心中所想之事，心中有些不忍。

见苏多德尔逼得急了，他们三人异口同声地说："这下面有马匹物事，得要人看守才行，我们留下来看管这些。"

这个理由还算说得通，苏多德尔也就不好再硬逼下去，当下伙同另外四个人，牵了仅存的一头猎犬一起上山。

胖子、杨华、阿苏妮三人一直远远注视着苏多德尔的动向，好几次见朱笑东他们的山头遭受枪击，胖子和杨华两人都忍不住要扑出去，跟苏多德尔一伙拼个你死我活，却让阿苏妮劝住了。

"朱笑东他们有巨大的优势。再说，朱笑东绝对不是一个愣头青，要是抵挡不住，早该撤走。"

偏偏几轮进攻下来，那山头上便没了声息，杨华要潜回去看个究竟，阿苏妮说再等等。

到后来，曾德宝上山，杨薇尖叫，胖子再也坐不住了，立刻就要站起来回到山顶，去跟苏多德尔决一死战。

阿苏妮啐了胖子一口，说："要报仇，要决一死战，你光着膀子去跟他们拿着枪的人干？要是我，就要先抢到他们手里的枪，手里有了武器，然后再跟他们大干一场，报仇也会报得爽快一些。何况，我听着杨小姐的尖叫声里，好像有些做作，要我说，估计这是在给我们创造机会。"

杨华想了想，也觉得阿苏妮说的有些道理，当下忍住焦虑，转头劝胖子，要他别急躁，等等再说。

这时苏多德尔带了三个人和一头猎犬，慢慢地往山上爬行。

一见苏多德尔开始上山，胖子再也忍不住了，立刻就要前去夺武器，找苏多德尔拼命。

阿苏妮死命地拉住胖子："营地里还有三个人留守，就这么莽莽撞撞地冲出去，找死么，给朱老板陪葬?"

"你要怎么做?"胖子急不可耐地问。

阿苏妮稍微忖思片刻，说："等苏多德尔即将上到小山顶的时候，我们再出击，让他首尾难顾。"

"可是嫂子还在那上面，东哥他们又……"胖子两眼喷火。

"放心吧，你东哥他们没那么容易死，搞不好这就是你那位东哥设下的圈套!"阿苏妮虽然不知道朱笑东确切的情况，但是她还是往好处想。

胖子无奈，这个时候要回头增援朱笑东肯定是迟了，再说，朱笑东要真有个三长两短，报仇的事，还真得靠自己。

短短十几分钟，胖子和杨华两人都觉得像是过了十几年，终于，苏多德尔几个人两前两后地快要接近山顶。

这一刻阿苏妮再不犹豫，低喝一声，首先蹿了出去，他们本来离留守的纳吉多、司机、哈麦提三个人就不太远，这时候三个人又一门心思盯着山头，对身后的胖子、阿苏妮和杨华三人根本就不知不觉。

胖子三人稍微接近了些，躲在马匹后面，正要发动攻击，却听司机对纳吉多、哈麦提说："这苏大少缺德，你们看得过去？"

纳吉多叹了口气，答道："看不顺眼又有什么办法！这姓梁的，还有老马，无冤无仇给折磨成这样，唉……真是造孽……"

司机顿了片刻，说："朱老板他们那边，我们帮不了什么忙，不如，把这姓梁的和老马都放了吧……"

哈麦提却不同意，不过主要是担心放了梁三跟马大贵两人，苏多德尔会为难自己，为难自己也就罢了，到时候为难自己的家人，那又怎么办。

一说到家人，司机也就住了口，只长长地叹息一声。

这时，马群一阵骚动，哈麦提突然惊觉有人靠近，一转身，却被阿苏妮一拳打在鼻梁上。哈麦提顿时"唔"了一声，蹲了下去。

待司机、纳吉多两人回过神来，见怒目圆睁的胖子和杨华两个人已经站到身后，一把木弓，一把藏刀俱是已经顶在了要害处，只要一动，立刻就会丧命了。

司机苦笑了一下，开口说道："我就说你们不是好对付的，他就是不相信。"

纳吉多更干脆，说："我们投降，你们别打我们三个人，我们绝对不想跟你们作对。"

见这么容易就搞定了三个人，胖子禁不住有些错愕，忍不住说道："你们不反抗……"

司机说："我们早就不愿意跟苏多德尔这恶少干下去了，你们不来，我还想找个机会放了这姓梁的，来了更好……"

纳吉多自动取下身上的武器，递到胖子手里说："兄弟，拿着吧，你们会需要的，对了，那匹花马背上的袋子里，有子弹。"

司机也把枪交给杨华说："这枪准头不好，有点靠左，还老是卡壳，用的时候小心一点。"

杨华愣愣地接过枪，原本以为要有一阵呼喝打斗的场面，没想到这就解决了。

胖子拿着枪在手，见司机等人真的没有一点儿反抗的意思，不由笑道："兄弟，我记得你的好处，要不，再帮个忙，把苏多德尔那家伙给我们叫回来。"

司机想也没想，立即大叫："苏大少，不好，有人攻击我们……"

纳吉多也上手抱着脑袋，大声嚷道："快来救救我们啊……苏大少……"

这时，哈麦提捂着鼻子站了起来，呛声说："妹子，你手好重，也好，要不然苏大少就不会放过我们的家人了。"

哈麦提又说："这些马都是你们的，你们牵了马走吧，苏多德尔不好对付。"

阿苏妮一边牵马，一边说道："别人怕他苏多德尔，我可不怕……"

这时，苏多德尔还差几米远就能踏上山顶，猛然间听见山脚下的司机、纳吉多一阵大喊，回头看时，只见司机和纳吉多两人跪在地上，被胖子和杨华两个人用枪指着，正在大声求救。哈麦提却躺在地上，不知死活，另外一个人正在马群里穿梭，正是阿苏妮这个死敌。

苏多德尔大怒，马上要三个手下开枪射击，三个手下却不肯，不说有司机、纳吉多在那里，就算是误杀几匹马，到时候用什么东西代步？干脆，下山去抢回来！

两个手下要下山去抢马，苏多德尔马上又阻止："这山上不是还有个杨薇吗，抓住她，就什么损失也不会有。"

在苏多德尔三个手下望着山下，还犹豫间，山顶上突然扑来两条黑影，看那身形豹子似的，吓人之极。

苏多德尔赶紧去拿武器，要推弹上膛，可是那人影一瞬间就扑到了面前，一个虎扑将苏多德尔撞翻在地。

苏多德尔"啊"的一声，顺着陡峭的山坡翻翻滚滚，不过片刻就被撞昏过去。

另外一个苏多德尔的手下，也没逃脱被撞翻在地的命运，慌乱之间，还顺便将身后的另一个人也抱住，比苏多德尔滚得还快。

剩下的一个人目瞪口呆地看着横眉怒目的朱笑东和烟锅叔两人，一时之间，不知道是投降好还是抵抗好。

朱笑东看着这个身形有些猥琐的年轻人，忍不住大喝一声："放下你的枪，跟他们一起滚……"

没想到这个年轻人还真的听话，把身上的枪取了下来，放在地上，然后一抱脑袋，"啊"地叫了一声，跟着苏多德尔几个人后面滚了下去。

杨薇在后面惊异地说道："怪了，怎么会这么简单就打败了他们，我们还有好多方法没用呢。"

烟锅叔"呸"了一口，轻蔑地说道："纸老虎……一帮窝囊废……"

待朱笑东、烟锅叔等人押着曾德宝从山上下来时，胖子等人早将苏多德尔一伙人捆得结结实实，跪在一起。

见到朱笑东和杨薇等人下来，胖子上前拉着朱笑东左看右看，看了好一阵才说道："还好，一点儿零件儿也没少，可是把胖子我吓尿了。"

杨薇见到自己最喜欢的那一匹白雪，自然忍不住上前一番亲热。白雪也似乎还记得这个主人，在杨薇面前俯首帖耳，亲热不已。

和朱笑东寒暄过后，胖子去拉他的那匹宝马，他这匹宝马却不大认他这旧主，见到胖子靠近，首先就来了一个头顶撞，把胖子撞了个结结实实的屁股蹲儿，胖子也不气恼，爬起来，说道："你还在恼我把你们赶走吧？嘿嘿……我也是没办法的事，这不，我们又重逢了……"

朱笑东却是走到早已让胖子解开绳索的梁三身旁，问道："你还好吧，你们怎么遇上这苏多德尔的？"

梁山一脸晦气，两眼冒火，回答说："格老子，也不知道是撞了哪门子邪，和你们分手才半天，就遇上了曾德宝这龟儿子。我和老马两人想起他偷了你们的那些明器，想要追回来，没想到才追了一会儿，曾德宝这龟儿子就把我们引进那苏什么德的埋伏圈……"

"曾德宝这狗东西，从我身上搜出了二叔给的那张宝图，还有你们给我去做小买卖本钱的东西，就直接追了过来，这一群狗东西，我日他们先人板板的。"

这时候，曾德宝被烟锅叔押着，跪倒在梁三脚下。

曾德宝见到梁三，眼里露出绝望至极的恐惧，不断发出"唔唔"的声音。

梁三站起来，想要狠狠地招呼曾德宝一顿，却被朱笑东阻止了。

烟锅叔扯开曾德宝嘴巴上的臭袜子，恨恨地说道："曾德宝，记住了，我们是说话算数的人，说不杀你就不杀你，至于梁三会不会，你去求他吧！"

曾德宝一张嘴，便痛哭流涕："三哥，三爷，是我对不起你们，我也是没法子，看在我上有老下有小的份上，就饶我一回，你的大恩大德，我曾德宝来世做牛做马报答……"

不说这些还好，一说这些，梁三“霍”地站了起来，照着曾德宝胸口就是一脚：“老子跟你龟儿子有多大的仇恨，你助纣为虐，还要拿老子去跟你龟儿子当肉盾！瞧瞧！瞧瞧老子身上的伤，哪一处不是你的恩惠，饶你一回！你龟儿子马上就又会探头咬人……”

梁三这边大骂曾德宝，苏多德尔也醒了过来。

相比曾德宝，苏多德尔高傲多了，哪怕是被捆着，被杨华拿枪指着，苏多德尔却高喊着：“姓朱的，有本事放开我，我要跟你决斗，咱们单挑……”

胖子“啪”的给苏多德尔一个嘴巴，笑道：“上次在窑洞里就不该放过你，你抢了我们的马匹、食物，现在倒好，你活了下来，还找来枪对付我们，嘿嘿……你要单挑是吧……我跟你单挑……”

胖子说着，拿起一把冲锋枪，“哗啦”一声，拉动枪栓，然后将枪口对准苏多德尔的脑袋，说：“来啊，我们单挑啊……”

苏多德尔额头上刷地冒出一片汗水，挣扎着往后缩了缩，望着胖子，惊恐道：“你拿着枪，却捆着我，这算什么好汉……”

杨华气急发笑：“你拿枪顶着我们的时候，你就是英雄，我们拿着枪对着你，就不是好汉了?”

饶是平日最喜欢胡说八道的胖子，也被逗笑了，移开枪管，指着苏多德尔笑骂道：“我既不是英雄，也不是好汉，胖爷我今天就跟你算算账。”

胖子说着就要去解开苏多德尔身上的绳子。

朱笑东蹲在苏多德尔的面前，冷冷地说道：“苏大少爷，似乎我们一开始并没什么深仇大恨。我实话告诉你，我们这次深入沙漠戈壁，真的只是为了找几个朋友而已，你这又是刀又是枪的，非要把我们往绝路上逼，不知道我们到底触犯了你的什么利益，我希望你能给个明白话。”

“老子是地头蛇，我想干什么就干什么，我想怎么干就怎么干，你能把我怎么样？我弄死了你，最多是多花一点钱……”苏多德尔盯着杨薇的背影，嘴硬着说道。

朱笑东喝道：“苏多德尔，我也告诉，我不是地头蛇，也不是什么强龙，但是要捏死你，我连钱都不用多花！”

朱笑东掷地有声的话语吓了苏多德尔一跳，他张着嘴，半天才说道：“我爸爸是苏力合，你……你敢对我怎么样？”

胖子“噗”的一声就笑了起来：“就知道你这小流氓有后台，要不然，凭这点本事也没那个能力搞来这些枪。实话跟你说吧，这些枪，我们没收了，要是你老子问起这枪的去向，你就告诉他，说要枪的话，就去京城……”说着，胖子顺口说了个地址出来。

朱笑东本来想要阻止胖子说这话，但是胖子说出了口，也就只得算了，因为那个地址本来是不应该随便说出来的，免得不明不白地把卫南疆也给扯进来。

胖子却嘿嘿地笑着说道：“你不是想要拼后台吗，就让你老子去试试！看看你老子还有回来吃饭的机会没有！”

苏多德尔硬着头皮，继续硬撑道：“我在这里干下了什么事，你们有种都冲着我来，你们不是自命侠义吗，怎么，连祸不及家人的江湖规矩都不懂？”

胖子莞尔，这家伙倒真的是能胡说八道，比自己还要能说几分，祸不及家人，那是什么意思，有说过要去弄死你们一家人吗？

朱笑东实在不想跟这家伙耗下去，说道：“我可以再放你一马，但是你记好了，不是我做不了你，是我不想做了你，再跟我们搅闹下去，下一次，哼哼……”

说着，朱笑东很是阴森地看了苏多德尔一眼。

梁三那边最终也没能忍心下手收拾曾德宝，这一次出来的五个人就剩下他们两个了，要让曾德宝再曝尸戈壁，实在下不了手，就放他一马，任他自生自灭。

烟锅叔问：“现在怎么办?”

朱笑东看了一眼天色：“估计再有两个小时夜幕就要降临了，趁现在还有些时间，再往前面赶上一段路。”

“枪呢?”杨华问道。

枪自然是不能带着，阿苏妮是玩过枪的，就让她把几支枪的撞针全部卸下来带走，枪支弹药就留在原地。

阿苏妮嘟囔了一句：“虚伪!”随后还是按照朱笑东的安排，卸下了所有枪里的撞针，放在背包里。

苏多德尔大叫：“你们不能骑走我的马……”

胖子骑在他的宝马上，嘿嘿笑着说：“这本来就是我们的马，你还敢说我们抢你们的，去你的。”

然后双腿一夹胯下宝马，扬长而去。

所有的装备、马匹，经过阿苏妮整理，给苏多德尔一伙一共留下了三匹马，五天的口粮、饮用水，其他的武器之类，除了几把再也打不响的枪，就给他们留了一把藏刀，还是苏多德尔那一伙人自己带来的。

其余的战利品有帐篷、毛毯子、五把藏刀、一把弩弓、三十根箭矢，甚至还有胖子最喜欢的兵工铲，不过这些兵工铲都是地摊上的便宜货，食物、饮水，足够几个人在这里盘桓半个月有余。

第九章
险山圣地

梁三和马大贵两人拿回自己被苏多德尔搜去的东西，依旧跟着朱笑东一行人。

朱笑东问：“你们不打算先回去了？”

梁三苦笑着说：“我们第一次说分别，被一群饿狼追了个屁滚尿流，第二次说分别，又被人抓住，还给揍了个七荤八素。一次比一次来得狠，再要说分别，我都不敢想象会有什么样的下场？”

胖子免不了揶揄梁三一番，朱笑东倒也不介意，只是略一思考，又有些担心地问：“这次你们是敞开了跟苏多德尔对着干了，要是苏多德尔秋后算账，拿你们家人开刀怎么办？”

马大贵叹了口气，说：“这也是没法子的事情，走一步看一步吧，实在不行，惹不起还躲不起吗。”

朱笑东也叹了口气，爽快道：“真到了那一步，就来陶都吧，朋友一场，到陶都的话，我多少也可以照顾你们一些。”

马大贵点点头，谢过朱笑东一片好意。

见胖子有事没事地望谁都是一脸笑意，“嘿嘿”地傻笑个不停，朱笑东问道：“胖子，怎么回事？刚刚捡了个小小的便宜，给乐傻了？”

胖子指了指胯下的宝马，说：“我这叫‘他乡遇故知’，跟它重逢，比捡什么便宜都让人高兴，看见没，真正的宝马啊！骑在它背上，这份惬意啊……”

一行人说说笑笑，因为从苏多德尔手上得了不少补给，在这盆地里多盘桓了几天也无妨。有马，速度快了何止一半，几天之间，几乎搜索了大半个盆地，但是除了在盆地中央又见到一次“马进到此一游”的石壁刻字之外，就再也没有其他的收获了。

看着越来越少的食物、饮水，烟锅叔眉头都打起了疙瘩，这帮兔崽子，到底跑哪里去了？

说踪迹全无吧，偏偏又留下了“到此一游”的记号，说是有迹可循吧，这茫茫戈壁之上，还真没一点儿其他的蛛丝马迹。

而问起阿苏妮，她在深入山丘后也不认得路了。

到了第八天，已经快接近盆地的边缘了，烟锅叔实在有些忍不住了，进来这地方这么久，人吃的还可以马马虎虎的对付，但是马匹的食物、饮水却日渐短缺。

朱笑东安慰烟锅叔说：“尽量把回程的食物、饮水压缩到最小的分量，甚至可以把回程最后一天的食物和饮水都用上。”也就是说，最后一天，大家拼一下耐力，也就一天时间，实在不行，不管人尿、马尿，坚持住一天，就大功告成。

烟锅叔和杨华两人俱是眼泪汪汪的，恨恨地埋怨了虎子、马腾飞等人一顿。

这天晚上，安营扎寨下来，本来是人困马乏，朱笑东却突然觉得心神不宁，没来由地心里焦躁，但是见大家一脸倦意，他也不忍心让众人再无故操心，交代一番，就钻进帐篷睡了。

这一夜，朱笑东一连做了好几个噩梦。先是回到在朱由校的那个墓里，还是当时被司慧朋和袁小忆两人推下万人坑的情景。只是这个梦里，朱笑东一直都在万人坑里往下落，明明当时自己用钢爪抓在那个石洞的洞口里得以逃生的，但是梦里不但没有了洞口，连钢爪也没有了，就那么无休无止地在黑沉沉的万人坑里往下掉。

朱笑东满头大汗地醒过来，还心有余悸，好久都没能入睡，好不容易再次睡着，又梦见金毛狼王再次把自己逼进新月谷旁边的那个古墓里。明明把那个女僵尸给炸到尸骨无存，偏偏这僵尸又完好无损，还抓着朱笑东不肯放手，要吃掉朱笑东。先前还有胖子等人一起对付僵尸的，这时也踪影全无，朱笑东拼死抵抗，无奈伏在身上的僵尸越来越沉重，压得朱笑东喘不过气来，朱笑东最后力竭，只有等着这僵尸咬死自己。但是最后一刻，那僵尸的头脸却幻化出无数自己见过的女孩子，袁小忆、佟格格、杨薇，甚至是肖薇、苏忆、连秋素心，甚至是秀姐、肖凌的脸，都一一出现。

朱笑东无力抵抗，最后只叫了一句："这不是真的……"然后便醒了过来。

醒过来时，发现胖子、杨华、烟锅叔等人正死死地按住自己，怪不得自己挣扎到力竭都挣脱不了！阿苏妮、梁三等人却是既尴尬又紧张不已地站在外边，紧紧盯着朱笑东。

杨薇却是抱着朱笑东的脑袋，两眼泪水涟涟。

朱笑东喘了口气，问："这是怎么回事?"

杨薇说："这一个晚上，你一直都在不住地喊叫挣扎，知道你是做了噩梦，但是，叫又叫不醒，见你挣扎到最厉害的时候，几乎站起来就要往帐篷外面跑，胖子和烟锅叔三个人不得已，把你按了回去，只是你一边挣扎一边大叫，也听不清楚叫嚷些什么，最清楚的就是说了那一句："这不是真的……"

见朱笑东恢复过来，胖子等人自然也就放开朱笑东，现在离天亮尚早，只是朱笑东一阵折腾，大家都睡不着了，干脆就留下来陪着朱笑东说话。

“到底做了什么噩梦啊？这么吓人！”

朱笑东抹着汗水，回忆了片刻，把自己梦境里遇到的事说了一遍。

胖子笑着安慰朱笑东，一阵胡说八道，气氛稍微缓和了一些。杨薇责备朱笑东，还说没有小三，你看看你，脑袋里都不知道装着多少女孩子！

朱笑东苦笑着摇头，发牢骚道：“那是在梦里，还是个噩梦，你就当真了！”

杨薇抹了一把眼泪，笑着说：“就知道你是在做噩梦，要不然，谅你也不敢这么说出来！”

胖子、杨薇等人说笑着，阿苏妮却是满面凝重。

朱笑东发现阿苏妮神色异常，问怎么回事？

阿苏妮咬着嘴唇，半晌才斯斯艾艾地回答说：“看你这样子……怕是被冤魂缠上了身吧……这么久，都没见过你这么失神过……”

“嗤……”胖子嗤之以鼻，“东哥是什么样的人，万人坑里、死人堆里、枪林弹雨里摸爬滚打出来的，不去找冤魂的麻烦就很不错了，还敢来缠身自找麻烦！还有，冤魂什么样儿的，你见过没，要不，你给抓只出来瞧瞧，让它来缠缠我。”

阿苏妮见状不再理会胖子，独自到帐篷外望风。

不知不觉间，东方已经露出了鱼肚白，胖子自然是忙着开始准备早餐，其余人便各自收拾行李整理马匹，准备继续上路。

这时，突然之间传来一阵沉重的“嗡嗡”声，像直升机装上了足够的负载，在高空飞行一般，声音低沉，几乎还带着点旋翼摩擦空气的金属声音。

一霎时间，这种沉重的“嗡嗡”声掠过长空，连马匹都惊得差点人立起来，阿苏妮等人好不容易才拉住受到惊吓的马匹，不让它们就此跑散。

正在埋头做饭的胖子叫道：“苏多德尔这家伙，在地面上干不过我们，回去搬了他老子做救兵，爬到天上来收拾我们了……”

烟锅叔、杨华等人拉着惊恐不堪的马匹，仰头去望，但是微明的天空之中，哪里看得见飞过的直升机。

片刻，这直升机的“嗡嗡”声消失，就像只是路过，或者，是因为没找到目标，转而往其他方向飞走了一般。

这一阵“嗡嗡”的声音来得快，去得也快，从刚刚开始，到完全消失，时间也不过一分多钟，等朱笑东等人回过神来，这声音早已不见了踪影。

胖子叹了口气，说：“苏多德尔还真弄来一架直升机来收拾我们，看来我们还得想些办法，把行动变得更加隐蔽才成……”

朱笑东疑惑地问道：“你见那架直升机从哪个方向来的没有?”

“没有!”胖子很是干脆地答道，“听这声音，它飞这么低，要真是苏多德尔在上面居心不良，我早就把他给揍下来了。”

这时马群安静下来，杨华牵着两匹马过来，刚刚听到胖子说要把直升机给揍下来，忍不住竖起大拇指说道：“胖子哥，你牛，连直升机都能揍下来，估计是用嘴巴吹的吧……”

胖子拿着勺子，指着杨华，大声笑骂道：“好你个杨华，你还不知道胖子我的厉害吧，根据我对直升机的研究……在合适的情况下，用石头都能打下来一架直升机，没见过有那么一部电影，专门教过怎么用石头打直升机。一只鸟儿都能干掉一架大型飞机，何况只是一架直升机……”

"嗯!"杨华很是配合地点点头说:"不错,那部电影确实是精彩,不过真要是有架直升机,你敢打下来吗?"

胖子转头,四处望了望,问道:"在哪里?在哪里?你叫出来,看我敢不敢揍它?"

朱笑东不想听胖子和杨华两人吹牛,皱着眉头问道:"你们真的看见有飞机飞过?"

所有人几乎异口同声地再次回答说:"没有……"

杨薇也很是奇怪,对朱笑东说:"先前这声音有些尖锐,又连续不断,听起来不大像是直升机的声音。"

"你觉得这是什么声音?"朱笑东问。

"很像是战斗机!"烟锅叔在一边答道,"我觉得那种声音,的确像是战斗机的声音,要不然,不会这么快就消失了!"

梁三也附和着说:"也就只有战斗机才有那速度,要不然,这么大的动静,怎么会看不见飞机的踪影呢?"梁三这么一说,大家也就基本上认同了烟锅叔的这个说法。

胖子自然是呼天抢地:"苏多德尔这家伙到底想要把我们玩儿成什么样儿啊,来架直升机兴许我们还将就着能干得过他,真要弄上一架战斗机来,东哥,恐怕我们多半是要交代在这里了!"

大家都知道胖子纯粹是在胡说八道,但是杨华却对胖子的想象力佩服得五体投地,正要再加大力度夸赞胖子一番时,一阵风吹了过来。顿时,天地间像是被怒号的狂风占据了一般,夹杂着万马奔腾一般呼啸而过,当真是遮天蔽日,飞沙走石。

马群再次惊慌起来,饶是一向最为温顺的那匹白雪也在狂风中乱踢乱挣,几乎就要挣脱杨薇的控制,幸好有朱笑东、阿苏妮、马大贵、烟锅叔等人全力帮忙,将几匹马的缰绳系在一起,死死攥在手里,才没被惊散。

胖子则是飞身扑在那一锅熟肉汤上，一动不动，生怕肉汤里被吹进去沙子了。

杨华跟梁三两人却是死命地趴在那一堆背包上，生怕这阵狂风把地上的背包给吹走了。

这一阵狂风仿佛携带着毁天灭地的力量，足足怒吼了近五分钟，却又倏然消失，来得猛烈，消失得更是奇怪，几乎看不出来在几分钟之前，有过一阵让人谈之色变的狂风。

胖子小心翼翼地抖落身上几乎半寸厚的沙尘石块，站起身来，然后去看那一锅肉汤，见肉汤完好如初，一滴汤也没撒落出来，咧嘴吐了几口砂石，笑道："苏多德尔这家伙，又是战斗机又是狂风的，真不知道他要闹哪样！"

好在怪异的声响和毫无征兆的狂风过后，盆地里又恢复了一片安宁和寂静，仿佛什么事情都没发生过一般。

常言道"天威不测"，到了将近中午时分，盆地里的温度突然上升了许多。按说，现在是八月天气，应该是秋高气爽的季节，尤其是在纬度高的高原之上，本来应该是将近深冬气候，好些地方差不多应该下雪了的，而此时却突然变得燥热难当。

这时候，朱笑东等人在盆地里的搜索已经接近尾声，再有小半天时间，这数十万平方公里的盆地就能搜索完毕。

正在大家挥汗如雨，准备一鼓作气把这最后一块地方搜索一遍的时候，朱笑东又发现了一处马进他们留下来的痕迹。这一次，再也不是"马进，到此一游"的记号，而是在近几百个平方的一块平坦的地上，用石块摆出来的一处"SOS"的求救信号！

估计，虎子他们来到这里的时候遇到危险，但是电子通讯设备却又跟现在朱笑东等人的情况一样完全不起作用，不得已之下，这才用石块摆下这个"SOS"的国际求救信号。

不过，看样子虎子他们的处境也绝不是已经到了无法生存的地步，因为从这些石块的摆放上看不出一丝慌乱，每一块石头，甚至是每一个字母的弧度，都经过计算做得工工整整，摆放得整齐、有序。

胖子、杨华、烟锅叔、阿苏妮等人呆呆地看着这个将近一百个平方的求救信号，暗暗揣测虎子他们当时发生了什么事。

可是仅仅凭着这么一个求救的符号，实在没人能联想到一个比较合理的解释，因为所能联想到的每种情况一旦出现，他们就有可能已经面临绝境了！不可能还有机会精雕细琢一般地摆求救信号。

朱笑东策马在信号周围走了一圈，在这个信号顶端，朱笑东又发现一个用石头摆出来的箭头，箭头的指向，是在记忆里已经搜索过一遍的偏南方向。

朱笑东招呼大家过来，让杨华拿出从苏多德尔那里缴获来的指南针，来确定一下方位。

杨华拿出指南针一看，大吃了一惊，指南针这个时候居然滴溜溜地转个不停，根本分不清哪边是南，哪边是北。

要不是现在是正午刚过，还能依据太阳的位置来确定方向，根本就没办法知道确切的方位。

朱笑东转头看了一眼空地四周的山丘，那些山丘几乎都是一模一样，高矮、大小、山体形状，几乎就像人为修饰过一般，猛然之间，连朱笑东都分辨不出来自己这一帮子人是从哪个山口出来的。

朱笑东看了一会儿，眼前突然一阵晃动，那些山丘居然像是开始转动起来一般，而且转得飞快，让朱笑东都有些眼花。

问阿苏妮、烟锅叔等人，他们转头四处看了一下，惊诧道："在这地方看那些山，多看一会儿就会眼晕！"

怎么会这样？

再看上一会儿，杨薇居然开始干呕起来，抚着心口说：“不行了，我头晕得厉害，恶心！恶心得快要撑不住了。”

胖子更是直接趴在地上，哇哇地呕吐起来，那样子比见到金蚕蛊母的样子还要恶心上几倍。

一行人之中，除了朱笑东稍微好点之外，也就剩梁三了，梁三虽然没开始呕吐，但也是紧闭着眼睛，不敢再去看那些山丘。

朱笑东试了一下，不去看那些山丘，只是低头盯着脚下，那种眼晕的感觉便倏然消失，再去看山丘时，又恶心起来。

朱笑东赶紧吩咐大家不要再去看那些山丘，竭力让目光盯着地面，这样就会舒服一些。

杨薇、阿苏妮等人连忙照着朱笑东的话去做，过了片刻，果然，虽是还有些恶心，但是已经好了很多。

杨华这时也已经坐到地上，一边吐，一边断断续续地说道：“不行啊……东哥……我这眼睛……好像……没法子……从那些山丘上……挪开了一样……就算我不想去看，但是却始终做不到……”

朱笑东凝神静气，微闭着眼睛，深深地吸了一口，就在一刹那间，朱笑东发现空气之中有一丝若有若无的、不应该属于这荒漠旷野里的气味儿。

像是一种动物的体臭，又像是一种植物分泌出来汁液味道，很淡，在燥热难当的环境里，淡到不凝神静气根本察觉不到，是说臭又算不上多臭，说香也未必是香的怪味。

这是一种毒气，朱笑东恍然大悟，一种能让人致幻的毒气，毒性虽然不大，但是在体内残留过多，却会对人脑有一定的影响。

但奇怪的是，这种毒气对马匹却没多大的影响。

阿苏妮喘息着问：“这到底是怎么回事？”

朱笑东答道：“这一带多半有‘辰砂’之类的矿物质矿床，现在气温太高，一些有毒的物质挥发出来，使得我们不知不觉中了毒。估计虎子他们也是遭遇了和我们差不多的情况，只是他们可能没明白其中的道理，虽然在中毒的情况下，但仍完成了这个工程巨大的求救信号。”

见众人一阵迷惘，朱笑东喝道：“别发呆，快顺着记号离开这是非之地。”

烟锅叔、马大贵等人忍住恶心，把胖子、杨华两人扶上马背，也不管到底是从哪个山口出来的，急急忙忙向偏南方策马疾驰。

经过这一次不知不觉的中毒后，杨薇等人也没了食欲，胖子更是一说吃就吐，闹得原本该吃午饭的时间也没人吵着要吃饭了。

只是胖子等人稍微恢复一些，就问朱笑东：“说辰砂有毒，这个我相信，但是有毒的是中间的金属汞，也就是水银。可是就这天气，还不足以炼出一堆水银来吧，怎地会让人就这么不轻不重地中了毒？”

朱笑东答道：“具体怎么回事，我也说不清楚，总之，在自然界里，有毒的矿物质不少，但是这样猛烈的，除了水银矿床的蒸汽，其他的我还真不知道。在神秘莫测的大自然面前，全人类的智力也不过是沧海一粟，更别说我了。”

胖子笑着说，你这是自谦，过分谦虚就是骄傲！

虽然指南针没用了，但是众人勉强根据太阳确定了方位。日落之时，朱笑东等人意外地发现了一只孤零零的背包，躺在一个小山丘的脚下。

烟锅叔和杨华两人上前查看了一番，发现是个空包，里面没有任何东西，难道是虎子一行留下的记号？朱笑东百思不得其解，盘桓一阵，只得再往前走。翻过两道山丘之后，一道山梁突兀地出现，挡住朱笑东等人的去路，仿佛与身后那一片略显低矮的丘陵赫然分了个界。

在众人的记忆中，这个地方应该是盆地边缘，只是这道山梁怪石嶙峋危峰兀叠，几有狰狞恐怖的感觉。

杨薇看了一眼，忍不住心惊肉跳道：“这世上怎么会有这样险恶的地方，笑东，今天晚上我们就不要在这下面宿营了。你看那些石头，弄不好会不明不白地落下来。”

说到宿营，胖子等人也不愿意在这山梁下过夜，这里地势偏低，空气流通不畅，万一在大家睡着的时候出现了毒气怎么办？说到毒气，众人现在还心有余悸。

“那怎么办？我们到哪里去安营扎寨？”朱笑东问。

胖子想了片刻，说道：“干脆，我们到上面去，上面不但空气质量好，还比底下凉快。”

胖子的提议最终得到了大家的赞成，当一行人费了半天力气终于上到山顶时，不免惊呆了。

这山顶上简直就是另外一个世界！

数平方公里的山顶之上，一马平川，中间地势略低，最低洼之处，两个均有十来个足球场大小生意盎然的湖泊嵌在一座不高、很像是一根鼻梁的小丘两侧，鼻翼一边的湖泊边上，有两栋古旧的石头建筑，既像是寺庙，又像是城堡，在整个如此神奇壮丽的地方，那两栋建筑物反而没人去注意了。

湖泊、鼻梁小山差不多占了整个山顶的五分之四，其余的地方便是一片绿茵茵的草地，不知名的野花开得正旺，星星点点地点缀其间，让人心旷神怡。

朱笑东等人此时正站在其中一个湖泊的不远处，临近这个湖边的草地上，三个帐篷一字儿排开，估计就是虎子他们的营帐。

朱笑东等人脚下不远，便是一片绿茵茵的草地，只是这些草离山顶边缘隔着四五米的距离就不再往外延伸，也不知道是什么原因。

胖子、杨华、烟锅叔，哪里还有兴趣研究这些草为什么不接近山顶，均是大喊着：“虎子……大哥……二哥……”

阿苏妮和马大贵两人一见到眼前这个地方，竟然什么也不顾，虔诚至极地将身子伏在地上，行起大礼。

足足好一阵，阿苏妮和马大贵两人才眼含热泪地站了起来，随着朱笑东、杨薇等人一块儿往湖边的营帐走去。

胖子一边走，一边笑嘻嘻地说：“这里应该就是人间仙境了吧。”

朱笑东淡淡地一笑，说：“别高兴得太早，看见这地形没有，这里应该就是天池一类的地形，也就是火山口，没准儿我们现在就站在一颗定时炸弹上面。”

胖子故作惊慌地一跳，说：“东哥，你可别吓我啊，这绿草茵茵，风景如画，你怎能说这就是一个定时炸弹，就算是定时炸弹，能长眠于此，嘿嘿……夫复何求！”

“求你个头……”朱笑东笑骂道，“我可不想就这么躺在这里……”

眨眼间，一行人就到了湖边的帐篷旁。

帐篷里没人，但是吃的用的俱在，估计是虎子他们外出未归。虽然还没亲眼见到人，但是胖子和烟锅叔一致说，这里的东西全是马家叔侄以及虎子的，错不了，而且看样子，应该是刚出去没多久。

奔波折腾了将近一个月，总算是把虎子他们找到了，美中不足的是没能立刻会面，烟锅叔心急，想要出去找找虎子他们。

但是杨华等人俱是竭力劝阻：“地方都找到了，只是他们外出未归，何必心急在这一时，再说，这山顶上虽然面积不大，但是，你到哪里去找！”

烟锅叔唏嘘一阵，也就只好作罢。

朱笑东把所有的马匹的负载都卸了，任它们饱餐一顿。

胖子解了马，大喊道："这么久都没洗过澡了，身上这味儿，嘿嘿……老天爷待我不薄，总算可以让我今天痛痛快快洗刷一番。"

说着，胖子一边跑，一边脱衣服，衣服脱完，人也轰隆一声扑进湖里。

梁三却是连衣服也懒得脱，直接就纵身跳进湖里，两个人在湖里自然少不了一阵嬉戏胡闹。

朱笑东拉着杨薇，也踱到湖边，只见湖水清澈至极，湖边里的沙子看得清楚，确实是难以见到的好水。

试了试水温，感觉一点儿也不冷，连凉都算不上，暖暖的，很是舒服。

胖子和梁三两人在稍深的地方，一边踩着水，一边相互浇水闹着玩儿，要朱笑东跟杨薇两人也到水里来。

阿苏妮和马大贵两人拿了水囊，到虎子他们在湖边挖出来的水坑里装了水，一边慢慢地啜饮，一边欣赏傍晚间的湖光山色。

一帮子人在湖水里戏耍嬉闹，一直玩到夜色降临，才意犹未尽地爬了上来。

在水里洗了澡，也洗去了数日来的疲累，若非找不到太多的木材，胖子忍不住就要动手给大家做上一顿烧烤了。

吃了晚饭，又等了一阵，但是直到半夜，也没见虎子他们回来，一群人困意袭来。

胖子开玩笑说："虎子他们肯定秉承摸金道上的规矩，白天不探墓，鸡鸣不摸金……估计应该是白天休息，晚上开工，所以今天晚上肯定不会回来了……"

探墓也好，摸金也罢，实在招架不住睡意，一干人渐渐睡了过去。

一夜无话，第二天日上三竿，朱笑东等人才纷纷醒来，个个饿得肚子咕咕直叫，赶紧让胖子拿出食物，饱餐了一顿。

吃饱喝足，再去看虎子他们的帐篷，虎子他们居然还没回来，也不知道怎么回事，都出去了这么久，还不回来。

烟锅叔又忍不住焦躁起来，鼓动杨华一起四处寻找虎子一行，朱笑东也觉得老在这里等着不是个办法。最主要的是，先后两次去检查虎子他们的帐篷，发现一个很奇怪的地方——几个人的帐篷里居然没有任何的食物储备，先前认为虎子他们有可能是靠捕湖里的鱼类充饥，但是转了一转，却没发现鱼鳞、鱼内脏等被抛弃的东西。

其他能吃的，更是没有留下任何痕迹，虎子他们吃的是什么？

仔细计算一下，再怎么说，虎子他们出来也有一个多月了，带来的食物不可能坚持到这么长的时间，再说就算能坚持这么久，他们能全部带在身上？为什么帐篷里一点食物的痕迹都没留下！

胖子说："的确奇怪，记不记得在几天以前，我们在海市蜃楼看见虎子他们的时候，他们不是骑着马吗？马呢？不会是吃着马肉过活吧，可是没有柴火，他们怎么吃？"

朱笑东摇摇头，就算是生吃了马肉，还能连骨头都给吃了？

烟锅叔听说虎子他们有可能靠吃马肉活命，赶紧四处寻找马骨，但是没有找到。

正疑惑之间，朱笑东发现离帐篷背后不远的地方，有两处草皮有点异常。

看着这方圆不足一平方米，相隔不到一尺远，高度差异不到五公分的地方，朱笑东蹲了下去。

胖子见朱笑东盯着地上细看，当即笑着上前，要直接扒开草皮，看看是不是虎子他们把马骨埋在这里的。

朱笑东赶紧阻止："别动，这里有可能是虎子他们隐藏东西的地方。"

“不就是藏着马骨之类的吗……”胖子满不在乎地说道。

只是他还没说完，朱笑东站了起来，打断胖子道：“你藏马骨之类的东西，会把伪装做得这么精致？”

“伪装……”一听这话，烟锅叔等人诧异了。

难道说这些不是吃剩的马骨，而是宝藏？

一时间，几个人议论纷纷，胖子却是说道：“与其在这里猜测，不如用最直接的法子，打开草皮看看不就知道了。”

朱笑东竭力阻止：“不管怎么样，这是虎子他们的隐私，里面是金银财宝也好，是其他的东西也好，窥探别人的隐私，总归不是一件光彩的事。再说虎子他们早晚也会回来，到时直接问不就行了。”

胖子抓腮挠耳，始终放不下心中的疑问。在他想来，虎子他们这么精心做了伪装，肯定就是在隐藏宝贝，有好东西藏着，胖子自然是心痒难搔，不为占有，就图开开眼界。

正在抓心挠肝、牵肠挂肚之际，一阵犬吠，抬头看去，只见三匹马、一条狗快速地由远及近。

这三匹马极为神骏，霎时之间就到了跟前，在朱笑东等人瞠目结舌之中，苏多德尔、曾德宝，还有哈麦提从马背上跳了下来。

原本见到马匹，以为是虎子他们回来了的烟锅叔顿时忍不住有些泄气。

胖子、杨华、梁三几个人却是满眼敌意，盯着苏多德尔三个人，要是这几个家伙稍有异动，就上前干掉他们。

谁知苏多德尔一下马，居然露出一个“迷人”的微笑：“别激动，这一次，我不是来捣乱的，也不是来打架的，听说你们有句俗话，叫沿山打猎，见者有份，我想我也可以出上一份力气，拿一份属于自己的！”

朱笑东没好气地说道：“你不是来捣乱的就好，但是我一再告诉过你，我们只是来找人，对那些金银财宝没兴趣!”

苏多德尔觍着脸说：“我相信你只是来找人，但是，你能保证你手下的人除了要找人，对无数的金银财宝就不感兴趣？嘿嘿……别那么虚伪，该出力的时候大家一起出力，不管找到多少，我们按人头均分，我绝对不多贪一分一毫，怎么样？”

朱笑东暗想，其实这苏多德尔说的也有那么几分道理，自己、杨薇确实是可以保证不把那些金银财物放在心上，但是其他人呢，虎子他们千里迢迢，九死一生，才找到这里，让他们把到手的财物放弃？

只是这苏多德尔突然来请求合伙，其用心却不得不防。

胖子忍不住说道：“你凭什么要跟我们均分，谁知道你心里打什么主意？”

苏多德尔倒是很坦白，回答道：“哥，别这么说，你想想，这无人区里的宝藏本来就是无主之物，谁捡到就可以归谁，但你不怕我拿不到应得那一份去告密？我们拿了应得的，就是你们的同伙，谁会没事找事把自己弄进号子里去蹲着？”

朱笑东沉默了片刻，说道：“不要说现在到底有没有什么所谓的宝藏，你的目的不仅于此吧？凭你的所作所为，本来就该去蹲号子，你现在要跟我们合伙，也是想保住你老子的地位，是不是？”

本以为苏多德尔还会搪塞一阵，没想到这家伙嘿嘿笑了两声，坦白道：“难怪你能当老板，这都被你看穿了，既然大家都是一家人了，我也就不藏着掖着，实话说吧，跟你们合伙，我确实是有那个想法，大家做朋友好过做敌人，拿了这无主之物，你发你的财，我继续做我的土皇帝，大家河水不犯井水，有可能的话，大家伙儿还可以一起喝喝酒，何乐而不为？”

胖子仍不依不饶：“你我本来就是敌人，你不怕我们灭了你？你说过，这里是无人区，就算把你灭了，也没人知道！”

苏多德尔咧嘴一笑：“我是干不过你们，要是能干得过你们，我也会毫不犹豫地把你们灭在无人区里，可惜，跟你们干了好几回，我都是大败而归，这一点，我认了。至于说到你们要把我灭在这里，嘿嘿……这个我放心得很，你们做不出来，要是能做的出来，也轮不到我在这里跟你们说话了！”

第十章
寻得虎子

朱笑东又好气又好笑，这苏多德尔倒也坦诚，说明这家伙还不是一个绝对的草包，起码心里透彻。

苏多德尔见朱笑东有了心思，又笑着说道："我手下有好几个人都向着你，这一点我不是不知道，要是你拒绝了我的好意，在我老子倒台之前，我收拾不了你们，拿他们出出气儿，这事儿我还是能做得到的。还有老曾跟梁三之间的事情，你们忍心看他们又斗个你死我活？可要是我们结了盟，大家手里都有了把柄，我相信，以后就只有大家恭喜发财的份儿，窝里斗的事儿就绝不会发生了，你觉得怎样？"

前两天马大贵还在担心苏多德尔秋后算账，如今这个情况，他自然第一个赞成。

阿苏妮也没多说，只白了苏多德尔一眼道："也包括我？"

"嘿嘿……"苏多德尔笑道，"阿苏妮小姐，你我两个斗来斗去，也斗了好些年头了，我厌倦了，这一次我们若联手合作，在这戈壁荒漠上发财，你说，这是不是一个不错的结局？"

阿苏妮有些心动起来："你说话算数？"

胖子见阿苏妮、马大贵两人都有些摇摆不定起来，忍不住急了眼，说道："你们两个真相信他说的话？"

还不等马大贵和阿苏妮说话，苏多德尔笑着说："哥，你这是小家子气了不是，你问问阿苏妮，我苏大少好歹也算是一个响当当的男子汉，以前说过的话都是算数的，再说这一次，有这么大的利益牵涉，这里面的轻重，我还是分得清的。"

胖子一时语塞，确实，很多事情一旦牵涉到重大的利益，足足可以让人做出一些不得已的让步，苏多德尔如此，就算是朱笑东，恐怕也只能如此。

"为了表示我方的诚意，"苏多德尔转身从马背上拿出一把冲锋枪，还有两包子弹，送到胖子面前说道，"这是一把好枪，但是没有撞针，为了表示我的诚意，我将它交到你们手里，要是到时候你们觉得我有什么不对劲的地方，直接干掉我，我也没有怨言，如何？"

胖子不接枪，不屑地说道："要干掉你，我根本就用不着枪，哼哼……"

这里面利益牵涉如此之大，再说苏多德尔把话都说到这个份上了，朱笑东只好说："你们真要入伙，我也没什么话好说，但是，能不能找到宝藏，这事大家伙儿心里都没底。要找到了，分点儿也没关系，要是根本没有宝藏，这事也怨不得我们……还有，我得先把丑话说在前面，跟你们合伙，也就是在与虎谋皮，但是你别把你自己真当成一只老虎，对付想咬人的老虎，办法我多的是……"

苏多德尔咧嘴笑道："我知道，我虽然是只老虎，但是你们个个都是武松，遇到你们，我只有乖乖听话的份儿……"

阿苏妮长出了口气，但随即又想到，这个地方是圣地，自己本来也没打算从这里拿上一样东西出去，只是现在这个形势，怕是由不得自己了。

胖子哼了一声，说道："苏大少，你用不着得意太早，虽然东哥答应了，也并不表示我就会完全相信你，你要是有什么不对头的地方，哼哼，我一样揍你。"

苏多德尔笑了笑，说："你防着我，我能理解，但是也用不着把什么事都看得那么严重才好!"

原本打算就地等候虎子的他们，现在有苏多德尔等人入伙，自然少不了多出一些事来。

首先是食物上的问题，苏多德尔说："因为司机、纳吉多他们既没马匹，又没有多少食物、饮水，苏多德尔把大部分的食物补给给了他们，让他们自行回去，自己带了曾德宝和哈麦提，凭着被朱笑东打死的那头猎犬，撑过了几天。说实话，这几天过得挺辛苦的，哥几个有好东西，拿出来分点儿给兄弟充充饥!"

朱笑东看了一眼太阳，差不多也到了吃午饭的时间，便也不吝啬，当下吩咐胖子做饭。

胖子煮了肉汤，分给苏多德尔和曾德宝两人的都少了一些，明显就是把他们两个当外人，苏多德尔也不计较那么多，热乎乎的肉汤怎么说也好过生啃死狗肉。

倒是曾德宝颇有微词，但是梁三显然还气恨曾德宝出卖了他们几个人的事，一眼瞪过去，把曾德宝的话硬生生给逼了回去。

稍微填饱了肚子，苏多德尔建议大家赶紧四处找找，看看怎样才能找到那些传说中的金银财宝。

马大贵和阿苏妮见苏多德尔再也没有了往日的张狂，语气倒也恳切，便放弃了不拿圣地财宝的想法，积极配合苏多德尔，向朱笑东等人征求意见。

朱笑东说道："既然如此，烟锅叔、杨华你们两人就留守在原地，照看马匹物品，顺便负责联络虎子和我们，以免到时候一片混乱。其余的人，我们一起去看个究竟，如何?"

杨华和烟锅叔两人，哪里能不知道朱笑东的意思是让他们照看好虎子一行埋起来的东西，本来也想要跟朱笑东一块儿的，最后还是依言留了下来。

胖子早就不耐烦了，抢了一壶水挎在身上，拿了一把兵工铲在手上，就吆喝着赶紧出发。

苏多德尔一反常态，很是谦卑地问朱笑东："我们三个是帮着背水?拿工具?还是帮着拿装宝贝的背包?总之，要出上一份力气才好。"

朱笑东笑了笑说："也用不着紧张，能不能有宝藏，这个还没人能说得准，搞不好，大伙儿都空欢喜一场也说不一定。"

听朱笑东这么一说，曾德宝眼里掠过一丝阴狠，但是此时根本没人注意到他。

朱笑东一边往湖边的那两栋古旧的石头房子里走，一边叮嘱胖子等人，不许拿多……

正说着，就要接近石头房子，一阵驼铃叮叮当当地响过，虎子、马仕途、马腾飞等一行六人，逶迤而来。

虎子一见到朱笑东，忍不住大叫了起来："朱老板……"

马仕途、马腾飞等人也是跳下马背，直扑着众人过来，见谁都是狠狠地一个熊抱。

朱笑东见虎子等人虽然蓬头垢面、衣衫褴褛，但是精神却是很好，一点儿也不像自己这一帮人，怎么看都有些萎靡。

胖子搂着虎子，原地转了好几圈，把虎子上上下下看了一遍，才喘着粗气，问道：“副副总同志，说说，找到多少宝贝？还有，怎么熬过来的？”

虎子咧嘴笑道：“宝贝吗，那是找到不少，说到怎么熬过来的，嘿嘿……这可有点儿……”

朱笑东也是迫不及待地问马腾飞，这到底是怎么回事。

马腾飞叹了口气，说：“这事，说来话长，走，回去！慢慢说……”

马爵在后面叫道：“还慢慢说，不快点说，恐怕都没机会了……”

马仕途叹了一口气，低头不语，马进也是，虽然见到了众人，却没有多少喜悦。

胖子见马家叔侄和虎子他们的马背上都驮着不小的两个包裹，忍不住拉着虎子，悄悄问道：“你们那驮着的，是些什么，不会是金银财宝吧！”

“金银财宝？”虎子一愣，随即笑道，“我们哪有那么好的运气，出门就能找到大墓、宝藏……嘿嘿，不过，这次我们找到的，还真有些好东西！”

朱笑东本来要带着一群人去“发财”的，没想到这就遇上了虎子等人，自然间，也就不再去看那什么石头屋子里的东西了，大家一起又回到帐篷里。

马腾飞等人见了杨华，自然也免不了一阵亲热。

烟锅叔骂了虎子一通，最后却是自个儿红着眼睛，躲到一边去了。

待这一阵激动过去，大家心情稍微平静，虎子才跟大家说起这次的经过……

本来，马腾飞手里是有一张宝图，据说还是和一个梁什么的人有瓜葛，马腾飞拿了这张宝图，本来也想发个大财，没想到一路行来，横财没发到，倒是差一点儿把命搁在这荒漠戈壁上了。进入戈壁没两天，就遇上了暴风，在暴风里，几个人迷了路，刚刚走出了戈壁来，又被一群狼追得落花流水，后来好不容易摆脱了狼群的追袭，又莫名其妙中了毒……总之，托老天爷洪福，一步三挨到这里，本来以为就能找到宝藏，找来找去找了几天，才发现，这宝图上所说的宝贝，根本就是……

“这么说，那‘到此一游’以及‘SOS’的记号真的是你们留下来的了！”朱笑东问道。

“其实……”虎子说，“最开头，我们发现有人在跟踪我们，于是，马进兄弟就想了些办法，没想到跟踪我们的那些人很厉害，让我们在荒漠地里转悠了好几天，才扔掉那一伙人！”

胖子“噗”地一笑，说：“什么叫你们扔掉人家啊，人家那是跟着你们弹尽粮绝，走投无路的情况下才主动撤退的……”

虎子不大相信，我们的保密防卫工作做得很好的，再说，你又怎么知道那一伙人不是被我们扔掉的？

胖子笑嘻嘻地说道，“你还不知道吧，这位……”胖子说着，指了指阿苏妮，接着说道：“就是这位姑娘一直跟着你们，要不是她，我们再找上十天半个月，也未必能见到你们！我可告诉你，这位小姐跟在你们后面，那可是步行了七天，食物和水都差不多用光了，这才主动撤退的。”

虎子沉默了一会儿，去看阿苏妮，阿苏妮很是自豪地笑着，捋了捋脸庞上的头发。

过了片刻，虎子才说道：“要知道你才跟着我们走七天就回去了，我们也用不着去进那死亡谷，嘿嘿……真是差点没能活着出来！”

朱笑东听了半晌，忍不住问了一句大家都想问的话：“你们来找的是一处什么样的宝藏，情况怎么样？”

虎子也就是“嘿嘿”笑了一阵：“开始到这个地方的时候，确实是抱着要大捞一笔的想法，在这里盘桓了七八天，最后什么也没挖到，说起来，还多亏了腾飞叔，在这里发现了一些虫草！”

虫草，朱笑东没怎么见过，但是听得却是不少，这种又叫冬虫夏草的东西，时下很是值钱。据说，现在稍微好一点的，都得几百上千元一克，比黄金都贵了好几倍。

不过，胖子却是瞪着眼睛望着虎子，问道：“你们在这里没找到宝藏？就挖了些草药！”

虎子不答，只是笑了笑，算是默认。

曾德宝却是指着虎子，叫了起来：“不可能……不可能……你们，你们骗人？”

虎子懒得理曾德宝，转身去卸马背上的包裹，包裹卸下，胖子迫不及待地打开一看，里面当真是黄灿灿的虫草，但是一直到底，都没有发现想象中的明器。

虎子淡淡地笑了笑说：“一开始，我们挖了几天，什么也没挖到，一个个像得了大病似的，一起躺了两天，还好后来发现这玩意儿，好歹也能赚点路上的花费出来，大家又才打起精神来。”

朱笑东问了一个大家一直都觉得很奇怪的问题：“这么久，你们靠什么活下来的？”

“这个啊！”虎子笑着说，“每天夜里时分，这湖里都有一些鱼要游到岸边上来，不多，也不大，但是生吃很是美味，我们就靠着这个，在这里生活了十几天！”

胖子不解地问道：“生吃鱼我可以理解，但是鱼鳞和鱼刺，你们也一块儿吃了！”

“这个，我怎么说呢?”虎子笑着说道，“再过两个小时，你们就知道了!”

马腾飞叔侄跟杨华等人寒暄了一会儿，就动手去挖那两个地上鼓出来的草皮。

不一会儿，起出来整整两大背包虫草，怪不得朱笑东虽然发现了草皮的异常，却始终没猜到下面埋的是什么。

杨华问：“怎么这就取出来?”

马进在一旁唉声叹气：“二哥，你是不知道，我们来的时候，那鼻梁山上还是一片白雪皑皑，就像是深冬季节，一转眼几天时间，那些雪就化了个一干二净，仿若到了酷夏，我爹说，这里的天气不正常，接下来，恐怕……唉，也好，反正那边的虫草也就这么多，再留下来也不可能有什么收获。”

“你们是说……马上就要离开这里。”杨华喜道。

马腾飞看了一眼杨华，说：“这几天里，老是时不时地出来些怪事，我们还是早早的离开，免得到时候大祸临头。”

杨华一惊，连忙问是怎么回事?

“俗话说‘鱼跃水面惶惶跳，大鼠叼着小鼠跑……’这几点，我们都是亲眼所见了，再不做好准备，留在这里等死?”马仕途插嘴说道。

杨华惊怔了好一会儿，回想起那天巨雷般的山响，还有突如其来的飓风，这些都可以说是怪异至极的征兆，难道，这里真的会有天翻地覆的变化?

“这个很难说!”马仕途接着说，“这里的地形，我估计是很多年前的火山口，也就是说，我们一直处在火山口中间，现在会不会再喷发一次，我不敢断言，但是估计这里会有一场地震，无论规模大和小，留在这里总不是件好事。”

朱笑东一听说这里有这样的危险，顿时也是大吃一惊，便问马仕途怎么办。

马仕途说：“还能怎么办，赶紧收拾一下，明天一早出发，离这里越远越好！”

朱笑东说，怎么不现在就出发，还要等到明天早上，这里多待一分钟，就多一分危险！

“一来，估计这里的危险不会出现在这一两天之内，二来，我们没有食物储备，就这么往外走，一样是条死路，死法不同而已！”马仕途说了这么一句，然后转身到帐篷里，找来几根帐篷的撑杆，又拿了几块破布，带着杨华去湖边捕鱼。

烟锅叔、杨薇等人一听说明早就要开拔，顿时忙得不亦乐乎。

偏偏这个时候曾德宝却撺掇苏多德尔，说这里没有宝藏，他无论如何也不相信，应该是虎子他们的方法不对头，所以没找着，至于说这里要地震什么的，谁爱信谁信，反正他是不信。

当然，说这里有宝藏，曾德宝的根据是梁国华交给梁三的那幅宝图拓印下来的复印件。那上面，最终的一处记号就像是那两栋石头建筑。在曾德宝的撺掇下，终于包括阿苏妮都答应下来，一起去看个究竟。

于是，四人悄悄向石头建筑摸了过去。

马大贵发现四个人鬼鬼祟祟地摸向石屋，心中也知道这几个家伙所图，心痒之下也顾不上这是圣地什么的，悄悄跟在后面，试图分上一杯羹。

石头建筑很是古旧，很简单的两栋房子，周围很多地方都被虎子他们刨过，坑坑洼洼的，大小深浅的坑洞都有，不过看样子也没找到什么金银珠宝、明器之类的。

这时，曾德宝俨然一副行家学者的派头，开口便说道：“根据我对摸金倒斗的研究，这个埋藏宝藏的地方并不在室外，而是石室之内！所谓风水墓葬，讲究的是山脉水气，也就是所谓的龙脉，摸金倒斗一门之中，讲究的是一门技术。根据我对摸金倒斗的研究，像这样风水绝佳的地方，不可能没有大墓葬，只是那姓朱的，还有那姓马的，他们故作清高。再说，除了碰巧，真要他们找墓，嘿嘿，不是我曾德宝吹牛……”

曾德宝的意思，阿苏妮自然是知道的，但是她却不愿意说破，不管怎么说，曾德宝这一开口，总是能让人生出一些希望。

曾德宝见苏多德尔和哈麦提都有些神魂颠倒，又说：“这两栋石头房子，根本就不是用来住人的！”

哈麦提忍不住问道：“不是用来住人的，那是用来干什么的？”

曾德宝一边往石头房子里走，一边说道：“我对摸金倒斗研究了多年，这种墓葬，其实是一种罕见的‘塔葬’。塔葬知道不？所谓塔葬，就是将墓主的坟墓埋在地下，再在上面建上一座塔，《白蛇传》里，那个法海老和尚用雷峰塔压白素贞，这个你们知道的吧。根据我多年的研究，那塔下压的，其实就是一个大富人家的墓！”

也不知道曾德宝从哪些资料里研究出来的这些东西，反正一顿神侃，把苏多德尔跟哈麦提两人侃得晕头转向，对曾德宝佩服不已，大大改变了原来对他的看法。

就连阿苏妮也觉得有些彷徨，可能以前真的看错了曾德宝吧！

苏多德尔、哈麦提两人自然不知道曾德宝的虚实，见曾德宝说得有模有样，当下按照曾德宝的指示，进了石头屋子里面。

这石头房子的房顶不知道在什么年代就不见了，不过这石头墙壁砌得到是扎实，历经数百年风雨，垮塌的地方却是不多。

曾德宝进了石头房子，四处打量了一番，这石头房子里面，自然也是被虎子他们光顾过，深浅不一地留下五个洞，最深的至少有一米五，最浅的也有七八十公分，直径一米左右。整个石屋的地面上，除了坑洞就是石头土块，能勉强落下脚的地方也就是那些石头土堆之上，要不然就是那几个深浅不一的洞里。

曾德宝一见这种挖法，顿时又说道："说这种人没素质，还真是没错，你们看，从外到里，哪里都是他们挖的洞。根据我对摸金倒斗多年的研究，他们这种做法，比之搬山、卸岭更为可恨。要知道，探墓寻宝，最忌讳的就是胡挖乱凿，露了行迹不说，没有一点技术性可言。我们摸金一门，对这些暴力行径，最为不屑……"

不知道什么时候，曾德宝不但对摸金倒斗有了多年的研究，本人还成了摸金一门的代表。

苏多德尔与哈麦提对曾德宝佩服得五体投地。

阿苏妮却是有些不屑，问道："老曾，根据你对摸金倒斗的研究，这墓到底在什么地方？我们要从哪里入手？"

曾德宝端起了架子，抹了一把本来就不长毛的下巴，这才说道："其实，这个墓设计得比较简单，所有的东西就在塔的正中心位置，往下挖一丈八尺便是。"

一丈八尺，折合起来就是五米多六米，恰好中间这个位置有一个虎子他们挖过的洞，一米深左右，按曾德宝的说法，最少还得往下挖四五米。

苏多德尔从没干过这样的重活，阿苏妮是女的，两个人一起免了，重任就落到哈麦提一个人肩上。

还好，苏多德尔一回头，发现了躲闪着跟过来的马大贵，于是招手要他也过来，自然是他跟哈麦提一起挖这四五米深的洞了。

马大贵跟哈麦提两人越往下挖，下面就越坚硬，还夹杂着大大小小的碎石块，但是曾德宝根据烟锅叔教的辨认封土的技术判断，这下面还真有一座墓。

只是马大贵和哈麦提两个人又没有称手的工具，两个人也就一把兵工铲，进度委实很慢。

一开始一个小时还能挖一米，之后两个小时才能挖一米，到了三米多深的时候，财宝的迹象一点儿都没见着，倒是有严重的渗水现象。

这曾德宝口里所谓的石塔，地基比湖面也高不了多少，先前虎子他们之所以没再往下挖，也是考虑到一旦挖得太深，湖水就有可能倒灌进来。在这种情况下，就算下面有墓葬，也根本没机会去拿东西出来。再说，挖了将近一米多深，见这下面的泥土石块跟其他的地方一样，根本没有明显的封土之类的痕迹，虎子他们自然也就作罢。

只是想不到曾德宝这家伙，不知道是想着要淹死马大贵跟哈麦提两个还是真的就得了烟锅叔的真传，一边看着地洞，一边不住地鼓动说："虽然我们跟那姓朱的说了，要跟他们入伙平分财物，但那得是他们找到的财宝才行，现在他们摆明了不会来找这里的东西，所以，只要我们尽快挖出来，这就是我们找到的，与他们自然也就无关了。"

阿苏妮一边往上接泥石土块，一边问拼命干活的苏多德尔和曾德宝："你们不怕朱笑东见了财宝，起不义之心？现在，他们可是有十个人!"

曾德宝接过递上来的一块石头，哼了两声："说道，论鲁莽野蛮，我们确实是敌不过他们，但是论智慧谋略，那一帮黄毛小子，哼哼……不动歪心也就罢了，要是起了不义之心，苏大少爷可是有计划的……”

一边说着，好不容易挖到四米来深，洞壁上渗水更是严重，不多一会儿，马大贵等人的脚下就积了半尺来深的水。

幸好阿苏妮、苏多德尔和曾德宝两人都带来了水囊，虽然用水囊抽水效率十分低，但是勉强还能在舀上来一些水之后，坚持着往地下挖去。

再过一会儿，差不多到了五米来深的时候，哈麦提竟然不想干了，渗进来的水都已经没过膝盖了，用水囊根本就解决不了问题，而且，渗水还有越来越快的趋势。

曾德宝却是站在两个人的头顶，大声鼓励着说：“就这个渗水的速度，完全有机会进到墓里拿些东西出来，只不过到时候艰苦一些罢了。”

马大贵终于开始怀疑曾德宝所说的话是不是有些言过其实了，这下面当真会有一座大墓？甚至有可能大过新月谷那座？

要真是有那么大一座墓在下面，就算湖里的水涌进去，对人的妨碍倒也不大，但问题是这下面真的有墓吗？

就在曾德宝也开始半信半疑之际，马大贵手里的兵工铲发出“嘣”的一声闷响，铲刃却好像插进了一条石头缝隙里一样。

马大贵不动声色，试着用铲刃顺着石缝滑动，片刻，居然感觉到这条石头缝隙是直的，而且，不低于两根指头宽窄，稍微用兵工铲在石头缝里捅动两下，脚下的积水一旋，竟然以极快的速度消失不见了。

不多一会儿，积水消失得干干净净，哈麦提也发现了这条脚下的缝隙，顿时大喜起来。

几下子清理干净剩余的泥土碎石，这才发现这是顺着湖泊方向摆放的一层条石，中间缝隙不窄，似乎这一层条石下面就是曾德宝断定的墓穴所在。

稍微清理了一下条石上的泥土，这时洞壁上的渗水虽然厉害，但是却都顺着石缝流进下面去了。

清理完条石上的泥土石块，马大贵等人才发现，这些条石差不多都有五六寸宽窄，一米四五长短。直径一米的洞底至少有五块这样的石头铺作一层，每一块中间都留有一寸多的缝隙。

无疑，这是一个绝佳的机会。

阿苏妮、曾德宝、苏多德尔等人下来，见到这个情况，自然是高兴不已，只要想办法揭开这一层石头，宝藏就触手可及了。

马大贵先前要去收回马匹，身上自然带了绳子，于是苏多德尔、曾德宝两人爬上地面，扔下绳子，让马大贵和哈麦提两人在下面撬起条石，用绳子绑好，三个人就在上面，用绳子把条石给提出来。

上面三个人一起使出吃奶的力气，好不容易吊出来第一块石头，以为就稍微轻松了些。

只是才吊上来一块条石，马大贵又在下面喊开了。

这下面还有第二层像这样的条石！

苏多德尔苦着脸，看着被绳子勒红的手掌，问曾德宝："你到底有把握没有啊，这条石少说也有三百来斤重，一条条的，按现在的情况计算，就算只打开一个直径一米的洞口下去，起码还得拉上十趟！这手掌都会磨破皮的。"

曾德宝的手掌稍微好一点儿，他是干过粗活的人，手上有层干茧老皮，再加上往上拉条石的时候，他又偷了些懒，出工不出力，所以手上虽然也是火辣辣的痛，但是还能支持得住。

曾德宝给苏多德尔打气说："你也看到了，这墓就在下面，你觉得现在就该罢手，还是去向那姓朱的低声下气，然后再分给他们一份？还有你看这渗水的速度，我们要是不竭力抢在前面打开墓室，到时候，积水灌满了墓室，我们一切的努力就都白费了。”

苏多德尔想了半天，一咬牙，又把绳子抛了下去，然后忍着火辣辣的疼痛，死命地往上拉条石，第一层五块拉完，紧接着是第二层。

第二层才拉起来一块，马大贵在地下又叫开了，下面还有一层，下面一层还是一模一样的条石块！

再拉第二层条石出来，速度就慢了很多，阿苏妮是累，曾德宝是偷懒，苏多德尔从来没干过这样的苦力活，要不是曾德宝一再打气说多拉一块条石出来，就接近宝藏一分，这个时候，几乎所有人都要坚持不住了。

正说着，石头房子外面远远地传来胖子的声音：“饭做好了，却不见了好几个人，先前看见有人到这边来，不知道还在这石头房子里没有。”

另一个是杨华的声音说：“估摸着应该不会吧，这一带又没什么宝藏可循，八成是来这里方便的，方便完了也就早走了。再说这大草原上，哪里不可以方便，非要跑到这石头房子里来！别是发现了什么吧？不成，我进去瞧瞧，要不然有好东西，被人独吞了可惜。”

说着两个人一路说笑，渐渐接近了石屋。

屋里的人俱是一慌，现在朱笑东他们这边人强马壮，要是他们发现这石屋里有奥妙，不要说只想分上一分，就是把自己全部赶走，也是能做得到的。

曾德宝向阿苏妮眨了眨眼睛，示意阿苏妮去堵在门口，别让胖子和杨华两人进来，以免发现这里不正常。

阿苏妮耸了耸肩，低声说：“没理由啊。”

曾德宝又急又怒，低声出主意："你就蹲到门边，做出方便的样子，这样，他们就不好意思再进来了？"

阿苏妮脸上一红，本想拒绝，但是耳听着胖子和杨华两人越来越近，一时之间又想不到其他的方法和理由，只得按照曾德宝说的，顺势蹲在石头墙门边，红着脸，做出正在方便的样子。

刚刚做好准备，胖子和杨华两人就接近了。

胖子一抬头，猛然间调头就跑，一边跑，一边还大叫着说道："我可是什么都没看到啊……我什么也没看到……"

杨华的一张脸红得像是泼了一碗狗血，低着头，一言不发，跟在胖子身后匆匆走了。

走了很远，阿苏妮都还听见胖子在埋怨杨华："我说是有人在那边方便吧，你非要去看，这下好了吧，待会儿回来，我看你怎么去过那一关？"

杨华很是委屈说："谁知道啊，还真的有人在那边方便，再说，我真的什么都没看见……"

说话声越来越小，胖子和杨华两人也就越走越远。

直到看不见胖子和杨华两人的背影，曾德宝才从石墙角落里站了起来，咬着牙说："看来，我们的行动被他们发现了，要不想让他们分上一杯羹，就只有赶紧把石头弄出来，进到墓里，把该拿的东西拿出来，然后趁早离开！"

于是，苏多德尔顾不上已经磨出的血泡，拼命地往上拉条石绳子。

胖子和杨华两人一路上嬉笑着回到营地，把看到的跟朱笑东说了。朱笑东笑了笑，也不在意，他们几个人爱挖就让他们去挖吧，能挖点东西，岂不是更好。

胖子却是老大不满意：“别的人也就算了，阿苏妮、马大贵两个这时候却偏偏要脱离纯净的革命队伍，这多少有些让人失望。”

“怎么？你留意上了阿苏妮？”杨华笑着说道，“你可要记得，色字头上一把刀，胖子哥你可得要小心些了。”

“呸呸……”胖子一连啐了杨华好几口才罢休。

烟锅叔今天见到虎子，平日里没想起来的事情这一刻又冒出一些来。

上次，虎子从京城回到陶都，说是媳妇有着落了，烟锅叔问了几回，虎子都是遮遮掩掩，烟锅叔自然也不好仔细打探。再说，虎子在家里待了也没多久，就说要出来挣大钱娶媳妇，这一出来就是一个多月。

现在再次见到虎子，烟锅叔突然想到，能不能从朱笑东等人嘴里知道一些未来的儿媳妇跟虎子之间的事儿，算是从侧面了解一下那位凯斯小姐的性格人品之类的吧。当然，这是作为一个父亲对后辈终身大事的关切。

胖子一听烟锅叔问起这事，自然是添盐加醋，尽往好的方面说：“说起这事，我们可是亲眼看到、亲身经历的事儿，嘿嘿，烟锅叔你老就放心吧，凯斯小姐虽然是位老外嫂子，但她对虎子，那真可是没得说。人说娶媳妇儿要上得厅堂，下得厨房，我看，凯斯嫂子岂止是上得厅堂，她可是能上得战场的……”

烟锅叔一听胖子这话，吓了一跳，不由紧张不已：“上得了战场的，那岂不是个杀人不眨眼……”

胖子一怔，随即明白是自己这回把牛皮吹大了，怔了片刻，才讪讪地笑着说：“烟锅叔，你知道我这张破嘴，嘿嘿……我那是佩服，佩服凯斯嫂子的为人。嫂子她人长得漂亮，又讲义气，嘿嘿……巾帼不让须眉……”

听到胖子胡说八道，朱笑东笑骂了他两句，转身去帮虎子了。胖子却是接着跟烟锅叔说：“烟锅叔，这也怪不得我，你知道我这人，就爱乱说一气，你可不能计较，说起凯斯嫂子，我可是打心眼里佩服。记得那一次，要翻过一堵陡坡，当时那个情况啊，我可是脸都吓绿了。”

烟锅叔一直都不知道虎子、朱笑东等人上雪山的一些具体情况，前不久问过虎子，但是虎子总是语焉不详，最近几天，虽然跟朱笑东、胖子在一起，却是一直都在死亡线上挣扎着，自然也没机会问，现在见胖子敞开了话匣子，烟锅叔自然来了兴趣。

胖子一边煮着肉汤，一边连说带侃，不多几句，把杨华、杨薇、马爵等人也吸引了过来。

至于胖子说的，自然是不着边际，把烟锅叔唬得一愣一愣的，而真正经历过的人却被逗得笑倒一片。

与此同时的另一边，朱笑东则问起了虎子回去后的营生。

没想到虎子憨憨一笑，回答说：“回去之后，我想金盆洗手，从此退出跟古玩文物沾边的事情，正正经经地做一点儿小生意，也用不着要挣多少钱，能养家糊口，我就心满意足了。”

朱笑东一愣，半晌没说出话来。

第十一章

圣地之谜

虎子见朱笑东呆呆地望着自己，还以为自己的话惹恼了他，赶紧解释说：“小朱老板，你可不要多心。其实，我也只是看穿了一件事，小朱老板，你给我们的钱已经不少了，再加上这一趟回去我肯定还会赚上一些，有这些钱，我这辈子是用不着为钱发愁了。再说，以后……以后，凯斯来了，我整天在外面晃荡，少不了要让她担惊受怕……所以……所以，我想……”

朱笑东这才明白，虎子决定从此退出江湖，原来只是为了不让心爱的人为自己担心，朱笑东感叹虎子用情至深之余，又忍不住叹了一口气，虎子尚且能为凯斯做到如此地步，自己呢，自己又为杨薇做了些什么？

有人喜欢安安静静地过一辈子，也有人想要轰轰烈烈地走上一段，在人生的旅途上，哪怕是昙花一现般的热烈，也算过得精彩。

朱笑东不在乎钱，但是他希望把生活过得充实一些、精彩一些，或许，这就是一个人的性格所致吧。

不过，所谓强扭的瓜不甜，虎子既然决定不在典当这一行做下去了，朱笑东自然不愿意强求，很多事情强求不来，所以朱笑东除了祝福虎子几句之外，也就没再说什么。

当虎子他们将虫草整理完毕时，胖子那边的饭也熟了，只是杨华、马进他们几个年轻人却是躺在地上，不怎么起得来，让胖子一顿神侃，连烟锅叔都直不起腰来。

吃饭的时候，朱笑东也没跟大家说起虎子的事，大家正兴致勃勃，说出来少不了有些伤感，尤其是胖子，恐怕这一路回程都会闷闷不乐的。

吃罢了饭，烟锅叔等人牵来收拢的马匹，喂水、喂草料，为明天一早出发做最后的准备。

然后大家一块儿到湖里抓鱼，准备路上的食物。

这湖里的鱼个头不大，大约是湖水缺乏营养所致，最大的也就两寸来长，不过这种湖鱼真的挺奇特，无鳞、通体雪白，肚皮极薄，半透明一般，隐隐看得见里面的内脏，每条鱼的内脏也不多，几乎都只有筷子头般大小。

虎子是吃惯了的，抓到一条鱼捏在手上，指头稍微一挤，那一点内脏便从鱼的肛门处挤了出来，然后在水里稍微清洗一下，就丢进嘴里一阵大嚼。

怪不得朱笑东等人刚来的时候怎么也找不到虎子他们的生活垃圾。

杨薇可是看见那鱼进到虎子的嘴里，还突地弹了一下身子，这可是真正的生吃活鱼，看得杨薇极为不忍。

朱笑东学着虎子的样子，试着吃了一条才发现，其实这种鱼生吃的味道还是不错的，几乎没有鱼刺，极少的一点鱼刺也是脆脆的，毫不费力地就可以嚼碎了吞下去。鱼肉更是少有的鲜嫩，略带了点甜味，水腥味儿不重，神经稍微大条一点的，绝对能吃得习惯。

胖子和杨华两人少不了大嚼了好几条，还说这可比那些海里的海味要高级多了。

可惜，湖里这种鱼数量确实是极少，十个人想尽办法抓了一个下午，也就只抓了不到十斤，不过这几斤小鱼儿，十个人对付着，足够一天的口粮。

不知不觉将近黄昏，本来极为稀少的小鱼儿，这时纷纷离了岸边游回湖深处。

苏多德尔、曾德宝、阿苏妮、马大贵和哈麦提五个人虽然又累又饿，却是忍不住越来越兴奋。

都已经起了五层条石，哈麦提在底下说："下面依旧是一层横铺着的条石，留了一寸多宽的缝隙，渗进来的湖水这时候几乎是哗哗地流进那些缝隙里，既没见到下面有水集聚起来，也不知道还有多深才能到达那个大墓。"

曾德宝喘了口气说："凭着到现在还没有出现水满溢出的情况推断，这下面的墓可能有极好的排水系统。有这样良好的排水系统的墓，那可真是不得了，里面的明器、珍宝，多到无法想象，这是我对好几个摸金倒斗的案例研究之后得出来的结论……或者，这下面的墓大到足足可以容纳这一湖之水，从这些封顶的条石规模可以看得出来，普通的墓葬，就算是侯爷将相，也就差不多这种规格了，这个，也是我多年对摸金倒斗的研究得出来的经验。"

虽然苏多德尔等人早已疲惫不堪，两只手上都已经鲜血淋漓，但是在曾德宝的鼓动下，五个人依旧抱着起出来一块石头就接近大墓一分的想法，缓缓地往上拉着绳子。

起出来的条石，堆在石头房子里，老高一堆。又拉上来十来块，马大贵在下面有些沮丧地说："下面出现了第八层条石，老曾，怎么回事？这条石怎么还没完没了，都下到地底七八米了，你说我们会不会白白地忙活这大半天啊？”

曾德宝咬着牙，有些恼火：“马大贵，你可听好了，要挖开一座大墓哪有那么容易。远的不说，就新月谷那座大墓，光是挖盗洞，我们那么多人挖了多久？好几天！十几个人挖了好几天，才进到墓里，你说你这才干几下，就唧唧歪歪地惑乱军心了不是，赶紧的，老老实实地给我往下挖，到时候，少不了你的好处。”

阿苏妮看不惯曾德宝小人得志的模样，忍不住皱着眉头说道：“老曾，怎么说我们大家现在都是一伙的，你说话就不能客气一点……”

对马大贵，曾德宝不大客气，对阿苏妮，曾德宝却不敢稍有违拗，见阿苏妮为马大贵出头，曾德宝有些尴尬地笑着说道：“阿苏妮小姐，这，这也不是……我是想说，根据我对摸金倒斗的研究，有种叫石拱顶的墓，用条石砌成的拱顶，条石会多达十四层，我们这才挖开几层？才一半呢，我就是心急，嘿嘿……这也是为了大家，为了大家……”

苏多德尔很是吃惊：“多到十四层！那是一座什么样的墓？”

曾德宝对阿苏妮恭顺，对苏多德尔更是卑谦，见苏多德尔发问，赶紧解释说：“石拱桥的原理，懂吗？在好多没有天然的大型石头洞穴的风水宝地，想要建造一座大墓，最麻烦的就是封顶，用木头支撑，或者是用烧制的土砖来架设拱顶，成本太高，牢固程度和耐久程度也不可能及得上石头。”

苏多德尔对盗墓的那些事是两眼一抹黑，也不知道曾德宝说的是真是假，不过，以想当然的态度去看的话，曾德宝说的也还算有几分道理，所以，苏多德尔等人也就只有姑且信之。

黄昏之后，下到洞里已经将近七八米的马大贵终于停了下来，当然不是起完了横七竖八铺砌的条石，实在又累又饿，又看不见，还是决定先回去找点吃的和照明的来再说。

曾德宝不愿意就此罢休："这回去了，姓朱的那一伙人问起来怎么办？他们要来搅上一腿，插上一脚怎么办？"

阿苏妮想了想，说："我认为朱笑东他们未必会主动来搅和，倒是虎子他们那帮人不能不防，毕竟是他们先来想找而没找到的地方。"

曾德宝吹嘘："嘿嘿，对付朱笑东不容易，对付那个呆头呆脑的虎子还不是小菜一碟儿。说到马家叔侄，要对付他们虽然不容易，但也不是完全没有办法。"

阿苏妮问道："你有什么办法，现在他们可跟朱笑东是一伙的。"

曾德宝高深莫测地一笑，回答说："姓马的那一帮子不要掺和就罢了，要是想横着来插上一杠子，哼哼……你们到时候可要瞧好了，我会让你们瞧瞧，什么叫真正的智慧！"

刚刚爬出地洞口的马大贵忍不住暗骂了一声："就你那样，还智慧，你自废了吧。"

回到营地，几个人迎头遇上刚刚在湖里抓鱼回来的朱笑东等人，果然，朱笑东只是淡淡地打了个招呼而已，对于苏多德尔一伙人去干了什么，根本就没多问。

倒是胖子，悄悄地接近阿苏妮，低声问："有什么好的东西？拿出来，让我瞧瞧……"

阿苏妮淡淡地"哼"了声，转头不去理睬胖子。

梁三提了半袋子鱼，拦住了曾德宝，不怀好意地盯着他看了半晌，才冷森森地哼了声："老家伙，有些东西你要有自知之明，见不得人的那些你最好收敛一点，这算是我看在老乡的份上，最后提醒你一次，"

说完，梁三提着半袋子鱼，大摇大摆地走了。

曾德宝暗咒了梁三一句，转身找胖子要吃的，胖子想也没想，把手里小半袋子鱼交给曾德宝，嘿嘿笑道：“我们公平交易，这半袋子鱼，算是跟你们入股的定金，到时候，嘿嘿……”

胖子没有说下去，但是那意思却是很明显，到时候曾德宝要是能挖出来点什么，少不了要分给胖子一份。

曾德宝打开布袋子，见里面只有半斤不到的小鱼儿，忍不住失声说道：“胖子，你这就叫入股，你……”

胖子一把夺回曾德宝手里的布袋子，呵呵地笑道：“收不收我这一个股份，也由得你，我是做生意的人，所谓无利不起早，以后，你可别埋怨说我见死不救！呵呵……”

曾德宝想了想，有些贪婪地说道：“也不是我不想收你这股份，只是你这价钱……我知道目前的处境，一顿饭也确实有可能值得上几两金子，但是你这几两金子是不是太微薄了些。再说，我们累死累活的，你却潇潇洒洒想要入股，怎么说你也得表示一点你的诚意对不对？”

“呵，你个老杂毛，你倒还不跟我客气了啊！”胖子笑嘻嘻的，一巴掌拍在曾德宝的肩膀上，差点把曾德宝拍得蹲到地上，然后笑着说道，“成！既然你一定要跟我讲价钱，那我就好好地跟你这老杂毛谈谈条件……”

说着，胖子一手攥着曾德宝的手，硬拖着大踏步往草地中间走去，片刻之间，便离得朱笑东他们远远的了，说是要找个僻静的地方好好跟他唠唠嗑、谈谈心。

看着胖子坏坏的笑容，曾德宝脸都吓得有些绿了，这分明是胖子要收拾自己的节奏啊，只是自己打又打不过胖子，跑又跑不掉，被胖子扯着，连滚带爬跌跌撞撞地跟在后面，不用说反抗，就算是挣扎，也做不到。

曾德宝心念电转，一时间想了无数个念头，最终只得赔着一张发绿的笑脸，对胖子说道："胖爷，胖爷，你听我说……"

胖子停下脚步，只是手里还死死拽着曾德宝，回过头来笑容满面地问道："这么说，老杂毛你是答应了我的要求？"

"胖爷，你看这，我不答应能成吗？"曾德宝一张脸都成了苦瓜，"可是，胖爷你也知道……"

胖子打断曾德宝的话头，笑着说道："答应就是答应，不答应就是不答应，你这一句'可是'拖泥带水的，是不是还想找我谈谈条件？"

曾德宝欲哭无泪，许久，才咬着牙说道："胖爷，我也不敢瞒你，我们在石头房子里面的确有所发现，但是，眼下情况有些吃紧，除了人力不足，工具上也紧缺得很，所以这事，我也就只敢跟胖爷你说了，其他的人，我可是没敢透露半个字。胖爷你要入伙，我当然是不敢拒绝，只是这目前八字还没有一撇，我哪里敢欺瞒胖爷。"

要说曾德宝的年纪，起码比胖子要大上七八岁，胖子虽然随口叫他老杂毛，但还带了个"老"字，他自己却一口一个"胖爷"地叫着胖子，由不得胖子不对他轻贱。

"杂毛，说说，你那边到底什么情况？"胖子见曾德宝胖爷胖爷地叫得亲热，索性连那个"老"字都扔了。

曾德宝不敢过多隐瞒，把主要的隐瞒了下来，拣次要的情况跟胖子说了一遍，最后叹了口气，才说道："胖子兄弟……"

"去！胖爷哪里去了？"胖子脸上笑着，手上却是使劲一带，把曾德宝带了个踉跄，差点倒了下去。

好不容易稳住身形，曾德宝用另一只手在自己的嘴巴上抽了一个巴掌，这才说道："是，胖爷，我这嘴贱，你说这乌漆麻黑的，钻到盗洞里干活，这也不是个事，耽误了胖爷你的时间，对不对？再说，没有好工具，就没有了效率，同样耽误了大家的时间，对不对？

这事儿，胖爷你既然要入伙，我也不敢隐瞒，要不然就是欺瞒不报，对不起胖爷你了。”

胖子放开曾德宝，把手里的半袋子鱼递给曾德宝，然后指了指地上说：“坐下，好好跟胖爷我说说，想要些什么样的工具，胖爷我兴许一高兴，就能帮你们解决了。”

曾德宝大喜，看来胖子应该是一个能争取过来的对象，心想：别的不说，只要你心里想着金银珠宝这就好办，口头上的承诺，倒也不妨先给你，至于事成之后，哼哼……

曾德宝一边打着如意算盘，一边说了几样能提高工作效率的工具，诸如绳子、滑轮、兵工铲之类的，当然，少不了两盏防风灯，至于手电之类的，朱笑东等人缴获了苏多德尔的，但那可是好东西，直接问胖子要的话，胖子可能也不会答应。

胖子想了片刻，这才说道：“杂毛，就要这些？嗯，要瞒着东哥把这些东西搞到手，难度是不小。这样吧，我去试试，能搞到多少，你可别怪我，不过……”

曾德宝本来还有些顾虑，但是从胖子的话里听出来，还要瞒着朱笑东才能搞这些东西，心里禁不住又惊又喜。

惊的是胖子那一句“不过……”，后面肯定是狮子大开口，喜的却是，胖子既然要瞒着朱笑东行事，搞不好自己就能趁机挨个分化他们，各个击破！

胖子对曾德宝的神色变化毫无察觉，继续说道：“我提供了食物、工具，我们六个人，所有的财宝我要占三成，要不然，我也犯不着去做得罪东哥这样危险的事。毛儿，给个敞亮话，干还是不干？”

胖子轻鄙曾德宝，先前还叫他“老杂毛”，接着就是“杂毛”，最后，干脆叫“毛儿”了！

曾德宝故意咬着牙，沉思片刻，才狠下心似的说：“这个，也不是我一个人能做主的。这样吧，我去跟阿苏妮他们商量一下，能给你争取到三成更好，要是实在不成，两成绝对少不了你的，要是少了，你就拿我那一份补数。”

曾德宝拍着胸脯，一副一言九鼎的样子，让胖子忍不住好笑。随后拍了曾德宝一巴掌说：“好，好，那就预祝我们合作愉快，我这就去搞东西，待会儿再来找你。”

说着，胖子转头要走。

曾德宝赶紧说道：“这样吧，你找到工具，就带到石头房子那边……”

胖子停下脚步，头也不回，答道：“你还想东哥发现我不在，然后找到石头房子那边？再找你们要一半财宝？你知不知道他们现在多少人？十几个人，他们要去搅和，你顶得住？要是那样，我就干脆不入你们这边的股，直接跟他还能吃到嘴里，多少也就不说了，风险少了多少，你知不知道？”

“可是，我们人手不足……”曾德宝还想要胖子想想办法，去帮帮手。

胖子头也不回，丢下一句：“人手的事情，你们自己去想办法，我能帮助你们拖住东哥、马家他们那一帮人就算不错了，别让我到时候里外不是人，要真那样，我第一个不会放过你！”

说完，胖子自顾自地走了。

曾德宝本来心里也是有些矛盾，要说人手，有胖子帮忙，当然是再好不过的事，但要真的胖子亲临现场，肯定就不是自己能压制得住的，弄不好到时候胖子来个反客为主，自己就得不偿失了。既然如此，胖子不过去倒也是件好事！人手的事情，现在也就只能再想他法。

曾德宝咀嚼着鲜嫩的小鱼，除了有些淡淡的腥味儿，居然还吃出一股咸味来。

过了没多久，阿苏妮、苏多德尔、马大贵、哈麦提几个人相继找了借口，溜出了营地，见曾德宝远远地在营地边晃荡，阿苏妮问："这是怎么回事?"

曾德宝不敢隐瞒，把胖子入伙的事情说了一遍，苏多德尔第一个暴跳了起来说："凭什么他一个人要两成，胖子算什么东西!"

阿苏妮皱着眉头，想了很久，虽然不大满意曾德宝私下做的决定，但是目前也没有办法了。吃东西的时候，杨华一再追问是不是那边有了什么发现，幸好自己等人口风甚紧，没有留下破绽。但是，看马家那帮人却是不大相信他们的说法，估计弄不好很快就要暴露出来。马家那帮人，可比不得朱笑东他们这些人，兵强马壮不说，尤其是马腾飞、马仕途两个人，身手都不弱，她自量都不是对手，所以，一切还得小心行事，以至于出来的时候，都没敢带上自己想要的那些工具。

不过，有了胖子这个"奸细"，事情肯定会好办得多。

分析了一下这里面的得失，阿苏妮等人也觉得，其实曾德宝做这件事还算是做对了，不过临走前，阿苏妮等人也吩咐曾德宝，要胖子一定得把朱笑东、马家叔侄等人拖住，同时还要曾德宝暗暗地注意一下胖子的动向，别让胖子耍诈。

曾德宝自然是满口答应，送走了阿苏妮等人之后，曾德宝就蹑手蹑脚地潜近朱笑东等人帐篷，才刚靠近，就听见朱笑东和胖子两人的争吵声传了出来。

隔着几座帐篷，曾德宝就听见朱笑东在训斥胖子："我说过了，我们是来找人的，现在人找到了，任务也就完成了，你还想要干什么?"

话里的意思不怎么清楚，但是语气却是很严厉。这一路上，曾德宝从来都没听见朱笑东用这种语气跟胖子说过话，想来，朱笑东对胖子肯定也很是恼火，即将分崩离析的那种恼火！

胖子很是委屈，说：“东哥，你真的愿意？”

梁三也在一旁帮腔：“小朱老板，这件事，真的应该再仔细考虑一下，胖子说的也不是没有道理……”

杨薇却是站在朱笑东一边，替朱笑东劝胖子和梁三两人：“你们跟着笑东也不是一天半天了，他的为人，你们应该清楚，他说的话，也绝对错不了……”

“可是……”

胖子还想要辩解几句，但是被朱笑东一句话给堵了回去：“没有可是，现在你们就回去睡觉，明天一早出发……”

曾德宝虽然不知道朱笑东等人的争执到底是为了什么事情，但是看样子，朱笑东跟胖子、梁三的分歧很大，大到胖子足以出卖朱笑东的地步。

怪不得胖子早前说要入伙自己这边，看来他们的关系毕竟也不是铁板一块。曾德宝已经开始暗自琢磨要先收拾谁了。

正得意间，胖子气呼呼地过来，一眼就看见曾德宝蹲在帐篷外面，当下也不答话，钻进他的帐篷，不一会儿，提了几样工具出来，无非是绳子、兵工铲之类的。

胖子探头看了一眼，见朱笑东等人还在跟梁三争辩，胖子一脸气愤，把工具往曾德宝手里一塞，压着嗓门，低声发了句牢骚：“看见没，就他这样，还想当大哥！哼……”

曾德宝抱了工具，满心欢喜，低声说道：“胖爷，不如你这就过去，跟我们一起发财，我跟他们商量过了，他们都同意你的要求。”

同意胖子入伙倒是没人反对，但是说到要拿三成的财宝出来分给胖子根本就没人同意，曾德宝对胖子自然是撒了一个小谎。

反正现在财宝还没有影儿，把给胖子的空头支票开到五成也无关紧要，真要有财宝，到时候得看大家的心情，这是阿苏妮、苏多德尔等人早就商量好的。

胖子瞪了曾德宝一眼，说："毛儿，知道我们刚才争论的是什么事吗？就是马家那一帮子人好像看出了一些端倪，胖爷这就跟你过去，还不让马家那帮子立刻就翻了脸？去，好好干，我去缠住他们，我可说好了，你们先挖出来的财宝可不许私藏！"

曾德宝的脑袋点得像小鸡啄米一般，用低到只有胖子才听得见的声音，胖爷长胖爷短地说了几句好话，就转身要走。

临走时，胖子又叫住他，拿了拳头般大小的一个方便袋子，塞到曾德宝手里，说："这是我尽了最大的努力搞来的一点牛肉干，拿给兄弟们分了，好有力气干活，记住，别忘了我那三成！"

曾德宝满脸堆笑，心里却暗骂胖子四肢发达、头脑简单，现在你还给牛肉干，哼哼，到时候……

看着曾德宝消失在暮色之中，杨华才从帐篷里钻了出来，呵呵笑着说道："胖子你一向敦厚老实，想不到你骗起人来还一套一套的，真不知道我以后是该相信你敦厚质朴呢，还是防范你奸诈狡猾呢？"

"拉倒吧你。"胖子嘻嘻笑道，"我这叫临危受命、忍辱负重，打入敌人内部……"

两个人正说着，朱笑东、杨薇、梁三等人过来，后面跟着烟锅叔父子、马家叔侄，一时间，全部的人都到齐了。

胖子正色说道："情况就是这样，估计曾德宝这老杂毛肯定不会跟我们说实话，大家商议商议，看看要不要爬过去看看？"

朱笑东淡淡地说："你们真有兴趣，要去分他们一份？"

梁三嘿嘿笑着说道："不拿白不拿。"

朱笑东摇摇头："我还是坚持我的意见，现在毕竟是两帮人，不要说真的没有宝藏，如果有，到时候难免一场械斗火拼，伤着谁大家心里都不会好过。再说，恃强凌弱的事情，我做不出来。"

虎子还算是站在朱笑东这边，跟杨薇一齐劝说马家叔侄和梁三："算了，人家找到的财宝咱们不眼红，凡是沾了珠宝古玩的事儿，哪一次不是鲜血淋漓、人命关天。我们保持着不心动、不贪婪的观望态度，身上也就不用负担什么。"

梁三却说："曾德宝、苏多德尔这两个小人，就算我们不去插上一杠子，他们也未必会轻易放过我们。反正都是要干的，倒不如放开手脚，大干一场，先收拾了他们再说。"

几个人正争个不休时，突然传来一阵呼呼的响声，像是剧烈的风声，但是呼呼的风声中间还夹杂着水流声。

杨薇突然指着不远处的湖面，诧异地说道："怎么回事？这是怎么回事……"

大家把目光一齐转向湖面，此时只能微微看得见湖面反光，但就是这细微反光，却让大家看到了一个诡异的景象。

湖面正在快速地萎缩，湖水正在以极快的速度消失！

原本湖面离营地帐篷不超过十米距离，说话之间，水面便后退了将近两米。

怔了片刻，朱笑东赶紧叫了一声："快找东西装水，这湖水马上就要消失了。"

朱笑东一叫，胖子等人马上醒悟过来，飞也似的冲进各自的帐篷，把能装水的皮囊、水壶、水袋，七七八八地翻了出来。

胖子翻出来两个水囊，一个里面还有半囊水，胖子也顾不得这个时候有半囊水，也不能怕麻烦，得先装满再说。另外，胖子手里还拿了一些锅碗瓢盆，能装水的一样也没放过。

杨华的速度最快，拿的装水的器具也最多，除了水壶、水囊，还拿了几个方便袋，这是他能找到的其他的能装水的器具。

这湖的面积本来就不大，也不是太深，几个足球场大小，最深处也就差不多七八米，中间又像是突然之间塌陷出来一个十来米大小的洞穴，所以这湖水消失很快。

胖子追着湖水，刚刚还站在浅浅的湖水里，几乎是灌满一个水囊，急急忙忙盖上塞子，还没来得及准备第二个水壶，湖水便又退开将近一米多。胖子一咬牙，把手里装好的水囊往露出来的湖底一丢，接着向前跨几步，追上湖水，再装第二壶。

朱笑东等人也是如此，个个都追着湖水，竭力抢水。

尤其是马家叔侄，他们可能是在沙漠之中缺水缺得怕了，连能装水的缸子，能含水的毛巾都用上了。

饶是如此，十个人也仅仅把带来的器具装了一多半，就眼睁睁地看着湖水消失殆尽了。

这时，朱笑东手里的三个水囊倒是装满了，但是杨薇手里还有一个缸子、一个水壶都还空着。

朱笑东想了想，随机用手在湖底的沙地上刨了起来，这水退得急迫，不可能连沙地里含着的水一起带走，只要行动迅速，就还能抢回一些水来。

果然，朱笑东才刨了一尺来深，便有大量的清水渗出，梁三、烟锅叔父子等手脚稍笨的人也赶紧依葫芦画瓢，刨坑装水。

这个时候，湖水已经全部消失，胖子也照着别人的样子刨坑装水，不知是不是胖子倒霉，刚刚在沙子里扒拉了两下，右手手指就传来一阵剧痛。

胖子忍不住“哎哟……”一声叫了起来。

杨薇跟胖子距离较近，听见胖子的叫声，赶紧放下手里的水壶，过来看个究竟。

胖子一边往手上吹着气，一边叫嚷：“怎么……回事……这沙子，怎么会咬人……”

“沙子咬人？”杨薇吓了一跳，半晌才怪异地问道。

远远的，回去放置水囊水壶的杨华听到胖子的叫声，本来还想要再找些能装水的东西，这时也顾不得许多，手忙脚乱地找来三四把手电，还有一个急救包，一股脑儿抱了直奔胖子那边。

连滚带爬地到了胖子身边，杨华打开手电，去看胖子的手指，只见胖子的手指上除了沾着不少的泥沙，还不住地冒出鲜艳的血来。

胖子一边吹着气，一边说：“不知道怎么回事，这沙子里面好像有刀子，好痛……”

朱笑东也赶了过来，二话没说，就拿水壶往胖子的手指上倒水清洗泥沙，胖子免不了心痛这好不容易收集到的水。

朱笑东半笑道：“水没了，我们还可以挖坑寻找，你这手指要是感染了，那可就糟了。起码明天一早没人给我们煮饭了，这损失，怎么算也不是一壶水能抵得过的。”

倒了半壶水，总算是把胖子手上的泥沙洗干净，在杨华照明的手电光下一看，好家伙，食指和中指上各有一道划开的口子，几可见骨。十指连心，胖子一下子伤了两个指头，怪不得胖子吃痛不住。

洗尽伤口，杨薇打开急救包，敷药包扎，手法纯熟轻柔，不过片刻就包扎妥当。

这时，杨华好奇地笑道：“胖子，被狼咬、被刀砍，也没见你这样子大呼小叫过，这回是什么东西让你这样痛入骨髓了呢？”

胖子没好气地说：“就在这里，你自己扒开看看不就得了。”

朱笑东和杨华两人笑着，用手电去照胖子先前准备刨动的地方，地上就那么一个被胖子刨动了几下的沙坑，里面渗出来浅浅的不足一捧的水，也看不出异样。

朱笑东伸手，试着慢慢地去扒动那个小坑里的沙子，手刚一用力，就发现沙子里面有个硬东西，朱笑东小心翼翼地试探了一下，发现那个东西是个块状物，估计还不小，于是朱笑东更加小心。

这时候，烟锅叔、虎子、马家叔侄听说这边沙子里有东西，都围了过来。

虎子等人从杨华手里要了多余的手电，一齐摁亮，只见朱笑东缓缓地从沙子里起出来一块两个手掌般大小的块状物。

朱晓东在水里细细地洗了上面的泥沙，烟锅叔第一个吸了口气，说道："是一块盘子……"

的确是一块盘子，元代青花云纹盘，要不是缺了一大块，价值绝对不菲，现在这样子实在是有些可惜！缺了的这三分之一块，不但让一个宝贝价值大跌，还把胖子的两根手指头都割破了。

胖子忍住痛，好奇地说道："这鬼地方怎么会有这种玩意儿?"

马腾飞想了想，说："高原上的湖泊在好些传说中都是具有灵性的，或者是仙女化身，或者是魔鬼转化，总之，湖泊在高原上占有相当重要的地位……"

胖子吸了口气，问道："这跟湖底的东西有什么关系?"

朱笑东陡然间明白过来，说道："有可能我们一直在犯一个错误。"

杨薇问，犯了什么错误。

朱笑东回答说："马叔这么一说，我想起了一个很是少见的风俗，就是祭湖，也叫祭海，据说起源于雍正年间。雍正二年，大将军年羹尧率部平定青海蒙古族首领罗卜藏丹津叛乱，追击叛军到青海湖时，大军饮用水开始出现短缺……"

朱笑东吸了口气，继续说道："……而此时远处所来的一队战马中，有几个马蹄正踏到了地上泉眼，顿时喷涌而出的淡水解决了军队的饮水问题，将士们一鼓作气，歼灭了叛军。雍正帝听闻后，诏封‘灵显宣威青海湖’御赐神位，安放到青海海神庙内，并诏于每年秋八月农历七月十五日定期祭海，从此便开始了大规模的祭海活动，当然，那是一种比较正式、比较隆重的公开祭祀。”

“我没法确定这块青花盘子被投进湖里的具体年代，但是，在元代就有明确的记载，蒙古族有祭天、祭山、祭湖之风俗，只不过在清代以来对湖的祭祀活动更具规模及宗教色彩，所以，我可以肯定，这个湖泊受到过祭祀。”

胖子虽然手上疼痛不已，但是这一刻，脑袋却转得飞快：“这么说，有什么墓葬那都是假的，真正的好玩意儿，其实就在这湖底的泥沙里！”

杨华却是撇了撇嘴说：“我觉得不是这样，祭湖的规模和祭品，怎么也不会比墓主人带在身边的心爱之物值钱吧。”

胖子很是少有地说了杨华一句：“你怎么跟奸商似的，开口闭口就提钱，搞得一身铜臭，你有没有想过你这样有多俗啊！”

杨华“哎哟”了一声，才笑着说道：“没看出来啊，一眨眼间，胖子你变得高雅了，当真是士别三日当刮目相看了，才几个小时没听到你嚷着要赚钱，你就……”

杨华、胖子等人斗嘴，烟锅叔和马家叔侄却是早就弯下腰去，用手试探着沙子里的硬物，希望也能在湖底的沙子里找出几件好东西来。

第十二章
噩兆来临

只是几个人又挖又刨，折腾了好一阵，找出来的也就仅仅三四样残缺不全的瓷器，要说价值，都不太大了，或者说根本没有什么价值，而且，好几次残缺的破口都差点伤到人。

几个人找了一圈，情绪变得高昂起来，马进兴奋不已，杨华拿来的手电根本就不够用，再说，这样徒手去摸去刨风险极大，稍不注意就会割破手指。马进连蹦带跳地跑回帐篷，把所有的手电、兵工铲都搜刮一空，还特地找了两个大背包，以备不时之需。

有了兵工铲探索沙子里的东西，就快速高效得多，湖底的沙子比较松软，也用不了多大力气，直接就插下去近一尺来深，有没有硬物之类的，凭手上的感觉就知道。

没有分到兵工铲的就跟在后面，挖出来一样东西，就地挖个坑，稍等片刻，坑里挤满了水，就现场清洗，然后交到朱笑东的手里，让朱笑东判断这件东西是否完整，是否值得让大家带出去，然后分类装袋。

整个一条龙的科学分配，流水线作业。

可惜以这样的速度和效率，忙活了将近一个小时，各式各样的瓷器碎片倒是挖出来不少，完完整整的也就只有一只朱笑东说能值上一万元就不错了的小酒杯子，其他物器却是一件也没有。

胖子看着那一堆少说也有二三十块的残碗碎碟，忍不住跟朱笑东说道："怪了，难道这里是产瓷器的窑子，或者是买瓷器的铺子，怎么会全是这些不值钱的玩意儿！那些金器呢？那些银器、珠宝呢？"

朱笑东"噗"地笑了一声说道："其实，我也有些纳闷儿，好的木器、漆器，或者其他容易被水侵蚀腐朽的东西找不到，也说得过去，但是怎么会只有这些残破不全的瓷器呢？"

"嗯！跟我的看法一模一样。"胖子笑道。

朱笑东说："不，你只想到为什么只有瓷器，我却是在想为什么这些瓷器会残缺不全，就算你随意往水里扔一件瓷器，这个深度，瓷器落水沉底，未必会被碰得稀烂。再说，这湖底还算平坦，就算实在很深的地方，也没发现有石头凸出来的地方，说明这些东西恐怕是被人当垃圾扔掉的吧。"

这时，马家叔侄也感觉到有些蹊跷，挖出来的东西，怎么会尽是一文不值的东西，是不是判断错误了？

所以，马家叔侄、烟锅叔等人也暂时停了下来，围到朱笑东身边，商议对策。

朱笑东这边一群人还没研究出个结果，因为这实在是有些反常，杨华等人认为有可能真的像朱笑东所说的那样，这些瓷器只不过是生活在这里的人扔进湖里的垃圾。

马腾飞、马仕途兄弟两个却始终坚持说："无论是大的湖泊，还是小的湖泊，在高原上都有相当神圣的地位。无论在这里生活的人，还是前来祭湖的人，都绝对不可能把这样神圣的地方当作是垃圾场所，生活垃圾也不可能随便乱扔进湖里。”

杨华反驳说：“这些瓷器是没落水之前就被打碎了，碎瓷碎片就是绝好的证明。”

朱笑东想了想，阻止几个人继续争论下去，只是稍微一顿，马上又有人问：“现在该怎么做，那些传说里的金银财宝到底在哪里？会不会，曾德宝他们那边才是真正的藏宝的地方！”

曾德宝、苏多德尔等五个人轮番去拉绳子吊石头上来，忙活了半夜，在底下负责撬动并捆绑好石头的哈麦提仰着头，有气无力地喊了句：“下面……下面还是一层石头……”

曾德宝快要哭出来了，从四米以下，就一直有条石铺在里面，先前自己还瞎蒙，胡说见过十四层石头压顶的拱桥墓室，但是现在，经过了这么久的奋斗，吊起来的石头，都已经有十八层了，渗进洞里的水简直就是一道瀑布了，可是洞底依旧没有积水，也依旧不知道还有几层这样的条石，心里想象足足能够容纳头顶上一湖之水的墓室，依旧只是心中缥缈的幻想。

马大贵最终支持不住，哭丧着脸说道：“我怀疑这里根本就不可能有什么大墓，要不然……”

曾德宝强忍着失望，怒斥马大贵：“这是在挖宝藏，你以为是你捡马粪、挖红薯，一捡一个准，一挖出一窝啊！记得新月谷那条盗洞，我们是多少人，挖了多久？你这才挖几下，这就开始叫苦了。”

阿苏妮见曾德宝一副凶巴巴的模样，忍不住有些恼意：“老曾，我们现在是同一阵线上的朋友，你怎么能这样子呢，对马大哥客气一点好吗？”

曾德宝横了一眼阿苏妮，没好气地说道："你们两个曾经跟那姓朱的在一块儿待过，你当然向着他了！"

本来，曾德宝心里很是忌惮阿苏妮的，但是在情急之下，曾德宝也顾不了许多，顺口就把这话给说了出来。

阿苏妮摇摇头，说："请你记住，我跟朱笑东的合约只是帮他找到那位虎子，现在人已经找到了，也就是说，我跟朱笑东之间没有任何关系了，我的目的只是为了钱，请你不要拿这些话来说事！"

曾德宝"哼"了一声，还没说话，苏多德尔问阿苏妮："据说那个姓朱的，给了你一千万元……"

曾德宝接过苏多德尔的话头，说："何止，总计加在一起，是两千万元！哼哼……这可是够我们干上一辈子的钱。"

话里明显有股嫉妒的味道，两千万元对曾德宝来说，一辈子，恐怕三辈子、五辈子也未必能挣得到那么多钱。人家一个女孩，短短半个多月时间就挣到手了，曾德宝不嫉妒那就有鬼了。

不要说曾德宝，就是苏多德尔听说阿苏妮在这一段时间里赚了两千万元，也是嫉妒得不行。不过，苏多德尔却比曾德宝更了解阿苏妮，毕竟做了好几年的冤家对头，要不是现实社会上的一些忌讳，恐怕苏多德尔死在阿苏妮手里不止一次两次了。

所以，两个人虽然嫉妒阿苏妮，却没人敢对阿苏妮下手。

正在曾德宝和苏多德尔两人羡慕嫉妒恨的时候，下面又传来哈麦提的叫嚷，这一次，却是兴奋的叫嚷，说是有了新的发现。

曾德宝一听说有新发现，跟苏多德尔打了声招呼，直接就下了洞底。

原来，哈麦提又苦又闷抑郁不堪之际，洞壁上经水一阵冲刷，居然在靠湖边的洞壁上冲刷出来一整块石壁，很明显是经过人工雕琢过的、用来做门板之类的石壁。

只是现在还仅仅露出两尺来高，明显是石门的顶端和门楣，也就是说，大部分的石门依旧还被条石块堵着。

不过，有了这块石门，说明曾德宝还真是没有判断错。

哈麦提见有了石门，顾不得疲惫，喜滋滋地说道：“这些条石堵着门，再往上拉实在有些吃力，要是有炸药，什么事在一刻之间都能搞定。”

曾德宝虽是喜上眉梢，但是在哈麦提面前少不得要装成“专家”“高人”，所以曾德宝拍了一下哈麦提的肩膀，然后严肃地对哈麦提说道：“哈麦提兄弟，对于摸金倒斗，最重要的并不是说你能炸开墓，能拿出来多少古玩文物，那样做跟梁三他们那伙野蛮之徒又有多大的区别。”

“曾大哥，我不明白，你的意思是……”哈麦提当然搞不明白，本来就是冲着这里的财宝而来，不管炸开墓门也好，还是撬开墓门也好，能尽量多拿多带金银财宝就是最好，但是曾德宝现在又扯出来野蛮、文明之类的，这就让哈麦提搞不懂了。

“是这样的。”曾德宝这时倒是很有些平易近人的大师风范，“哈麦提兄弟，凭着智慧能破解机关陷阱，然后全身而退，这才是摸金倒斗中受人敬仰的人物，也才算得上文明的盗墓者，像朱笑东、梁三这些家伙，走到一处便是又烧又炸，那叫野蛮。”

“古玩文物，是这块大地上的先人们留给我们这些子孙后代的财富，像他们那样，随便过上一路，便是又抢又炸，让丰富的财富从此在世上消失，断绝了子孙后代的财路，那是最让人不齿的行为。我本人就非常痛恨这种行为，尤其是梁三、朱笑东之辈……”

哈麦提彻底迷糊了：“这是对梁三还是对朱笑东啊，跟这道石门能不能炸有半毛钱的关系没！”

曾德宝火了：“你咋就是脑袋不开窍呢，跟你说高雅一点，你听不懂，非要我说粗话对吧？那好，老子我告诉你，这个洞，就靠在湖边，又是在湖底下，有胆子放上一炮试试，能不能炸开石门老子也就不保证了，但是老子保证，你这炮一放，立刻会被湖里泄进来的水灌死……”

哈麦提这才明白过来，曾德宝是说能不能炸得看地方，这个地方不能有太大的震动，否则前功尽弃不说，还会闹出人命，就这么一句话，居然让他绕了这么一大圈！

哈麦提火气不小，但是一顿争吵过去，最终还是安静了下来。

这道石门，按正常人的身高计算，往少说还有近两米高，也就是说还有将近五十块的条石，还得一块块地往上吊出去！

还得吊上去五十块条石，一计算这个，曾德宝差点又要开始哭鼻子了，累死累活干了半天，吊出去的也就只有七八十块，也就是说至少还有三分之一工程要做，就凭着这几个已经累到半死不活的人，得干到什么时候？

曾德宝想来想去，一时之间也想不出来个十全十美，让自己既能拿到财宝，又不会受到威胁、全身而退的办法。

朱笑东、马腾飞等人商议了一阵，也没商议出来具体的结果，倒是虎子觉得应该再往湖底深处去看看，反正这湖底又不像是泥淖淤泥，一脚踩下去就拔不出来，到现在，也只是像走在沙滩上一样，并不吃力。

虎子的这个提议很快得到了大家的赞同，朱笑东自然不会拒绝，于是十来个人拿了工具后，相互招呼着，一步步往湖心探过去。

接近湖心的那团水汽，朱笑东等人有些吃惊，这高原上原本应该夜凉如水、寒意刺骨的，可是从黄昏一直到现在，所有的人均没感觉到一丝寒意，甚至反而感觉到有些闷热。

现在，朱笑东等人越是接近那团水汽，就感到越热，像是桑拿房里的那种感觉。

走在最前面的胖子突然叫了一声，说感觉脚下有硬东西，其余的人也不怎么在意，越接近湖心，感觉到湖底有东西的人也越多。

只是没人注意，更没人大声叫嚷，最多是顺手挖起来看看，见依旧只是一些碎瓷之类，便顺手又扔了回去。

胖子见根本没人注意他，也就不再叫嚷了，慢慢地把那硬东西起出来，略略清洗，一看，顿时惊呆了，他挖到的竟然是一个玉山子，虽然还没全部挖出来，但看样子，少说也有百十来斤。

这玩意儿胖子知道一些，就在上次从雪山回去住医院里那段时间看电视里说的，说是有一枚五六十斤的顶级和田羊脂玉山子，罕见血红皮，亮相香港拍卖市场，估价高达十亿元以上，引起一片哗然。近来顶级和田玉籽料的价格升幅竟高达十倍以上，最新的顶级羊脂和田玉交易成交纪录为每克数万元。眼前这玉山子，少说也有一百来斤，那得值多少钱啊，胖子几乎跳了起来，也不说十亿元了，八亿元吧，这可是胖子有史以来价值最大的一个发现！

后面的朱笑东经过胖子身边，见胖子手舞足蹈，忍不住笑问："这么高兴，挖到宝了？"

胖子得意忘形地说道："是……是山……山子……"

朱笑东一怔："山子……你是说，你挖到了玉山子……"

胖子眉飞色舞，点了点头："大……很大，来，来帮帮我。"

既然胖子找到好东西，朱笑东自然乐意帮忙，当下，胖子稍微镇静下来，跟朱笑东两人一起开始挖掘这座玉山子。

只是没挖多久，朱笑东又开始皱起了眉头，问胖子："你是喜欢这山子，准备自己收藏，还是打算拿回去卖钱?"

胖子一边埋头苦干，一边说道："当然是为了钱，回家老头子肯定逼着要摆酒请客，这要钱；把王晓娟娶过了门，饮食起居，肯定少不了钱；以后儿子的吃穿，哪样不要钱。不要钱我拼命挖它干啥?"

"你要真是为了钱，那我就奉劝你一句。"朱笑东站起身来，接着说道，"别把精力和时间浪费在这里了。"

胖子一怔，既然朱笑东这么说，这山子就肯定不值钱了，可是明明有宣传说这很值钱啊。

朱笑东见胖子不明白，当即解释说："其实，玉山子这东西，并不是每一件都价值连城，质地、工艺之类的我就不用跟你细说了，这个你干了这么久多少也能知道一些，我就跟你说山子两个很重要的特点：第一，大部分的山子，其实是把当中好的部分，或者那一块好的给取下，余下价值不大的部分，又舍不得扔，这才想着法子来雕成山子……"

"这山子可是不低于元代的老件儿啊!"胖子失声道。

"不，你还没明白过来!"朱笑东继续说道，"真正出得起大价钱的买家，他们图的是增值，他在乎的是质地、雕工、布局，说到时间长短，跟山子这玩意儿根本没有太大的关系。你这山子，不是我挑刺，玉是玉，但是雕工工艺、造型布局，都不是很好，满打满算，能值个五十万元就算不错了，你要是相信我，就放弃这块山子。"

"五十万元!"胖子一腔热情顿时被朱笑东一瓢凉水当场浇灭了。一般来说，朱笑东能说出口的价钱，其他的人断然是给不出来的。

就像现在，朱笑东说能给五十万元，要是找其他的人，能给二三十万元也就差不多了，要是拿去正规拍卖场上的话，能卖出十五万元，就是顶天了。

胖子叹了口气，自己费了这么大力气，到头来，竟是一块不值钱的破石头！

前面的杨华倒是找到了一个品相不错的鎏金铜罐子，七八岁孩子的脑袋大小，正洗得来劲，见朱笑东和胖子两人过来，赶紧递上来，让朱笑东过过目。

本来，杨华在陶都的铺子里干了这么久，悟性又好，本身对这些东西就有一定的鉴别能力，找到这个鎏金铜罐，心里也能大约估算出其价值，因为品相不错，又是鎏金的，杨华自己估价就不低于三十万元。

朱笑东看了一眼，把手里的罐子还给杨华，叹了口气，对胖子说道："你几时能达到杨华这个地步，呵呵，我也就省心了。"

杨华的罐子，三十万的价钱是他按照自己买进价钱估算的，实际上要卖出的话，绝对不止这三十万元。

胖子不服气："什么叫眼光独到，运气儿好罢了，待会儿我给你找个金的，让你看看到底谁的眼光独到。"

可惜，朱笑东却是有些忧虑地说道："恐怕，我们能在这里待下去的时间不多了，我发现这水汽有些不大正常。"

这时，烟锅叔气喘吁吁地从浓雾一般的水汽里跑了出来，见朱笑东跟胖子、杨华三个人还在慢条斯理地走着，忍不住有些焦急地说道："快，快……前面……前面有异常……"

"有异常？什么异常……"朱笑东跟胖子、杨华三人急声问道。

"这个，我也说不清楚，快跟我去看看……你们就明白了……"

烟锅叔迫不及待，转身又窜进浓雾一般的水汽里。

本来就是大半夜，加上一团浓雾般的水汽，湖底几乎是墨黑一团，还好朱笑东等人有手电，而且湖底上的沙地走过之处的痕迹极为明显，朱笑东等人才能毫不费力地就追到烟锅叔身旁。

走了不到两分钟，烟锅叔领着朱笑东等人到了一堵石头墙边，因为水汽笼罩，朱笑东等人不但看不清这堵石墙到底有多高、范围有多大，甚至连具体的方位也估算不出来。按现在走过的路，估计这堵石头墙的位置，大略也就是靠近岸边上那两栋石头房子的位置，具体位置还真看不出来。

石头墙旁边聚集着马家叔侄、虎子、杨薇等人。

本来杨薇要跟着朱笑东一起的，只是在水汽里，杨薇一个疏忽，就跟丢了朱笑东，但是好在前面不远有虎子等人，杨薇自然就跟虎子他们一起了。

见朱笑东等人过来，杨薇迎了过去，略微寒暄几句，马家叔侄、烟锅叔等人一路过来，却是什么收获也没有，挖出来的除了碎瓷片就是瓷碎片，到后来，一群人干脆不再去挖了，挖出来也没用，反而浪费时间。

听说杨华、胖子均有斩获，一个个自然是一片羡慕，说到胖子发现了一块价值不大的山子，一个个又是一阵叹息，看来还是杨华运气好！

了解完朱笑东这边的情况，马腾飞说："这堵石墙有些怪异，转了一圈感觉是一栋房子的围墙，不大，但是没有发现能进出的门洞。不管什么时候，哪有围墙有不留下门洞的道理，进出咋办，从天上飞吗！"

"这当然不可能没留门洞！"朱笑东说，"多半是有机关之类的控制或者伪装，可能没发现罢了。”

胖子嘻嘻地一笑：“去找机关、伪装，大大方方地进去，费时又费力，两位马叔不是有功夫在身吗，来一次飞檐走壁，高来高去不就得了！”

马腾飞红着脸说：“我们试过了，这石墙在水里浸泡了多年，湿滑得很，再说，我们又没有绳钩之类的攀爬工具，根本上不去。”

朱笑东拉着杨薇顺着墙角一路查看过去，没走多远，就在一处平整的地方停了下来。马腾飞等人见朱笑东停下来，自然知道可能是发现了门洞之类的进到里面的道路，当下一起把手电照射在朱笑东面前的石壁上，好方便朱笑东找出机关。

胖子和杨华两人却是拿了兵工铲站到朱笑东身旁，等候朱笑东差遣。

朱笑东看了一阵石墙，指着一块湿漉漉的石头，要胖子把附着在上面的水藻之类的遮盖物清理干净。

对于这点体力活，胖子自然不在话下，三下五除二，仅仅两分钟，胖子就叫了声：“搞定，东哥，请下达下一步行动指示……”

朱笑东笑了笑，上前细细看了一阵，然后把手掌按在那块胖子清理干净的石块上，使劲一推。

一阵“咯咯”的声音响过，旁边一处面积不大的墙壁凹陷了进去，看样子，正是这堵围墙里面进出的道路。

只是这些机关可能是被湖水浸泡得久了，又有不少泥沙沉淀在里面，机关发挥不了应有的作用，门洞才退进去一尺来深，就停住不动了。

胖子、杨华、马家叔侄以及梁三等人早忍耐不住，一起上前，推的推、撞的撞，忙得不亦乐乎。

到底人多力量大，经过好几分钟的努力，终于把一道伪装的门墙硬生生给撞了个稀巴烂，算是打通了一条通道。

好在这围墙不厚，也就两尺不到，几个人也懒得清理坍塌了一地的石块，一个个弯着腰，从门洞里钻了进去。

钻进围墙，出现在众人眼前的这栋石头建筑极具古代中原地带的建筑风格，采用的是当时最常见的大内额构架，木梁、木柱之类的木料却是统统换成了条石，是一排三间的石头房子，或者说是一座庙宇，只是这种风格的建筑在这个地方出现，实在是有些奇怪。

胖子等人哪里会去注意这是什么建筑风格，进到围墙里面，首要的目标，就是那间看起来稍大的主室，屋子宽大，里面的东西也就自然少不了！

朱笑东却是牵着杨薇的小手，不紧不慢地跟在几个人后面进了正中的主室。

没进主室时，大家都以为是这样的风格，里面肯定也跟以前的风俗习惯一样，主室，当然是接待客人之类的地方。

没想到一踏进主室，胖子等人就吓了一跳，随即又欣喜若狂。

这主室里根本就不是他们想象之中接待客人、处理事务的地方，而是一座正正规规的墓室，一口被泥沙掩埋了多半的石头棺材摆在其中，虽然现在的面目仅仅是一块方方正正的石头台子的模样，但是大家心里都明白，这就是一直在寻找的墓主石棺。

只是就这么孤零零地摆放在正中间，这情景，当然有些吓人了。

但是胖子、马家叔侄等人就是冲着这玩意儿来的，现在见到了，又岂有不欣喜若狂的道理。

当下，也用不着跟朱笑东打招呼，一干人等便主动清理起来。

人多力量大，再说，大家又寻宝心切，没用多大会儿，不但完全清理干净，连石棺的盖子都给打开来了。

盖子打开的那一刻，所有人都忍不住惊呼了起来，尤其是胖子，简直是激动不已，本来以为这盖子打开，入眼的必定会是一具被水浸泡数百年、已经奇形怪状的尸骨，甚至有可能是以前自己都遇到过的僵尸粽子，胖子、杨华等人都暗暗地做好了大打出手的准备。

没想到，盖子打开，出现在几个人面前的却是满石棺的清水，以及清水底、在手电光照射下熠熠生辉的珠宝财物。

石棺里，金锭、银块、珍珠、玛瑙，各式各样的金银玉器应有尽有，少说也有千百来件。

这一刻，所有人都惊呆了。

曾几何时，有谁想到一直苦苦追寻的宝藏离自己如此之近，找了将近半个月的宝藏，原来就在众人眼皮子底下的湖泊里！

惊怔了半晌，胖子等人才回过神来，毫不客气地清除积水，分装财宝。

马进带来了五只背包，胖子等人迫不及待地拿过背包，也不去分辨哪样值钱，哪样价值不高，直接一股脑儿地往背包里装。

梁三更是直接跟马进两人合作，一个撑开背包，一个人直接拿铲子，一铲一铲地往背包里舀。

朱笑东和杨薇两人见场面火爆，少不得上前帮忙，他们两人没拿到背包，就捡起被胖子等扔掉的兵工铲，一铲一铲地往外舀水，以方便大家分装财物。

五只背包很快就被塞得满满的，几乎还剩下三分之一的财宝没地方装了，胖子抹了一把汗水，也顾不得有男女老少在场，把皮带一松，褪下裤子，在裤腿处打了个结，然后继续捞取石棺里的财宝。

梁三见胖子想了这么一个绝妙的招儿，当下也依葫芦画瓢。虎子见状，自然也不甘示弱。

于是，其余的马进、杨华、马爵几个年轻人，俱是只穿了短裤，拼命捞取那些已经为数不多的财物。

烟锅叔、马腾飞、马仕途等年纪稍大的，却因为在几个小辈面前拉不下那张老脸，只得红着脸，强行忍住心跳。

时间不长，大半石棺的金银珠宝便被装了个一干二净，一群人这才心满意足。

朱笑东见他们一个个心满意足，忍不住说道："这里还有很多让我不大明白的地方，还有另外两间屋子，里面也不知道还有些什么，要不再去看看？"

胖子背了一个背包，又把自己用裤子装的那些财宝往肩上一搭，沉重的财宝压得胖子两脚发软，直往沙子里下陷，胖子有些艰难地挪了一步，说道："东哥，这一趟，我们该是满载而归了，再有什么，我也不能太贪心，就这些，只要我们顺顺利利带出去，我就已经满足了，大家说对不对？"

当然对了，就算再找到财宝，该往哪里装去！再说，马腾飞等人可是看得透了，贪心绝对不是一件好事，就现在这些财宝，分到每个人头上，那都是一笔不小的数目，何必还要再贪！至于朱笑东所说的那些很奇怪的谜，谁去关心那个？

劝了朱笑东几句，一群人背着沉重的财宝往回走。

刚刚出了这间正室，几个人突然发现原本平整的院子地上不明不白地鼓起了很多面盆大小的包来，像是地底下有什么东西要拱出来一般，而且还在不住地顶高、变大。

原本很坚实的地面这时也松软了许多，一脚踩上去，会足足下陷半尺有余，尤其是负重过多的胖子、虎子等人，这时候每走上一步都有些吃力。

朱笑东一边大叫赶紧离开，一边去到胖子等人身边，帮助走不动的人。

还没等所有的人全部钻出围墙，地上那些已经很高的地包，突然间“嘭嘭”地爆炸开来。

地包炸开，涌出来的不是什么怪物之类的，而是灼热的水蒸气。一瞬之间，每一个炸开的地包里都直直地喷出一股高达数米的蒸汽柱。

朱笑东一见到这个，顿时脸上煞白，现在，他终于明白为什么湖水会突然之间消失了，这地方本来就在火山口上，只是数万年来没有再爆发过。但是，现在湖水突然之间消失，肯定是落进了地底深处，如此大量的湖水，落进了地底深处，将会发生什么事儿，不用说也可想而知了。

尤其让朱笑东心里发慌的是，这时候，营地里一向比较安静的马匹也发出了惊恐至极的嘶鸣，要是马匹在这个时候炸群逃跑，就算自己这一帮人侥幸逃出火山爆炸的范围，也会被困死在戈壁滩里，这如何叫朱笑东不心慌！

朱笑东最后钻出围墙，围墙外面也和里面一般，到处都是爆开的地洞口子，到处都是冲天而起、嘶嘶作响的蒸汽柱子。

烟锅叔、马腾飞等人见到这个情形，自然知道马上就会要发生什么事情，一个个俱是拼命地奔向湖边的营地。

这湖的面积不大，一群人距离湖边也不过几十米远，但是这个时候，负重加上心慌，脚下又是软绵绵的，一脚差不多要陷下去一尺，湖边的营地这个时候几乎成了一群人远在天涯的目标。

几十米远的距离，一群人几乎用了五分钟，这五分钟在朱笑东眼里差点长过了五年。

待一群人全部上到原来的湖岸，进了营地，几乎全部瘫倒在地，但是每个人都明白，现在绝对不是能瘫倒休息的时机。

早已惊慌失措的马匹乱蹦乱跳，好在大家都知道这里不安全，早就有了安排，要不然现在只会更乱，搞到一团糟。

帐篷、工具之类的现在就不要了，除了饮水、食物，其他的一概抛弃，包括虎子、马家叔侄先前挖来的虫草。

简单、快速地整理了一下财物、装备，一群人上了马背，这就要开拔，在人慌马乱之中，杨薇突然发现朱笑东不见了。

没见着朱笑东！这节骨眼上，他到哪里去了？

原来，朱笑东刚刚接近湖边，马上又想起一个很严重的事情，几个人的水囊都还留在湖底，要是拿不回来，这一切岂不是白费了，于是，朱笑东不顾一切转身回到湖里，去寻找那些掉落的水囊。

本来要是没有这些喷射而出的水蒸气柱子，哪怕是在黑夜里，朱笑东要在很短的时间里找到所有的水囊，也不难，但是，现在到处都是嘶嘶作响、喷薄而出的灼热的水汽，还渐渐地带起了一股难闻的化学味道，无形之中，让朱笑东寻找水囊的难度大大的增加，稍不注意，除了会被水汽烫伤之外，更有可能一脚踏进喷着蒸汽的地洞中，活生生地把一条腿给蒸熟。

朱笑东好不容易避开水汽柱子，找到两个水囊，正凭着记忆要找第三个水囊时，地底下传来一阵闷雷一般的响声，紧接着脚下一阵晃动，朱笑东只觉得脑袋一晕，一时间站立不稳，“扑通”一声，径直往一个地洞跌了过去。

也就在这时候，一阵喊叫声传了过来，是杨薇发现朱笑东不在，忍不住大叫了一声。杨薇一叫，胖子、杨华、烟锅叔、虎子等人立马明白，这是落下了朱笑东！

朱笑东还没出来，无论怎样，胖子等人绝不肯先走。

胖子立刻翻身下马，想要返回湖底去寻找朱笑东。杨薇赶紧拦住胖子，怕胖子这一进湖里又会生出什么岔子，在这刻不容缓的节骨眼上，哪里还容得他胡来。

烟锅叔、杨华、虎子、马家叔侄等人也下了马，死死地拽了缰绳，赶回到营地边上的湖边，想要接应朱笑东。

没叫几声，朦朦胧胧地看见一点光影，穿过水汽，爬上岸来，待走得近了，烟锅叔等人才发现，正是朱笑东。

朱笑东怀里抱着四个水囊，一到岸边，见所有的人都在已经变了形的岸边等着，朱笑东心头一热，只是现在也不是多说的时候，只把怀里的水囊分给身边的几个人。

烟锅叔在接水囊的时候才发现朱笑东的右手上已经起了一片亮晶晶的水泡，应该是为了抢回最后一个水囊，被水蒸气给烫到的。

分了水，朱笑东也不多说，翻身上了杨薇早给他准备好的马匹，然后策马而行。

一伙人没走多远，朦胧间又听见有人在凄厉地大声叫喊，是阿苏妮的声音。

朱笑东略略迟疑了片刻，终于把马停下来，转身从杨华手里要过那五匹空着的马，大声叫喊着阿苏妮的名字，把马匹送了过去。

第十三章
神秘赌约

不过片刻，朱笑东见到了两个人，一个是阿苏妮，另一个却是苏多德尔，朱笑东问："曾德宝他们呢?"

阿苏妮和苏多德尔两人一边翻身上马，一边喘息着说："马大贵和曾德宝两人，最后打开了石门。"

当时，苏多德尔和阿苏妮两人正好上到地面，只见从地洞里冒出来一股灼热的蒸汽，紧接着，传来地洞里的曾德宝、马大贵和哈麦提三个人的惨叫声。本来，阿苏妮和苏多德尔两人还想下去看看到底怎么回事，但是那灼热的蒸汽根本不容许靠近半分，没过片刻，又是一阵晃动，阿苏妮和苏多德尔这才明白过来，这地方已经不能再待下去了。

朱笑东叹了口气，带着阿苏妮和苏多德尔奋力追向烟锅叔、杨薇等人。

只是几个人刚刚下了山，就听见身后一声怒吼，大地一阵颤抖，几乎所有的马匹都摔倒在了地上，一时之间都爬不起来。

紧接着，朱笑东等人只觉得身后传来巨石翻滚撞击的声音，犹如泥石流袭来一般恐怖。

……

几天之后，朱笑东等人出现在一处戈壁滩上。

那天晚上，戈壁滩深处爆发了一次强烈的地震，朱笑东等人虽然侥幸逃脱，但是带出来的金银财宝损失了五分之四，食物、饮水损失了三分之一。

朱笑东右手被烫伤，一直都没能得到很好的治疗，杨华的腿骨被石头砸断，马腾飞也是身受重伤，胖子稍微好一点，腿上被划了一条口子，其余的烟锅叔、杨薇等人幸免于难。

有一匹马当场被巨石压死，另外一匹也是受了重伤，带着出来没两天便倒毙在路上，也因为这匹倒毙了的马匹，朱笑东等人的食物才得以保证。

只是这饮水，一直都是个老大的难题。

按照阿苏妮的说法，本来昨天就应该到有人、有水的地方了，但是昨天走了一天，今天又走了半天还没到，看样子，希望还是很渺茫。

朱笑东的手因为发炎，又没有药物治疗，已经发起了高烧，只是朱笑东不想让杨薇他们担心，所以一直都强撑着，到现在，在马背上都已经坐不大稳了。

梁三跟胖子合乘一骑，照顾着胖子，马爵、马进却是轮流照顾着已经数度昏死过去的马腾飞，烟锅叔跟虎子两人一路上照顾着杨华。

虽然这次找到了不少的宝藏，也带了出来，但是一群人不但没有半点喜悦之情，反而个个心情沉重至极。

这些受了伤的人，每一个都是大家的亲人，看着他们奄奄一息，没人心里好受，要不是烟锅叔、马家叔侄竭力劝阻，梁三好几次都想把这些仅有的金银财宝扔进这茫茫戈壁以解心头痛苦了。

阿苏妮和苏多德尔两人这几天里也规矩了许多。

朱笑东昏昏欲睡，剩下的马家叔侄、虎子和梁三等人对他们两个无时无刻不是虎视眈眈，尤其是对待苏多德尔。以马家叔侄三人的暴脾气，要是这家伙稍有异动，绝对不会轻易放过他的，反正都是在这无人的戈壁深处，弄死了也没人知道。

好在苏多德尔倒也知趣，一路上小心翼翼的，连吃饭喝水都是给多少接多少，半句话也不敢多说。

中午，一伙人刚刚勉强吃了点生马肉，每个人喝了半口水润了润喉咙，猛地却听到一阵叫喊声。

只见六七个衣衫褴褛、蓬头垢面的人，从一座山背后翻了过来。

梁三和烟锅叔认得，领头的正是以前和朱笑东等人并肩抗击过狼群的司机、纳吉多等人。

司机、纳吉多两人见到烟锅叔和苏多德尔一伙，顿时大是激动，根本就顾不得身体疲累，七个人一齐扑向苏多德尔。

苏多德尔早就看到了司机等人，想要悄悄爬上马背逃跑，没想到他去牵状况最好的胖子的那匹宝马时，被胖子的宝马尥了一个蹶子，弹了一丈多远，半天也没爬起来。

等苏多德尔爬起身来时，司机、纳吉多等人早扑到了苏多德尔身边，一群人不由分说，便是一顿拳打足踢，将苏多德尔一顿胖揍。

朱笑东摇摇摆摆地站起身来，拦住司机，问到底是怎么回事。

司机等人泪流满面，指着苏多德尔说："这是个畜生，知道他干了什么事吗？那天，你们走了之后，他仅仅给我们留了一条死狗，一壶水，其余的什么也没留下，我们七个人呐！七个人，整整十天，回到有人区的时候，你可以想象一下，我们都到了什么地步……"

其余的几个人也是流着眼泪，时不时地朝着苏多德尔身上踢一脚、打上一拳，这帮平日里受尽了苏多德尔欺压的人终于爆发了。

朱笑东叹息了一声，说：我们走的时候，不是给你们留足饮水和食物的吗，他怎么能这样？

司机说："朱老板大仁大义，兄弟们自然不会忘记，只是这苏多德尔，仗恃着他老爸有势力，真是恶贯满盈，好日子到头了，人作孽，天不容，这次地震，老天爷收了他老子，他老子的好几个爪牙也一起被收了……"

原来如此，怪不得司机等人二话不说，就敢收拾一向高高在上的苏多德尔，原来，是苏多德尔的后台倒了。这么说，从现在起，苏多德尔也就是个一无所有的下三滥了，看来这苏多德尔今后的日子也不会好过到哪里去。

苏多德尔在被围殴时倒也硬气，半声痛叫也没发出来，但是当听到他老子死在地震中时，苏多德尔突然野兽一般嚎了起来。

他宁愿相信他的老子倒了台，也不愿相信他老子这么快就会死，倒了台，不管怎么说，很多的东西都还存在，但是死了就什么都没有了。

这一刻，苏多德尔瘫在地上，再也不想站起来，也站不起来了。

出了这口恶气，心情稍微平静了些，司机对朱笑东说："因为这次灾难，附近好几个有人区都已经毁了，人也撤走了，离这里最近的可以取到补给的地方还有三十公里，那里是一个小县城……可惜，我们要到离这边还有八十来里的地方去投奔亲戚，不顺路，要不然大家还可以一块儿过去……"

司机说着，让纳吉多等人给了朱笑东几壶水，算是对他上次救命之恩的一点报答。

朱笑东谢了司机等人，说："一路过去你们比我们更需要大量的水，还是你们带着的好。"

司机、纳吉多均说："这一路上过去不缺水源，倒是你们，要是没有水，恐怕最后这三十公里都无法坚持下去。”

朱笑东想了想，吩咐烟锅叔腾了两匹马出来，送给司机等人，说：“这一路过去，只要到了县城也就用不着马匹了，只是我们有好几个伤员，还需要几匹马，不然全部送给你们也没关系。”

司机等人自然是千恩万谢。

朱笑东见司机等人身无长物，除了几个水囊，就再也没有其他的行李，估计他们的家当也是在这一次灾难里给毁了个一干二净，忍不住拿了几块金块出来，悄悄塞给司机，低声嘱咐说：“拿去，分给几个兄弟，换点现钱，以后也好有个生活下去的资本。”

司机眼含着热泪，也不多说，收了几块金块，给朱笑东等人留了一大半的水，只拿了空水囊，然后牵了两匹马，去投奔他们的亲戚。

有了足够的水，又只有三十来公里的路程，朱笑东让所有的马匹先喝了个痛快，然后准备启程。但是苏多德尔躺在地上，一直都不肯起来。

最后，还是阿苏妮强行把他拉上马背，跟着朱笑东等人一齐走，只是这个时候，苏多德尔一脸死灰，两只眼睛呆滞无神，估计，他的心已死了过去，从今以后，只不过是一具行尸走肉。

傍晚时分，就到了司机所说的县城，这个县城不大，几乎还比不上发达地区的一个镇，而且这几天出了一场天灾，这时小县城里还有些凌乱。

朱笑东强撑着要杨薇赶紧想办法弄辆车子，不是为了代步，而是那几匹马上还有些不能显摆的东西，有了自己的车，把那些东西往车里一塞，万事好说。

留下三个人照看马匹财物，其余的人赶紧带上杨华、胖子，还有马腾飞等人去找医院。

一切安排妥帖，朱笑东眼前一花，终于再也支撑不住。

几个人在医院里待了将近一个星期，依言给了阿苏妮两千万元，另外把带出来的财宝分给了阿苏妮一些，阿苏妮很是满意地陪了杨薇两天，然后说是去办她一直都想办的事情。

梁三却是一直守到朱笑东等人出院，当然，杨华和马腾飞需要转院，他们两个的伤势比较重，但有经济基础，要转回南方治疗也不是很难办到的事。

朱笑东见梁三不肯要他那一份财物，问这是怎么回事，梁三很坦白："这些东西，我拿在手上，能不能值钱这且不说，单单是我们五个人去，就我一个回来这事，我也不好向九斤老兄弟他们的家人交代。小朱老板，我知道你们是干这个的，我也没有多的要求，按我原来说的，每个人一千万元，温强那一份，因为他没有其他的家人，你就收了，剩下的，我也不要这些财物，你给我四千万元，如何?"

四千万元，买下梁三手里那一份，这个价钱绝对算是很低的了，但是朱笑东摇摇头："四千万元，我拿给你，但是这些财物，算得上是你们的血汗钱，这个我不能要。至于你愿意留着玩，还是卖，这个我也不能给你拿主意。"

说着，杨薇拿出一张银行卡，递到梁三手里，卡里正好五千万元，把曾德宝那一份也算上，让他死了也得个安心。

梁三痛哭了一场，惹得胖子瘸着腿过来安慰了好久。

梁三走了之后，烟锅叔和虎子两人给胖子买零食回来，一见到朱笑东，就说："那个苏多德尔在一条街道上躺了两天了，一动也不动的，好多人都以为他死了，看样子，怕是疯了。"

朱笑东叹了口气，想想以前，自己跟苏多德尔这家伙有多少相似之处，现在回想起来，朱笑东还心有余悸，要是自己没经过那一次打击，还真不知道现在是个什么样儿!

正在胡思乱想之际，一个冷冰冰的声音钻进了朱笑东的耳朵里。

那声音在问一个护士："请问，这里有个叫朱笑东的病人，住在什么地方?"

朱笑东一怔，但是随即把眼光投向烟锅叔、虎子两人。

杨薇却是笑容满面，说道："她来了……"

不过片刻，一个年轻的女护士带了一个女孩子进到朱笑东等人的病房，回头对那个女孩子说道："就是这里，别待太久，这里马上有新的病人要来!"

那女孩子只是"嗯"了一声，便不再说话了。

本来朱笑东听着女孩子的声音，还以为是凯斯来了，正觉得有点儿莫名其妙，但是一看这女孩，却让朱笑东以及杨薇等人顿时失了声。

这是个小女孩子，十二三岁的模样，一头金色的头发，蓝色的眼珠子，高挺的鼻梁，一看就知道这是一个来自欧美的小朋友。

这小女孩子长得很漂亮，一进到病房，一双蓝眼珠子就咕噜噜地乱转，但是一张俏脸却是绷得能刮下半斤寒霜来，黑色的紧身衣、黑色的短皮裙，配上长筒靴子，当真是寒气逼人。

只是朱笑东却老是觉得这小女孩子的那股冰冷劲儿怎么看都像是装出来的，也不知道这孩子家的大人怎么教的她。

本来以为来访的是一个熟人，没想到却是一个大家都不认识的小女孩子。

屋里的一帮子人还没开口，这女孩盯着胖子，探询着问道："你就是朱笑东朱先生?"

一口还算地道的普通话，无形之中让人觉得这女孩子虽然冰冷，却很容易亲近。

胖子一乐，这小女孩认错人了，不过，这也不怪，人家也是第一次接触。

朱笑东刚要张嘴解释，但是胖子笑着对朱笑东眨了眨眼睛，朱笑东马上就明白，胖子是想逗一逗这个小女孩，当下也不忍拂了胖子的兴致。

果然，胖子装模作样地回答道：“请问这位小姐，你找我有什么事吗?”

谁知道这小女孩子盯着胖子看了好一阵，才说道：“你骗我……你根本就不是朱先生?”

一屋子人立刻瞪大了眼睛，没想到这小女孩眼力如此厉害，一眼就认出来真假来了!

看满屋子的人错愕不已，这小女孩子终于露出得意的神色，只是她的话就更加犀利了：“朱益群先生，你这么对待一个来访的客人，是很不礼貌的行为……”

胖子一张嘴，“啊”了一声，顿时倒在了病床上，这是他有史以来第一次这么溃败，直接让人一眼看穿了不说，连自己的名字都被对方知道了，对方还义正词严地说他没礼貌，最关键的是，对方还是一个十来岁的小女孩子，这让胖子的一张脸往哪儿搁。

只是朱笑东想了片刻，心里便有些了然，当下出声说道：“对不起，小姐，这位朱先生刚才是跟你开玩笑……”

顿了顿，朱笑东又说道：“我就是你要找的朱笑东，请问小姐找我有何贵干？还有，为什么你妈妈不一起过来!”

小女孩子怔了怔，脸上那一抹得意之色很快就消失不见，取而代之的又是那瞬间恢复的冰冷。当然，连杨薇都看得出来，这女孩子只不过是在用冰冷的神色掩饰那短暂的慌乱。

女孩子短暂地慌乱之后，居然说道：“我早就知道你就是朱老板、朱先生，只是你跟我想象中的形象有些差别，我当然需要确认一下!”

“你……”朱笑东差点被呛得说不出话来，过了片刻，朱笑东才说道，“你妈妈应该跟你详细描述过我和那位胖胖的朱先生，还有你们真正要找的那位虎子先生的外貌，对吧！不过，实在是有些抱歉，我们刚刚经历过一些事，在容貌上是有些改变，但是我保证，我们绝对没有骗你！”

话说到这里，一屋子的人基本上都知道了这个小女孩的身份，应该就是凯斯的女儿。凯斯说她结过婚，但是对于子女的事却只字未提，想不到，她的女儿都这么高了。

虎子在一旁倒是喜上眉梢，不但有了老婆，还能当个现成的老爸，这也算是喜从天降，本来想要插嘴，问几句凯斯的话，但是一直插不上嘴。

烟锅叔看着这个“便宜”的孙女儿，也是喜得合不拢嘴，在衣袋里又掏又抓，想要找件东西出来做个见面礼，但是身上的口袋摸遍了，除了钱和卡，一件有纪念意义的玩意儿也找不出来。当下，烟锅叔悄悄地出了病房，想到这个小小的县城去找上一件能当见面礼的东西回来。

有些意外的是，这小女孩子看着朱笑东，不屑地一笑，说：“有两件事情，我想朱先生要先弄清楚……”

还不等朱笑东回过神来，小女孩子接着说道：“第一件事，我妈妈并不认识你们，也就不能跟我描述你们几个人的外貌了；第二件事，我妈妈早在两年前就去世了，所以，她不可能跟我一起过来！”

一向以观察入微、智力超群著称的朱笑东“啊”了一声，跟胖子一样倒在了病床上。这一次，一个十来岁的小女孩，把他和胖子两人搅了个人仰马翻，大败亏输。

先前还在感叹自己实在不如朱笑东的胖子，见朱笑东也在阴沟里翻了船，顿时趴在病床上，手舞足蹈起来，幸灾乐祸地阴笑不已。

一个人栽了，会让人拿来当笑话讲，全部都栽了，这才是最好笑的事。

杨薇又好气又好笑，这小女孩子几句话之间，就放翻了两个阅人无数的大男人，还真是成精了，既然不是凯斯的女儿，那又会是谁！可是，这神态、这语气，甚至是动作都跟凯斯极为相像，如此神似，绝不可能跟凯斯一点儿关系也没有。

“难道你是凯斯的侄女儿？”

那女孩子一听杨薇说这话，顿时很是不满意，几乎是皱着眉头，冷冷地说道：“我来找你们，我自然要告诉你们我的身份，你们都怎么想的啊！尽是胡说乱扯！”

杨薇惨叫一声，一下子坐到了朱笑东身边，不由自主地揪着朱笑东的手臂，一阵乱掐，看样子很是抓狂。

小女孩子的气势一下子盖过了三个人，又忍不住对一直没开口的虎子说道：“虎子先生，我不知道现在这样叫您会不会合适，但是在以后的交谈中，我得对您有个比较好的尊称，所以，我就叫您虎子先生，您不会有意见吧？”

虎子原本以为捡了个便宜的女儿，没想到到头什么都不是，本来高兴的心情顿时低落了许多，见这女孩子跟自己说话，当下淡淡地说道：“那也随你吧，你要高兴，叫大叔，叫虎子哥，叫老弟都成，反正随你！”

朱笑东、胖子、杨薇三人本来以为这女孩在跟虎子这么一说，只要虎子一开口，肯定又会要被打个措手不及的，然后让一帮人全军覆灭，没想到这小女孩居然毫不在意地点点头，说道：“那我就叫你虎子哥，好吧？”

不但没有半点挑衅和不恭，反而带着一点商量的口吻，这让胖子、朱笑东、杨薇大跌眼镜。

“虎子哥，准确地说，我其实是替我姐姐来向你、这位胖子以及朱老板送挑战书的……”

“什么……”这个小女孩虽然每每出言惊人，但是没想到会惊人到了这个地步！姐姐！挑战书！这女孩子都要干些什么啊！

朱笑东正要开口问个清楚，先前带这女孩过来的那个护士扶着一个腿脚受了伤的病人进到病房，一见朱笑东等人还没要走的意思，当下皱着眉头，嘟囔了一句：“怎么还没走？真是麻烦！”

小女孩一听这话，马上不高兴了，张嘴就要责问这护士的态度，还好朱笑东赶紧说道：“小姐，这里不是谈话的地方，不如找一个清静的地方，好好地谈谈，如何？”

小女孩想了想，点头答应。

于是，朱笑东、虎子等人赶紧收拾了一下，然后闪人。

本来这个时候应该是朱笑东等人启程回家的时间，但是在这个节骨眼上，突然打横里杀出一位横扫千军的小美女，又说什么是来向朱笑东、虎子、胖子等人下挑战书的，朱笑东等人自然不能等闲视之。

在这县城里找了一家最好的宾馆，花了七百多元钱，在大厅里居边的地方摆上了一桌，拉开架势，正式跟这位神秘的小美女交锋。

这家宾馆虽然没法子跟大地方的宾馆相比，但是生意不错，来来往往好些人，很是热闹。

不过，朱笑东等人占了最角落的边上，还算清静，只是一看这桌子上，除了杨薇，其余的全是牛高马大的男人，朱笑东怎么看都觉得就算赢了这小美女，也有点胜之不武的意思。

胖子跟朱笑东、杨薇都是这小美女的手下败将，也算同病相怜，所以，嘻嘻哈哈地照样胡说八道。至于烟锅叔，年纪大了，与年轻人不是一个世界的人，无论输赢得失，也就没人计较。再说，这小美女在烟锅叔面前老老实实、恭恭敬敬的，根本就没有跟烟锅叔交战的意思。

但是对虎子，胖子确实有种莫名其妙的嫉妒，虎子是这小美女唯一没“开火毙杀”的人，这就由不得胖子不另眼相看了。不过，想到这个小美女说是奉她姐姐之命前来下战书的，估计这家伙肯定就是凯斯的妹妹一类的人物，对她未来的姐夫虎子稍微有些殷勤，这也无可厚非。

果然，小美女喝了一口果汁，说道：“对于打过交道的威斯康科·马克这个人，你们应该很清楚吧……”

一提到威斯康科·马克，胖子就来气。那一次，帮这家伙毁了邪斧，找到宝藏，到最后一刻，这老家伙却不肯放过大家，要不是小卫子的援军到得及时，他们哪里还有今天坐在这里侃大山的份儿，这小美女提起这家伙，准不会有好事！

朱笑东却只是淡淡地说了句：“打过交道，清楚一些他的底细……”

也就说了这么一句，其他的朱笑东不敢说，免得又被这小美女一张嘴呛得翻白眼。

“好！”小美女显得老气横秋地说道，“你们知道这个人，我就从他说起……”

原来，这小美女叫安蒂，是凯斯的妹妹，是一个妈一个爸生养的孩子。这两姐妹命苦，父母都在几年前被车子撞死了，后来一直都是她们两姐妹相依为命。

那个时候，受生计所逼，威斯康科·马克借给她们一笔钱，也就是地下钱庄的高利贷！

杨薇小心翼翼地问了一句：“你们欠他多少钱？”

安蒂摇了摇头，说：“原本不多，几年前也就借了他十万美元。”

“十万美元，就算是利滚利，高利再滚，在几年里，也滚不了多少钱。”当然，这只是朱笑东的想法，对一个连安身落脚的地方都没有的人来说，那就不是滚不了多少钱的问题了。

这里面的区别，朱笑东等人当然分得清楚。

“不过，上次凯斯替威斯康科·马克出了一次任务，不管怎么说，也应该抵上一部分债务才是，怎么，威斯康科·马克不打算认账？”

“当然不是。”安蒂说，“那一次我姐姐替威斯康科·马克出任务，按照合约，债务免除了四十万元，剩下的还有五百万元，出任务那点钱，根本就只能算是杯水车薪了。”

“但是现在最麻烦的，并不是钱的问题。”

“到底怎么回事？”朱笑东问。

“这么跟你们说吧。”安蒂说，“我姐姐在当兵的时候，认识了一个叫怀特的人，两个人有些感情，但是当时那家伙隐瞒了他的身份，直到退役之后，我姐姐才知道，原来，这家伙就是威斯康科·马克的第四个儿子。”

“这是好事啊！”胖子咧嘴笑道，“嫁进豪门，是每一个灰姑娘的梦想。威斯家族实力雄厚，嫁给他们家的四公子，不用说区区五百万元的债务，就算再给你们五百万元，也不算事！”

“好事？”安蒂盯着胖子，没好气地说道，“据我所知，你的身价也高达数千万元人民币，有很多的姑娘会争着抢着要嫁给你吗？至少我不会，我姐姐也不会！”

“这个……这个……”胖子灰头土脸，抓着头皮，还真不知道怎么回答这个问题。

安蒂把胖子压得抬不起头，又加强了火力：“这世界上，不是每一个女孩子都是灰姑娘，更不见得有钱的男人就都是青蛙王子，在喜欢你的人眼里，你才是那个王子，在不喜欢你的人眼里，你就只能是只青蛙。灰姑娘、青蛙王子，只是因人而异。”

杨薇暗自吞了一口唾沫，这妖女，到底多大年纪了啊，怎么会懂得这么多，尤其是这些老气横秋的话，会是一个十二三岁的女孩子能说出来的?

虎子沉默了半天，开口问道：“小妹，你说是来下挑战书，这到底是怎么回事?”

安蒂说：“虎子哥，你别性急，听我慢慢地把话说清楚，你们知道了其中的一些细节，对你们接下来要应对的挑战很有帮助。”

听着安蒂亲亲热热地叫了虎子一声“哥”，胖子嫉妒得要死：“我跟虎子是亲兄弟，是好哥们，你怎么就分这么清楚，你对我们态度好点，又不会怎么地!”

安蒂没好气地说道：“瞧瞧，瞧瞧，我姐就跟我说，那个胖胖的人鸡肠鼠肚，一天到晚老不正经，我还不相信，说能跟我姐在一起共事的，都是大英雄大豪杰……”

胖子眼前金星直冒，口吐白沫，好半晌，才说道：“成，I 服了 YOU，我要再跟你说下去，就成了鸡肠鼠肚的老不正经了。”

朱笑东抓了一下脑袋，问道：“安蒂小姐，我想请问，你或者你姐姐，凭什么就知道我们会去接受挑战?”

“因为我姐姐说过，朱笑东朱老板绝对不会看着他的兄弟伤心痛苦一辈子，有她这句话，我相信，就算有天大的困难，朱老板的团队都会不顾一切去克服的。”安蒂很是自信地说道。

朱笑东哑然失笑，对这个安蒂，他实在是没办法了。

见朱笑东也不再插话，安蒂才继续说道：“我姐姐在知道怀特的真实身份以后，就渐渐地疏远了这个豪门公子。我当时也很不理解，我姐姐为什么会这样，后来，她跟我说她不想去过什么豪门大户的日子，只想平平淡淡地过完她这一生。”

“那个怀特，用金钱欺负你们?”虎子问道。

虎子对凯斯一往情深，虽然到现在为止，他还拿不出来五百万元或者更多的美元，但是虎子痛恨那种欺压人的人。

“没有。”安蒂回答得很干脆，她说，“其实怀特得知我姐姐在故意疏远他之后，很是痛苦，甚至愿意放弃一切，包括威斯家族的身份或者继承权，也要跟我姐姐复合。可惜我姐姐心意已决，尤其是在最近一段时间，更是连怀特的面也不见，这中间的原因，就用不着我多说了吧。”

最近一段时间，发生过的事朱笑东等人自然是清楚得很，说到底，可能就是缘分，凯斯跟虎子两个的缘分。

这世界有很多事情是没办法用科学来解释的，尤其是缘分这种事情。有些人一辈子在一起，未必会碰出一丝火花，有些人却只需要一眼，就决定了一生的命运。

虎子和凯斯可能就是属于后者。

“后来怀特知道了这件事情，在灯红酒绿里沉醉了三天，然后对我姐姐提出一个要求：公平地和虎子哥决斗一场，无论胜负，无论我姐姐最终将决定嫁给谁，这场决斗都将在一个月之后进行。”

“这就是挑战书?”朱笑东很是怀疑，现在什么年代了还要决斗?

“你们想得太简单了!”安蒂说，“这场决斗，当然不是要虎子哥跟怀特面对面动刀动枪，拼个你死我活，他提出来的这场决斗，可以说包含的范围极广。”

如果怀特只说是要面对面地跟虎子决一死战，朱笑东肯定就会一笑了之，但是安蒂说了句“包含的范围极广”，这就引起了朱笑东的兴趣。

朱笑东饶有兴趣地看着安蒂，问道：“包括了多大的范围?”

安蒂慎重说道：“这个主题是‘赛宝’，要你们双方在一个月之内，拿出一件可以堪称奇珍的宝贝，到时候经过国际珠宝评级大师鉴定，价值高过对方者获胜！”

胖子嘿嘿一笑，说道：“我还以为怎么个挑战法子呢，不就是赛个宝贝吗，那怀特不知道我们的专长就是找宝贝啊！拿这个跟我们挑战，他这岂不是自找不快活吗？”

这一次，安蒂出奇地没有去反驳胖子，只是摇了摇头，说：“你们太不了解怀特这个人了，我简单给你们说一下这个人的特点吧！他跟我姐姐一起当过兵，职位跟我姐姐差不多，在很多地方都执行过多次战斗任务，而且到现在他还活着，凭这一点，你会认为他是个头脑简单的人吗？你会认为他的头脑简单到会以己之短，攻彼之长……”

“我可以这么跟你说，我们今天在这里的谈话，估计要不了几天，他就会知道得一清二楚，包括你的态度，甚至包括你现在抓了几次脑袋，他都会知道。我不是开玩笑的，他有这个能力！我说我之所以能找到你们，完全是因为怀特的安排，你们信不信？”

胖子陡然一惊，忍不住摸了一把冷汗，安蒂说的，胖子不敢不相信。

安蒂接着说：“好在怀特并没指定说一定只能是某一个人，他说，你们可以动用任何规模的团队，可以动用一切可以动用的资源，而且在筹备期间，用不着遵守任何规矩规则，但是，在下个月二十八号的时候，务必到场，地点就由你们自己挑。”

朱笑东吸了口凉气，这个挑战书果然极具挑战性，怪不得安蒂一开始就没说只找虎子，而是要找自己。看来凯斯早就知道虎子完全不可能具备这样的挑战能力，但是又不愿让虎子在怀特面前示弱，这才找到自己。

只是，这个莫名其妙的挑战让朱笑东不能不多想一层，那就是如果只是为了凯斯，大张旗鼓地弄出个什么“赛宝”，显然不符合一个军事高层指挥人员的性格和能力，那么怀特的真实目的是什么?

现在，恐怕不仅仅是凯斯、虎子、怀特三个人之间的事了，很有可能是两个集团之间的角斗，怀特极有可能是盯上了自己手上的天然集团。

本来，自己虽然拥有天然集团的股份，但自己并没把这个所谓的股东放在心上，甚至那些投资自己都没放在心上。可是天然集团对杨薇来说，就好像朱氏当铺对于自己，可以说那是祖业，是一份念想，是自己的根基，怀特要做的，是连自己的根基一块儿都要打掉。

一想到这个，朱笑东也突然出了一身冷汗。所谓包含极广，可以动用一切可以动用的资源，没有任何规则，这说明了，就是要无所不用其极。

这个时候怀特向自己宣战，这场战争的表象是要赛宝，理由是为了凯斯，呵呵……居然就这么简单！而且还这么冠冕堂皇，朱笑东可不相信。

应不应战，这个时候都已经没有退路可言了，无论是为了虎子、凯斯，或者自己的小当铺，还是自己当了甩手掌柜的天然集团，他都没有任何后退的理由。

第十四章
赛宝计划

杨薇见朱笑东突然之间满头大汗，当下很是关切地问道：“笑东，你怎么了？不舒服吗?”

朱笑东慢慢地拿了一张纸巾，擦了擦额头的汗水，苦笑了一下，说：“没事……”

安蒂这时又说：“我姐姐悄悄跟我说过，怀特手上有件珍宝，具体是什么没人知道，但是怀特曾经向我姐姐透露，说那件珍宝，曾经有收藏家出价高达四十七亿美元。可是我姐姐估计，这次赛宝，那件四十七亿美元的珍宝，怀特肯定不会拿出来。”

“四十七亿……美元!”胖子低呼了一声，这得兑多少花花绿绿的钞票啊！这都还不会拿出来。

“我姐姐估计，到时候跟你们赛宝的肯定会比这个还要珍贵，不知道你们相不相信?”安蒂说着，很是期盼地看着朱笑东。

朱笑东擦了汗水，稍微冷静了一下，随后笑了笑，问道：“人不犯我，我不犯人，既然有人要对我发起挑战，无论是什么样的挑战，我当然都只有迎战。不过，你姐姐凯斯小姐为什么不亲自来告诉我们，她有什么不方便吗?”

安蒂淡淡地一笑："我姐姐是干什么的，既然她的心向着虎子哥，很多事情她当然得考虑。不过，我姐姐也预料到你们会有这样一问，所以，她早就做好了安排，只要你答应迎战，她就会出来见面，要不然见了面又怎么样，只能徒增两个人的烦恼。"

朱笑东笑了笑，说："我刚刚说了'既然有人要对我发起挑战，无论是什么样的挑战，我都会迎战'，这一句话，我想安蒂小姐应该是听明白了吧。"

安蒂终于露出小女孩子应有的顽皮，吐了吐舌头，嘻嘻地笑着说道："我也说过了'她早就做好了安排，只要你答应迎战，她就会出来见面'，这句话，不信，你转过头去看看……"

就在离朱笑东他们的位置不远的一张桌子旁，一个很是瘦削的身影背对着朱笑东等人，看服饰，却是一个本地的女人。

朱笑东淡淡地一笑，他已经看出来了，这个穿了本地服饰的女子就是凯斯，那身影太熟悉了。

其余的胖子、杨薇、虎子等人却是一脸莫名其妙，人呢?在哪儿?

安蒂拿起桌子上的筷子，在瓷碗上轻轻地敲了几下，凯斯突然间双肩抖动了一下，紧接着再抖动了一下。

安蒂叹了口气，又轻轻地敲了瓷碗，然后对朱笑东说道："我姐姐说，对面有两个人在监视着这边，最好能找个比较稳妥的地方再见面。"

"你姐姐到底在哪里啊?"虎子急不可耐地问道。

朱笑东却是叹了口气，喃喃道："好快，这就开始了……"

随后，朱笑东吩咐胖子："胖子，你往大门口直走出去，记住，在大门口要靠在右边的玻璃门上，要不低于十秒钟，然后用最快的速度往别处跑。”

胖子一怔，说：这是干什么啊，玩抓特务？还有，我往哪儿跑？

“叫你去就去。”朱笑东没好气地说道，“往哪儿跑，往京城跑吧，我在你老丈人家里等你……”

胖子抓了下脑袋：“别开玩笑，打死我也跑不回京城，我还是跑到我们的车子那里，然后在这城里兜上两圈再回来接你们吧。别忘记给我打电话。”

胡说八道归胡说八道，朱笑东这样吩咐，肯定是有状况，这一点胖子还是明白的。

于是，胖子站了起来，摇摇晃晃一步三停地往外走，只是走到凯斯身边时，胖子只瞄了一眼，凯斯微微扭头对胖子一笑，一刹那间，胖子终于明白过来发生了什么事情。

只见胖子像是嘴巴抽风一般咧了咧，算是回应凯斯，然后继续摇摇晃晃地走出大门，在右边的玻璃门上，胖子像是脑袋发晕了一般，靠着玻璃门足足有半分钟，才突然发狂了一般，跑到杨薇刚刚买来的一辆七座面包车边，打开车门，钻进驾驶室，然后发动车子，“呼”的一声蹿了出去。

在最后一刻，胖子透过宾馆的玻璃门看进去，凯斯、朱笑东等人所处的位置，已经空空如也了。

对面街上一个戴墨镜、穿着黑西装正在买东西的小个子，一下子扔了手里的东西，钻进一辆夏利车，直追着胖子而去。

另一个穿着本地服饰的大个子却是直接往宾馆里扑了进去。

只是这个大个子进了宾馆，就再也没见到朱笑东等人。

在胖子挡住这一大一小两个监视者的视线的时候，凯斯用极快的速度跟在朱笑东等人身后，从后堂进了男洗手间。

洗手间旁边有道小门，小门后边是一条消防通道，几个人出了消防通道，刚好看到那个大个子扑进宾馆里面。

朱笑东招手叫来两辆出租车，也不问价钱，让虎子、凯斯、安蒂坐了一辆，自己跟杨薇、烟锅叔三人坐了一辆，向胖子相反的方向开了出去。

一直到从倒车镜里看不见那个宾馆了，也没看见那个大个子出来，估计他还在洗手间里或者是宾馆的楼上转悠吧。

朱笑东摸出手机，给胖子打了个电话，说明了自己的方向，然后吩咐出租司机，再往前面开几分钟就停车。

出租司机虽然不明白朱笑东到底要干什么，但是既然客人有要求，当然只得照办。

让出租车司机没想到的是，这几个人给钱却是大方得很，这三四公里的路程，本来按照最高价要五十元，朱笑东二话没说，直接给了四百元，并且说："就在过来的路那头，好几公里远还有六个人，然后又让司机去接一下，也送到这里，再按人头算，每个人一百元。"两辆出租车的司机自然是屁颠屁颠地死命往另一头去接人。

等了几分钟，胖子把面包车开了过来，一众人慌忙上了车，自然再也不去管那出租车司机到底能不能接到"人"了。

虎子一路上握着凯斯的手没放，一直到京城，直到进了王长江的家门，虎子才万分不舍地松开凯斯的小手。

本来，朱笑东和杨薇要和胖子他们分开住的，但是胖子死活不肯，找了不下一百条理由，让朱笑东和杨薇得跟着自己先回老丈人的家里，又说这回恐怕是有些麻烦了，还得好好地商议一下对策，这才让朱笑东跟杨薇两人答应下来。

早就听说胖子等人要回来，王晓娟挺着微微隆起的小腹，一早站在大门口准备着迎接。

只是胖子才一进家门，一个黑瘦的老头子狠狠地在胖子的脑袋上敲了一个栗暴，教训道："臭小子，你看看，你都干了些什么好事……"

是上次揍了胖子一顿，但是被王晓娟挡了下来的胖子的老子，朱长青。

胖子摸着脑袋，嬉皮笑脸道："爹，你下手怎么没上次重了？"

朱长青黑着脸，说："你要不是真的给你朋友帮忙，你看看……"

王晓娟却是故意挡在朱长青面前，拉着胖子，上下左右看了好一会儿，才眼泪汪汪地说道："唉，胖子，才好几天没见，你咋掉膘掉得这么厉害……"

虎子和烟锅叔连忙对朱长青道歉说："都是虎子他们连累的胖子，真是对不住。"

朱长青不好意思地笑了笑说："其实，都是胖子的朋友，帮忙是应该的。我就是担心这小子成天野跑，他媳妇儿不方便，又没个人照顾，要是亏待了我孙子，我和我那老婆子都承担不起。"

说到底也是为了香火后人！烟锅叔等人岂会不明白这份为人父母的苦心。

朱笑东和杨薇、虎子、凯斯、安蒂自然是以小辈自居，也见过了朱长青，一口一个"叔"叫得亲热，让朱长青终于露出了真诚的笑脸。

等王长江回来，一屋子人更是热闹不已。王长江说要请大家出去好好地吃上一顿，但是朱笑东等人却是拒绝了，具体的原因朱笑东没说，但是一再对王长江声明，这次恐怕真的不宜过多公开露面，至少眼前是这样的。

朱笑东说了，王长江自然也就不好多说，只说已经欠下了朱笑东好几顿饭了，有机会肯定得一一补上。

吃过了晚饭，胖子拿了几样带回来的物件孝敬王长江，王长江见了这些东西，眼里再也没有其他的人了，一个人钻进书房去慢慢欣赏了。烟锅叔和朱长青两个老家伙自然是不好意思跟几个年轻人搅在一起，找了借口，两个人找了间客房，抵足长谈家长里短。

偌大一个客厅就剩下朱笑东、虎子、胖子，还有杨薇、王晓娟、凯斯和她妹妹安蒂。

见三对人各自坐到一块儿，都有依依不舍之意，安蒂叹了口气，老气横秋地道："唉，现在的年轻人啊！真是……"然后问王晓娟要了有电脑的房间，上网去了。

几个人在客厅沉默了半晌，已经瘦弱得形销骨立的凯斯才说道："对不起，这次是我连累了大家。"

语气还是有些生硬，但是朱笑东等人很明显能感觉到，凯斯由内到外的那种冰冷早就消失不见了。

虎子只是紧紧地握着凯斯的手，很是感激地望着朱笑东、胖子等人。

朱笑东苦笑着摇摇头说："凯斯小姐，不，我现在应该叫弟妹了，实际上我认为，这次肯定是我连累了你们。"

胖子却是大大咧咧地道："没关系，大家是兄弟，谁连累谁的话就不要说了，到时候，我们找件价值五百亿元的东西，去气死那个什么怀特。"

朱笑东不敢把自己的猜想说出来，至少现在还不敢，只是说道："我估计，那位怀特确实是冲着我们来的，并不是仅仅针对凯斯弟妹你一个人。你想想，上次他老子要我们帮他毁斧，我们是做到了，但是同时也让威斯康科·马克没得到好下场，换了我也不甘心。"

"就算这怀特是为了给他老子报仇，那又怎么样？冲着你，就是冲着我们大家，何况，收拾威斯康科·马克那老小子我们大家都有份，要找麻烦，大家都跑不了的。"胖子毫不在乎地说。

虎子却是沉沉地说道："既然他发起了挑战，我们就只有兵来将挡，水来土掩，要拼就拼他个鱼死网破……”

“就这么坐着，说些自责的话或者豪言壮语也解决不了什么问题，我们得想想这件事该怎么展开，该做哪些筹备工作。”朱笑东想了片刻，说道。

胖子首先提议：“那我们就从什么东西才是真正的珍宝，这真正的珍宝又在哪里，该怎样去找等方面着手。”

凯斯点点头，弄清了这些，就能准备所需要的器具装备，采购器具装备需要花不少时间，现在离下个月二十八号也就只有四十来天了，时间可谓紧迫至极。

朱笑东想了很久，才说道：“我们可能还需要一些人手，这一趟，胖子、杨华都还没痊愈，再要劳动，怕是……”

王晓娟听朱笑东说胖子还没痊愈，顿时紧张不已地问胖子：“站起来，我看看少了什么零件儿没？杨华和马叔现在还没出院呢，胖子你可不能再出事。”

胖子忍不住说道：“我把什么都保存得好好的，哪敢给你少什么零件儿啊！就大腿上，把腿毛给蹭掉了些，赶明儿涂点儿生发素，不就什么都回来了。”

说完，胖子又对朱笑东说道：“东哥，你要说这话可就见外了啊。迎战，那是大家的事情，你要再拿我掉了几根腿毛说事，我可要翻脸了。”

朱笑东真不知道该怎样把自己的猜想说出来，略一犹豫，胖子又叫了起来：“晓娟儿……拿刀来……”

杨薇吃了一惊，这两口子，怎么半句话不好，都嚷着要拿刀来！这是要闹哪样？

胖子义正词严地说道：“东哥不把咱当兄弟，咱就给他个厉害的瞧瞧，晓娟儿，把刀拿来，让我剃干净腿毛，以毛明志！”

朱笑东松了口气，说道："既然兄弟们这么齐心，我就不相信斗不过那个怀特了，行，咱们兄弟就再并肩作战一回。"

随后大家一起研究接下来的计划。

朱笑东说："这个世界上，能价值十亿以上而且是美元的珍品，实属罕有，价值上了几十亿的，除了已知的那几件，其他的几乎都没听说过，这个还得好好琢磨琢磨，至于什么时候会想出来，这个就不大好说。不过，在我还没想到的这几天里，大家就尽量不要外出晃荡，以免横生枝节。"

朱笑东这话的意思，胖子、虎子都是明白不过的，既然人家都撵到地头上来了，说明人家本事不小，在没彻底搞清楚状况之前，当然不能随意乱动。

"另外，大家尽量多发动朋友，尽量打听打听，看看有什么现成的宝贝，这个吗，当然要私底下进行，免得到时候露了底，惹来不必要的麻烦。"

虎子和胖子会心地点点头，毕竟现在除了要应对那个怀特，还得注意一下自己这边的影响。

嘱咐妥当，朱笑东要去休息，说是这一路回来实在是很累。

可是当虎子有件私事去朱笑东的房里找他商量的时候，却发现朱笑东根本就没在房里睡觉。他以为朱笑东忍耐不住，偷偷跑到杨薇那边去了，但是稍微一想才记起，杨薇跟凯斯住在一个房间里，朱笑东再怎么样也不会干出那种事来。

再让王晓娟去找杨薇问情况，杨薇也是莫名其妙，根本不知道朱笑东跑哪里去了。

正在胖子、杨薇等人焦急不已的时候，朱笑东打了个电话给胖子，说自己正在办一件事情，让胖子别担心，事情办完，就回王长江的别墅。

胖子问朱笑东办什么事，要多久，朱笑东含含糊糊没有细说，支吾了几句，随后就挂了电话。

第二天一早，胖子起了个大早，听见有人按门铃，连忙跑出去开门一看，见朱笑东黑着两只眼圈站在门外，一手放在门铃的按钮上按着门铃，人却在打瞌睡，估计是一个晚上没睡，疲惫到了站着都能睡着的地步。

几乎是把朱笑东拖进客厅，扔在沙发上，胖子才责备着说："你到底去哪里了，都干了些什么啊？"

朱笑东半闭着眼睛，打着哈欠，半晌也不开口。

胖子问得急了，朱笑东才懒洋洋地回答道："胖子，你和我都还欠着杨薇和王晓娟她们两人一个蜜月旅行，跟你老爸，还有你老丈人商量商量，我们要出门去旅游一趟。"说完，朱笑东闭上眼，真的睡了过去。

"去蜜月旅行？"胖子张着的嘴巴可以塞进一个大馒头，呆呆地看着朱笑东，不会是有了最值钱珍宝的消息了吧，这么快！

不多一会儿，杨薇、王晓娟、凯斯等人都起了床，洗漱完毕出来，见胖子跟朱笑东两人都半躺在沙发上，忍不住过来问长问短。但是朱笑东这时候正深入梦乡，自然是无话可答，胖子又故意要吊几个女孩的胃口，不肯说，几个女孩子无奈，只好一齐转战厨房。

王长江等几个年纪大的跟虎子等人起来的时候，杨薇这三个女孩子已经做好了早餐。

朱笑东勉强吃了几口，然后对所有的人说道："我们这一段时间实在是有些疲惫，所以我准备找个地方好好地玩上几天，呵呵……主要是想好好地陪杨薇、王晓娟，还有凯斯小姐，好好去游玩一番……"

在场的，除了王长江父女，还有胖子的老头子朱长青三个人不知道内情之外，其余的每个人都知道怎么回事。

一听说要出去找个地方旅游，王晓娟瞥了胖子一眼说：“去旅游？那多浪费钱啊！反正我们都这样了，胖子和我就不去了吧，要不在家了开个派对好了，又经济，又实惠，还省去了旅途劳顿。”

胖子苦笑着，配合朱笑东说：“晓娟儿，说实话，我这一辈子，最遗憾的事就是没能让你风风光光地踏进我们朱家的大门，事到如今，我也就只能把这个蜜月给你补上。说到钱，钱算什么，钱是王八蛋！”

朱长青把筷子重重地往桌子上一拍，瞪着胖子，本来要吼叫两句的，但是一转念，这是在亲家的家里，不管怎样发威，都有失身份，当下，冷冷地对胖子说道：“听见没，你媳妇儿说不想去，你就不要去了，免得又搞出什么幺蛾子来。”

只是没想到朱长青不说还好，他这一说，王晓娟居然发着嗲，抱着朱长青的胳膊摇了摇，对朱长青撒娇说：“爸，您看，胖子他们的兄弟都在这里，当着兄弟的面，你说这些……再说，钱您也不用担心。”

朱长青当然不是想要当着胖子朋友兄弟的面让胖子没有面子，只是他想要在亲家王长江面前，表现得很是看重王晓娟这个儿媳妇，无论是自己还是老婆子，都想要把王晓娟当作是掌中之宝，不能让她受半点委屈。

见王晓娟撒娇，朱长青自然只能默许。

王长江倒是笑着说道：“老哥，年轻人喜欢，就放开他们去吧。呵呵，别的不说，没准儿，能比这次赚的还丰厚也说不准。”

朱长青昨晚跟烟锅叔唠了一个晚上，自然知道这一次胖子回来是赚大发了，他说不让胖子出去，本来就只是面子上阻拦，何况王晓娟一撒娇，他也早就默许了，这时候王长江开口相劝，朱长青哪能还不顺水推舟。

只是朱长青还得要表示一下："实在要去，我也不阻拦你们了，不过你可得小心了，要是你媳妇儿有什么不妥，你看我怎么收拾你!"

胖子满面笑容，朝王晓娟大送秋波，表示感激。

没想到王晓娟见朱长青答应下来，当时就问朱笑东："东哥，那我们的目的地是'新马泰'，还是'美日澳'，要不马尔代夫、格陵兰、夏威夷，这些都是我好久就想要去一趟的地方。"

胖子的脑袋里"嗡"的一下，像是有一万只蜜蜂在里面不停地飞舞，好半晌才回过神来，说了句："最近有个太空旅游的项目，到月亮上去的，你要不要去?"

只是这话刚说完，少不了又被王晓娟一阵"温柔"招待。

烟锅叔知道这一次出行八成是为了虎子的媳妇凯斯，见朱笑东说要出去旅游一趟，根本就不阻拦虎子，反而从衣袋里掏出一张卡，递到虎子面前，说道："你们俩好好地在外面玩几天，钱要是不够的话，你打电话给我。"

烟锅叔对虎子的新媳妇很有好感，不管是洋的土的，虎子可是找了这么多年才找到这么个既漂亮又是外国身份的媳妇，像朱长青当宝贝一般捧着王晓娟，烟锅叔都觉得还是不够。

虎子也挺老实，把卡交给凯斯，说："密码是：117788，你可要记好了。"

看见胖子、虎子都有长辈叮咛，无论是呵斥也好，关爱也好，都有着不尽的温馨，朱笑东黯然叹了口气。

杨薇见朱笑东叹气，自是明白朱笑东内心深处那一丝孤寂，当下拉着朱笑东说道："笑东，我想去跟爸爸吃顿饭，顺便……"

朱笑东摇了摇头说："这次出去旅行，我们还有很多东西、很多事情都要安排，时间上恐怕抽不出来了，要不下次再去?"

杨薇知道朱笑东的意思，没时间去方天然那里，眼下的情况确实如此，还有很多很重要的事需要安排呢。

吃过饭后，王长江带着几样胖子孝敬给他的宝贝心满意足地去上班了。朱长青因为胖子等人要出门旅游，先回老家待着去了，不过临走前，私下里跟胖子说好久。当然，不外乎是那些要照顾好快要出世的孙子，还有就是王晓娟对两个老人挺孝敬，是个难得的好媳妇，胖子你要有什么花花肠子，当心我打断你的腿之类的。胖子那脑袋点得小鸡啄米似的，自然是一一应承了下来。

烟锅叔本来想留下来，跟朱笑东等人一起对抗那个怀特的，但是朱笑东说："这次情况特殊，人多目标反而大，你就先回陶都，保持联系，时刻准备支援，现在也没有其他的后援可用，你就是一支奇兵，担子重着呢！"

烟锅叔想了很久，才说："不管将来会是什么样的结果，这次的费用，全部让我们承担吧。"

朱笑东说道："烟锅叔，你这见外了不是，我跟虎子是兄弟，他的事就是我的事。算了，这话说着也见外，费用的事情，到时候看情况再说。"

烟锅叔还想要感激几句，被虎子和凯斯直接推着出了门，让他搭车回陶都。

不过临走的时候，凯斯倒是让烟锅叔把安蒂这丫头一起带走了，烟锅叔也挺高兴，是捡了个女儿吧，先养着再说。安蒂也无所谓，对她来说，只不过是换了个地方生活而已，习惯不习惯什么的，无所谓。

虎子小两口送烟锅叔，胖子两口子送朱长青，王长江家里顿时就剩下朱笑东跟杨薇两个人。

送走了众人，杨薇才转头问朱笑东："昨天晚上到底去了哪儿，怎么今天早上才回来?”

朱笑东没有正面回答杨薇，而是把自己的猜想说了出来，最后说道：“如果是我，我也会这么做，但是，我恐怕只会比那位怀特做得更阴狠一些，至少，我不会让人事先通知对方，让对方有准备。”

杨薇一连抹了好几把冷汗，最后才说道：“本来我还在想，让虎子和凯斯两人从此隐居下来，了此一生，想不到事情会这么严重，这……这要怎么办才好?”

朱笑东苦笑道：“怀特想要给他老子报仇，自然不会轻易放过每一个人，而且，打掉我们这班人的根基，让我们生不如死，那才是他的最终目的，所以，我们还真有很多事情要做。”

“你准备从什么地方开始着手?”杨薇无不担心地问道。

朱笑东估计得没错，听说怀特有可能对天然集团下手，杨薇果然着急不已。

“哼哼……”朱笑东冷笑道，“就算他怀特有天大的本事，我们也只好跟他来个鱼死网破，至于要从什么地方入手，我想，现在我要先找几个人来做保镖。”

“找几个人来做保镖!”杨薇细细地想了一遍可行性，然后点了点头。现在市面上就有保安公司，向他们要几个正规的保镖不算是难事，退一步讲，还有威哥他们那些旧部，也都只是打个电话的事情。

朱笑东想了想说：“也成，你让威哥的那一帮旧部多注意一下王晓娟他们铺子那边的情况，工钱就先给他们一些，记住，别让他们做出什么出格的事来。至于天然集团那边，我自有安排。陶都那边，就按你说的，找正式的保安公司，请几个人让烟锅叔带着，相信烟锅叔会处理好这事。说到我们，我想还是另外去招聘，这样比较好。”

朱笑东又说："目前还不能把我的猜想透露给胖子、王晓娟，尤其是虎子他们两口子，万万不能让他们过早知道，要不然，会坏了大事。"

杨薇自然知道其中利害，也就不再过问，既然朱笑东有安排，多问是浪费口舌，再说，杨薇也相信朱笑东能把握好其中的尺度。

当下，杨薇打电话给威哥，只用了几分钟就把事情谈妥了。不过，威哥说，上次帮杨薇打听事情之后，又多了几个新哥们，人员众多，好些问题一时之间处理不大好。

杨薇自然是明白，人多，开销就大，威哥不好直说要钱，只说有些问题不好处理，杨薇一句话也没多说，直接先划了五百万元给他，然后又说事情完成之后还会再给他五百万元。有了钱，办起事来自然就方便得多了，威哥的那些不好处理的事，一刹那间也就全部处理妥当。

烟锅叔刚坐上火车，接到电话，沉默了半晌，然后回话说："他们要来横的，我这把老骨头跟他们拼了，放心，交代的一切事务，我绝对照办。"

正说着，胖子两口子和虎子等人也回来了。

不知道实情的王晓娟一进屋，少不了要跟杨薇嬉闹，问杨薇："怎么回事，都这么久了，怎么看你一点反应也没有，别说你们两个还没……"

杨薇强颜笑着，伸手在王晓娟的肚子上一摸，说了句："儿子，这一段时间听话不？你妈没欺负你吧！"

于是两个人又倒在沙发上，嬉闹了好一阵，不知不觉间，把凯斯也搅了进去。

虎子、胖子两人心中有事，怎么也高兴不起来，朱笑东却是满面笑容，问："现在确定要出门去开开心心度个假，你们都打算到哪些地方去？”

除了王晓娟，所有的人都知道，朱笑东这么说是不想让王晓娟背负上过多的心理负担，所以，胖子虎子笑着说：“东哥，你一句话，到哪儿都成！”

虎子也是附和着说：“只要心情好，到哪儿去玩儿都一样。”

王晓娟赶紧抢着说道：“马尔代夫的风景不错，到那里去玩一趟怎么样？”

见胖子皱着眉头不答，王晓娟又说道：“要不，夏威夷，那里的海景不错，再不然就‘新马泰’挨个儿逛上一圈……”

胖子咧着嘴说：“不是，晓娟儿你看，虽然我们手里是有些钱，但是伟人不是说过，我们刚富起来的先进人员，应该要带动其他后进的人，大家一起，携手在康庄大道上共同迈进……”

王晓娟一双眼睛“深情”地盯着胖子，“温柔至极”地说道：“死胖子，耍我是不是，你是不是要吊老娘的胃口，我让你‘先进’……”

王晓娟说着，转身要进厨房，估计是要去找称手的家伙。

一看王晓娟的架势，杨薇吓了一大跳，赶紧拦住王晓娟，低声说道：“晓娟儿，晓娟儿，你先别去拿刀子，你听我说……”

王晓娟挤眉弄眼地低声说道：“薇姐，你不知道，对付男人，就得要凶巴巴的，尤其是胖子他们这些有能力的男人，要不然，他们就会翻天。”

杨薇苦笑着说道：“好，好，这个我们先不说，我们先说说去旅游的事。”

王晓娟小嘴巴一撅，说道：“这事啊，要么就按我说的，风风光光地到国外一游，要么就别再提这事。”

“不是，你听我说。”杨薇搂着还要进厨房的王晓娟，赶紧说道，“其实，我们这次是出了点问题，不得已才想到要出去避避风头！”

“避风头!”一听说出了问题，王晓娟顿时有些呆了，“怎么?犯了啥事?严重不?死胖子怎么没跟我说，到底怎么回事……”

“别激动！别激动!”杨薇使劲安抚王晓娟，接着说道，“你听我说，这事情就是你知道的那个威斯康科·马克引起的，至于其中的细节，一句两句我也说不大清楚，这样吧，你先别激动，我慢慢来跟你说。”

说不激动是假的，王晓娟两眼泪水汪汪，回到胖子身边坐下，拉起胖子的手，使劲握着，对胖子说道：“胖子，去哪里，去不去，都无所谓。你跟我说说，你们到底是怎么回事?是不是做了法理不容的事！真要是做了，你去自首吧，自首的处理会轻一些，就算你去蹲号子，我给你送饭……”

朱笑东劝道：“晓娟儿，你听我说，我们可以保证，我们绝对没干什么坏事，这个你就不用担心了。现在，关键是虎子哥跟凯斯嫂子两人的事，感情上的纠葛，这事说起来简单，但是处理起来却很麻烦。现在我们想陪着虎子哥、凯斯嫂子四处走走，避避风头，所以，这到国外去旅游……”

“对吗!”胖子一巴掌拍在大腿上，没想到这一下却拍在刚刚愈合好的伤口上，又痛得胖子龇牙咧嘴，好半天没缓过气来。

王晓娟疑惑地看着虎子，问道：“真是这么回事?”

虎子老老实实点点头，说：“对方跟凯斯一样，是个退役的军人，很厉害，有可能跟我们来玩儿阴的，所以我们想先避开一阵子……”

“真的?”王晓娟还有些不信。

当所有的人都点头，表示事情真的是这样之后，王晓娟才凤眼圆睁，恍然大悟似的说道：“原来是这么回事，怎么不早说，不就是要出去走走，散散心吗，到哪里去散心不一样啊！苏杭西湖、安徽黄山、海南的天涯海角，中国这么大，够你们玩上个一年半载不带重样的，你们挑，到哪儿，你们说了算！”

胖子缓过气来，“嘿嘿”笑道：“我就说吗，我老婆可是一个深明大义、侠肝义胆、心地善良、温柔又大方的女中豪杰，这回你们该相信了吧……”

说着，话锋一转，又说道：“所以，我就说，拉动国内需求，选择国内旅游景点，支持国内旅游业发展，这才是我们这些人该做的，”

“去你的。”王晓娟没好气地推了胖子一把。

虎子问：“我们要往什么地方去，什么时候出发？”

朱笑东想了想，说道：“既然是风风光光地去旅游，当然是越热闹越好，只是我还想准备一些东西，再找几个朋友，大家一起，热热闹闹地一块儿去。”

这时，有人敲门，胖子开门，见是一个比他还高大，脸上棱角分明，穿着一身有点破旧的迷彩服，提着一个旅行袋，胖子却又不认识的男子。

胖子还没开口，这个男子问道：“你好，请问你们这里是王长江王老板的家吧？”

胖子一怔：“是倒是，但是我不认识你，别是找错地儿了吧。”

男子摇摇头，说：“不会错，就是这里，我费了好大劲儿才找到。”

这时，朱笑东走了过来，一见这个男子，笑问：“你是高原吧，请进。”

这男子——高原，笑了笑，拎着他的袋子进到屋里。

凯斯一见到这个人，顿时有些紧张，很像是看到自己畏惧的同行。

高原倒是大大咧咧地往沙发上一坐，对几个人说道：“我叫高原，一个退役了好几年的大头兵，没什么事做，在家待了两年，近来手头有些紧，听说这里要聘请几个人，价钱还可以，所以过来看看。”

看高原的样子，连行李都带着的，又岂止是过来看看而已！

杨薇、虎子等人自然是客客气气的，说了自己的名字，算是跟这个莫名其妙的高原认识了。

抽空，胖子不解地问朱笑东：“你这是……”

朱笑东笑了笑，说：“既然是要风风光光地去玩，你总不能自己扛着箱子跟在几个女孩子后面跑吧，所以，我打算找几个人帮忙照看行李之类的。”

胖子微一沉吟，顿时明白过来，心照不宣地笑了笑，转头去和高原搭话，问报酬之类的话题。

朱笑东解释说：“报酬是一个月两百万元，平日里就负责帮忙搬搬行李之类的，当然，要是临时有什么不妥之处，站出来帮忙撑撑场子肯定也得干，不知道高大哥愿不愿意？”

高原笑容满面：“一个月两百万元啊！嘿嘿，这可是高价，不就是帮忙提提箱子、搬搬行李吗，不干是傻子。还有，要撑场子干架什么，这个我内行，到时候要真要有人来找麻烦，要死的、活的，要手、要腿，你开口。”

高原把打架、杀人血淋淋的那些事说得好像是吃萝卜白菜一样轻松，倒是让王晓娟有些心惊肉跳，暗暗掐着胖子腰杆上的肥肉，暗想，这什么人啊，怎么跟土匪一样，说话都这么吓人，就像咱这里在招收黑社会似的。

与王晓娟恰恰相反的是朱笑东，高原看着是一副满面笑容、高谈阔论、不要命、钻钱眼儿的混混像，但是那眼底深处却明显的隐藏着一丝厌恶，对朱笑东，准确说是对朱笑东的钱的厌恶。

只是，朱笑东自然只能当作没看见，事到如今，朱笑东不会去计较那么多。

表面上，高原也跟胖子这家伙差不多，喜欢神侃，天南地北、天文地理无话不谈，有时候甚至比胖子还能吹，惹得王晓娟等人忍不住好笑。只是那一阵热乎劲儿一过，高原就变了个人似的，变得沉闷、慵懒，连话也不愿说。

过了不多久，又先后来了几个人，一个叫大树的，一个叫石头的，听着两个人的名字，就知道这不是真名，但这两人却真是兄弟俩，长相很是接近，都是中等个子，圆头圆脑，让人一看，猛地就想到“圆滑”这两个字。

只是大树比较沉闷，不爱说话，跟他的名字一点儿也不符合；石头却是嘴巴碎得要命，谁说话他都会帮着分析半天。

还有一个比较矮，又很是精瘦，嘴巴上还留着山羊胡子的，他说他叫高大壮，名字真假且不说，单看他这个头儿，实在是跟高、大、壮这三个字一点关系也没有。

不过，这家伙的嘴巴真的很厉害，一开口就让朱笑东等人想起凯斯的妹妹安蒂，动不动就会把人呛到白眼直翻。

而且，这家伙烟瘾大得吓人，从进到屋里，嘴上就一直叼着一根烟，也没看见他用过打火机或者是火柴，就一支接着一支，不到片刻，偌大的一间客厅，搞得像是失了火一般，黑烟滚滚。

要不是王晓娟跟杨薇实在忍受不住，偷偷地把窗子、大门全部打开，只怕用不了多久，客厅里面就会看不到对面的人。

后面还有个跟虎子身材差不多的一个大个子，说是叫萧劲，还把身份证都亮出来给朱笑东等人过目，以示真身。朱笑东虽然没兴趣去管他是不是真身，但是一眼瞄过去，朱笑东就发现这萧劲人是真的，身份证却绝对是假的。

这人很爱喝茶，而且茶味不大还不行，王长江买来待客的一包碧螺春，硬是被他在短短的一个小时之内喝了个干干净净，害得王晓娟跟杨薇两个忙得不停地换水加水。

来了高高矮矮、胖胖瘦瘦的五个人，客厅里顿时很是热闹。

朱笑东正要说这一次去旅游的一些细节上的问题，又进来一个看起来很是疲惫的女孩子，居然是佟格格。

在胖子等人的记忆里，佟格格一直都喜欢穿着一身劲装，显得干净、利索，这一次，佟格格却是一反常态，宽袍大袖，还带了个不大不小的箱子。胖子估计，箱子里面肯定装着佟格格最拿手的武器——弓弩！

朱笑东见到佟格格，一时之间五味杂陈，实在是想不起该说些什么，倒是杨薇很是戒备地看着佟格格。

没想到佟格格只是淡淡地跟朱笑东打了个招呼，然后说："我也是前来报名，来挣这一个月两百万元的报酬的，让不让挣，给个明话儿。"

胖子无语，这话他可不敢乱说，朱笑东跟佟格格之间的事情，那可不是在杨薇面前能乱说的。

朱笑东沉默了许久，才说道："你能来帮忙，我已经是感激不尽了，在这里，我先谢过你了。"

佟格格"哼"了一声，找了个位子，自个儿坐下。

见来了这么多人，王晓娟躲在厨房里，悄悄问杨薇："薇姐，他们这是要出去砍人吗？不就是出门去旅游吗？这……"话还没说完，又想起杨薇先前说过，虎子的那个情敌是一个很厉害的退役军人，有一帮子打手在身边，肯定是安心一些。

其实，杨薇也没想到朱笑东会搞出来这么大的阵仗，这哪里是去旅游，根本就是上战场去打仗啊！

等杨薇跟王晓娟两人出来的时候，朱笑东已经做了一些安排，萧劲跟佟格格两人就跟着虎子、凯斯，主要是负责这两人的安全。

胖子和王晓娟两人就由高原跟高大壮照顾。

王晓娟一听说让一个“烟囱”成天跟在自己屁股后面，顿时不干了，立马要朱笑东给换成了石头和大树两人。

胖子倒是无所谓，朱笑东略略沉思片刻，也答应下来，于是，高原和高大壮两人便跟了朱笑东。

然而这次“旅游”的目的地朱笑东却没有说，只道是自驾游，走到哪算哪。

朱笑东这么一说，满屋子的人轰然叫好，石头分析说：“这个战术，叫机动战术，别看现在打广告的打得好，但是名副其实的地方实在不多，要找好玩儿的地方，还得自己脚踏实地地找，就算找不着，但是那个经历也值得回忆。旅游最注重的是什么，是心情……”

石头一开口，顿时就像黄河之水决了堤，滔滔不绝、一泻千里，硬生生地把朱笑东的这个决定，从战略、战术，上升到价值观、人生观、世界观，再上升到天人合一的人生境界，上升到朱笑东摇头苦笑，胖子耷拉着眼皮。

看见胖子差点流出了哈喇子了，在大树第八次打断之后，石头才停下不断上升的话题。

朱笑东苦笑着，暗暗替胖子和王晓娟两人担心，就石头这天纵奇才的口才，怕胖子是招架不住了。

任务分妥，接下来没过多久，就有人送了几部车子过来，好家伙，清一色的悍马 H2 越野车，整体式绞盘，大防撞杠与机器盖连动，车头、车尾有多个挂钩，便于拖拉货物，还有高强度大灯、雾灯和前杠上的辅助行驶灯，无一不给人一种粗犷、强悍的感觉。

而且这一批车子，多达六辆！

直到这个时候，高原摸着这些车子，眼底深处那一抹厌恶和不屑才渐渐减弱了一些，但绝不是不存在了。

送车过来的人也没多话，直接让朱笑东签了单据，然后走人，让人弄不明白朱笑东是怎么做到的。

朱笑东看了看几个很是喜爱这些车子的人说：“现在时间还早，你们每个人都可以开一部出去，找找感觉，顺便看看有什么东西需要带上的，该买的，去采办一些，下午五点回来，我们就可以出发了。”

高原、萧劲等人自然是毫不犹豫，一个个发动车子，瞬间便不见了踪影。

第十五章
兵锋初试

王晓娟不大放心地问朱笑东：“这些人可靠吗？不会把这些车子开跑吧！”

朱笑东笑了笑，没有回答。

随后，王晓娟果然向朱笑东提意见：“那石头什么都好，就是话痨，能不能把那个姓萧的大哥换过来？”

胖子在一旁说道：“老婆，咱们这是在干什么？我们这是在打仗，明白吗？现在，东哥就是司令……”

胖子还没说完，王晓娟抢着说道：“就因为东哥是司令，我们是关系户，才找东哥走这后门的，那话痨我就是受不了，怎么着吧！”

“不是。”胖子赶紧解释说，“老婆，我们要顾全大局，大局，对吧！就因为我们跟东哥司令是关系户，我们才更要注意，不能让他朝令夕改，给东哥脸上抹黑。再说，我们哪好意思去跟国际友人嫂子抢保镖，你说对吧，我深明大义、巾帼英豪的老婆。”

王晓娟“噗”地一笑，掐了胖子一把，说道：“我也就是说说而已，东哥把那位佟姐姐和萧大哥安排给虎子哥他们，自然是有深意的，这个我还能不明白！”

朱笑东付给报酬的方式是预支一百万元，事情完成之后，再付给另外一百万元，还有就是需要的装备一切都是朱笑东报销，还没到集合的时间，高原等人全部都是满载而归，准备了至少三天的预备油料、食品，各种各样野外生存的必需品应有尽有。

朱笑东略略看了一遍，很是满意，问高原他们花了多少钱，高原说，粗略估计花了五百七十三万四千四百三十七元整，连这零头都记得清清楚楚了，还是粗略估计？

“诺，这是发票！”高原拿了一叠单据递给朱笑东。

朱笑东笑了笑，接过发票看也没看，签了一张六百万元的现金支票给了高原，买装备的这些钱，是高原他们用预支的工资买的，得先还给他们。

高原倒也不客气，收了支票，然后招呼大家一声，出去办理款项之类的事，要赶在五点钟之前回来。

这时候，王长江为了躲避恼人的刘元平，特地提前下了班，瘫在沙发上不住叹气。

胖子问发生了什么事，王长江又长叹一声，才娓娓道来。

原来自从上次刘元平来过后，就打上了这间小店的主意，不断拿几件珍玩来跟王长江交易。虽然这一来二去惹得王长江恼火，但是开门是客，又岂能强行轰走？刘元平似乎摸透了王长江的秉性，反倒妥妥地吃透了他。就在今天，这二皮脸的又不知从何处寻得一件清代宫瓷，开口就要一百五十万。王长江无奈只好让关经理打个招呼，鉴别一下，结果这宫瓷也不是赝品，只是倘若按这要价盘下来出手，也就赚个四五万元，对于上百万的买卖，这点利润岂能够看？就在两人推诿之时，这宫瓷就落到地上，摔碎了。

胖子一听当下恼怒道：“这肯定是姓刘的碰瓷，还跟他废什么话！”

王长江摇头了，说：“不像是这么回事，确实是无意中打碎的，至于是谁打碎了，关经理和刘元平各有所词，难分真伪，看监控也没找出端倪。如今刘元平要向我索赔一百五十万元，钱倒是不多，关键是不能平白吃这个亏，这才是发愁的地方。”

胖子见老丈人受了委屈，哪里还肯罢休，当即就要去找刘元平算账。

朱笑东想了想，拦住胖子，问王长江：“报警了吗？”

王长江说：“还没有。”因为这事一时之间说不明白，就算报了警，又没有直接的证据来证明谁对谁错，就算到时候调解成各打五十板，吃亏的还是自己这边！

朱笑东看了看时间，已经三点多了，再有一个多小时，就该按计划出发了，要是不能按计划出发，有可能会影响到自己的大事，可是王长江这边出了这样的事情，也不能不管啊！

“好，我这就过去一趟。胖子，你就在家里待着，五点我要是还没回来的话，你就带着他们出发，记住，千万耽误不得。”朱笑东说道。

王长江店里的事就是胖子家的事，现在却要胖子置身事外，胖子哪里肯依，吵吵嚷嚷，问候着刘元平的前后十八代，非要跟朱笑东一块儿过去不可。

朱笑东沉着脸，问胖子：“你是要刘元平死，还是要他的手脚，一句话，我带来给你行不？胖子，你我是兄弟，虎子跟你也是兄弟，我去找刘元平，还有另外一件事要办，你现在按时出发，是在帮我。你要不愿意帮我，我也就不多说了！你明白吗？”

胖子红着眼，恨恨地在悍马车上砸了一拳，然后钻进车里。

朱笑东也顾不得许多，拉起杨薇，随便找了辆悍马车，要王长江也跟上，然后风驰电掣地扑向王长江的店铺。

其实，朱笑东很担心威哥那一班人，要是看到王长江的店铺有了争执，弄不好会不管三七二十一，冲上去揍那刘元平一顿，到时事情会变得更糟糕。

偏偏朱笑东让杨薇给威哥打电话，问问知不知道那边的情况，威哥说："一早就派十几个弟兄过去了，这会儿不知道怎么回事，没听见那边的人报告情况，是不是出了什么事？我马上就赶过去。"

朱笑东哪里敢让威哥现在就过去，让杨薇谢了威哥，说："没什么大事，就不必过来了。"

心急火燎地赶到王长江的铺子门前，朱笑东下了车，顿时大吃了一惊，王长江也呆住了，杨薇更是一脸铁青。

王长江的铺子被一群看热闹的人围着，好多人都指指点点的，朱笑东知道里面肯定是发生了事情，急忙挤开人群，钻到里面一看，傻眼了：只见铺子那两扇玻璃门被砸了个稀巴烂，满地都是玻璃碎渣，好几个年轻人躺在满是玻璃渣子的地上，痛苦地呻吟着，鲜血流得满地都是。

这场景就已经目不忍睹了，但是店铺里面更惨，所有的设备、物件滚落得满屋子都是，椅子、桌子之类的尽皆稀烂，没有一件完整的家私，惨烈得就像是被扫荡过似的，就差没放上一把火了。

关经理满脸都是鲜血，斜斜地倚坐在塌了半截的柜台下面，一双眼睛无神地看着朱笑东，两只手无力地下垂着，看样子肯定是被人打断了。

另外的几个小伙计，有一个一头倒栽在垃圾桶里，到现在还没爬出来；有一个被倒下来的货架压着，也没人去帮他把压在身上的货架抬开；还有一个小伙计估计是伤到了腰，仰身倒在半截柜台上，痛哼不已。

最惨的莫过于刘元平，这个时候正直挺挺地躺在满是碎渣的地上，一双眼睛鼓得老大，呆呆望着天花板，死灰的脸上一片惊恐，朱笑东试了试刘元平的鼻息，发现刘元平已经是只有出气没有进气了。

很显然，铺子里出了人命。

王长江脸色煞白，哆哆嗦嗦地拿起手机报了警，然后又叫救护车。

朱笑东努力使自己镇定下来，问以前认识的几个街邻，这是怎么回事？其中一个在对面开杂货铺子的朱笑东以前跟他有过交往的年轻人摇摇头说："今天这事好像很诡异，先是躺在地上的那几个年轻人，不知道怎么回事，一个个都往这当铺里钻，不知道都进去干什么了。没多久，不知道从哪里不声不响地又冒出来几个人，具体有几个，当时没注意，也进了这铺子，我当时正感叹老王人好，这生意也好，没想到'哐啷'一声，眼看着玻璃门被打碎了，接着就开始接二连三有人飞出来，后来，就又出来了几个人，扬长而去……"

朱笑东暗想，多半是威哥的手下见到有人在王长江的铺子里闹事，本着拿人钱财、与人消灾的想法，要到铺子里去帮着王长江消灾。但是，没想到还有另一帮人，估计也是拿了人家的钱财，于是两帮人在里面发生了冲突。不过，威哥的这班人实力不够强，干不过对方，不但没能帮王长江消灾，反而被对方的人全部撂在这里了。

这个对方，多半就是怀特的一股爪牙了，没有任何规矩可言的挑战，这就开始了！而且，一开始就使出点穴式的精确打击，目标当然是要重创胖子的根基。

朱笑东当然不敢把这个实情告诉王长江，只是不住地安慰王长江：店面以前投过财产保险的，损失应该不大，只是人员方面伤害比较大，可能在一段时间之内都没办法开门营业，这是没办法的事。

不过暂时不做那点生意也没什么大不了，用我股份上的那些资金，先把这个窟窿堵住再说。

王长江茫然地点头应和。

正说话间，胖子打电话过来问这边的情况，说时间快到了，弟兄们都在车子上等着，是顺道过来看看再走，还是直接先出城。

胖子还算知道厉害，虽然不清楚这边的情况，但是朱笑东的安排他还不敢胡乱篡改，所以，虽然关心这边的形势，但还得先问问。

现在朱笑东可不敢跟他说实话，只能敷衍着说："五点钟准时出发往南走，第一站，就去人间天堂的西湖看看。"

胖子问朱笑东怎么办。

朱笑东说："这边的事马上就能处理完，完事之后，立刻来追你，放心，我还有事，不会掉队的。"

胖子心不甘情不愿地挂了电话，着手做出发前最后的准备。

这边来了两辆警车，下来几个人，勘察现场、拍照取证什么的，一阵忙乱，然后是询问笔录。朱笑东因为是事发之后才来的，虽然也是这里的老板，但是没人注意他，有些事，朱笑东也不愿过分参与。

接下来的事，朱笑东叮嘱王长江："这事有警方出面了，你就放心，不要去想太多，最主要的是想办法照顾好店里的几个伙计，别让人心散了。"

王长江除了叹气，就只能点头，到这节骨眼上，女儿女婿、自己的合伙人都帮不上忙了，什么事都还得自己一个人来挡着，怎么说都有一点孤寂的感觉。

见王长江失落，朱笑东叹了口气，只得说道："这样吧，待会儿我打个电话，让杨薇的爸爸过来，帮着处理一下，我和胖子实在不能在这里多待下去，希望你能理解我们的苦衷。"

无奈归无奈，王长江见事情到了这个地步，朱笑东都不让胖子和王晓娟等人过来瞧上一眼，而且还不停地催促他们快走，王长江怎么还能不明白朱笑东、胖子等人心里是有什么事。

只是这件事既然朱笑东不肯说，那就是不想让自己知道，所以，朱笑东说要王长江理解他的苦衷，王长江自然也不多问。

两个小时以后，朱笑东和杨薇两人就追上了胖子等人的车队，随后找了个方便的地方，吩咐杨薇一个人驾车，自己却上了胖子的车。

一上车，朱笑东便要胖子跟王晓娟坐到后座上去，然后自己来开车。

胖子见朱笑东一脸冷然，知道他是有话要说，当下也不多言，跟王晓娟坐了后座，静等朱笑东说话。

朱笑东一边开车，一边稍微措辞了一下，说道："胖子，你们两个都在这里，有句话，我要跟你们说明白……"

胖子咧嘴，勉强笑了笑，说："东哥，我们两个谁跟谁啊！有话直说，我听着的。"

"事情可能已经超出了你的想象。"朱笑东毫不忌讳地说道，"那个怀特已经开始动手了……"

胖子咬牙切齿，说道："我就知道刘元平那老小子不是好货，赶明儿逮住这老小子，我非扒了他一层皮不可……"

"不是，这事情与刘元平无关，再说，刘元平估计也活不成了。"朱笑东把王长江铺子里的事说了一遍。

胖子跟王晓娟两个差点从车子上跳了起来。

"怎么回事？怎么会这样……"王晓娟不住地问朱笑东这个问题，胖子却差点就要朱笑东把车子开回去，情绪激动至极。

朱笑东一边开车，一边说道："你们这样激动也没用，现在的情况是怀特已经动手了，这还只是他的第一个小动作，以后的情况会越来越艰难，你要是愿意就此束手就擒，也可以回去，要知道，那次我们合伙毁了威斯康科·马克，怀特迟早都会找到我们头上来报仇的。”

胖子一抡胳膊，说道：“有本事就冲着我来……”

王晓娟气急，掐了胖子的胳膊一把，说：“都跑到你家里来打来砸了，不是冲着你来的，还是冲着我来的啊？”

“怀特的目标，当然不只是要抢回凯斯，之所以要搞出个‘赛宝’大会，一方面就是要打掉我们的根基，另一方面是要在赛宝大会上彻底将我们一棍子打死，让我们以后连翻身的机会都不会有，这才是他的最终目的。胖子，要怎么做，你自己看着办吧。”朱笑东冷冷地说道。

“怎么办？跟他拼个鱼死网破，拼个他死我活，拼到底！”胖子毫不犹豫道。

“所以，为了避免连累其他无辜的家人，或直接就眼睁睁地看着根基被毁，我们就只能先四处游荡一段时间了，等我找到真正有价值的东西，再公开跟他大干一场！”朱笑东说道。

“有几成把握？”王晓娟很是期盼地看着朱笑东的后脑勺。在她的眼里，朱笑东是一个战无不胜攻无不克的神人，现在，虽是那个什么怀特折腾得厉害，但是肯定只要朱笑东一出手，就能将他捏死，像捏一只蚂蚁。

“一成也没有！”没想到朱笑东头也没回，直接说道，“到现在为止，我一成把握也没有，至少，对怀特这个人，我们大家都只知道他是个和凯斯一样的退役军人，很厉害，其他的，凯斯小姐还没多说……”

“但是那家伙这几个月来可能一直都在研究我们，而我们到现在还对他知之不详，所谓知彼知己，才能百战不殆，你说，我现在能有几成把握？”

胖子却关心的是另一个问题：“那能够打败怀特的珍宝，现在有眉目了没有？”

朱笑东皱着眉头说：“我想过了，本来，我们手里有一颗‘六方晶系陨石钻石夜明珠’，这是我们手头最有价值的单件玩意儿，但是我估计，这都还不能拿得出手。”

“什么什么钻石夜明珠？我怎么不知道？”王晓娟掐着胖子，悄悄问道。

胖子闷声说道：“东哥的，这次碰巧找到的，哦，对了，就是这个东西……”胖子从贴身的衣袋里拿出一个小纸包，递给王晓娟。

王晓娟打开纸包，见是一粒龙眼般大小的白色石头，忍不住怀疑道：“你们说的什么‘陨石钻石夜明珠’就这个，不就是一块儿白石头吗，又是陨石，又是钻石，还夜明珠说得那么神秘！”

胖子只得把从朱笑东那里听来关于“六方晶系钻石陨石夜明珠”的东西跟王晓娟细细说了一遍，说这么一块小小的白石头珠子就是世界上为数不多的几块天外之物的时候，王晓娟彻底晕了过去。

“死胖子，这样的无价之宝，你怎么就把它带在身上了，这东哥的东西，要是有个闪失，你赔得起！”

胖子笑了笑：“这是东哥给我拿着玩的，再说，东哥根本就没把这玩意儿放在眼里，破了、坏了、扔了，东哥也不会计较的。”

朱笑东开着车，自然也懒得去跟胖子他们两口子计较。

开了一段，朱笑东见胖子和王晓娟两人似乎已经忘记了京城那边铺子里的事，心里稍微安慰了些，跟胖子说：“我给你们小两口当车夫，也开了这一段了，接下来你们自己来开吧。”

胖子嘻嘻地笑着说：“这世界上，能享受朱大哥亲自当一回车夫的，恐怕就我们两口子了，这面子里子都不小，嘿嘿……这回是赚足了，可惜，就是时间太短了……”

“对了，接下来，我们只能分开走，胖子你们可得有思想准备。”朱笑东说，“我估计我们的行踪肯定会有人要告诉怀特那小子，所以，目前我们能做的，就是尽量扰乱他们的视线，让他不知道我们到底想要干什么，只有这样，我们才能拿回主动权。”

“东哥……”胖子怆然说道，“能不能不要想起一出就来一出，你一次把你的计划都交代给我们，我们也好有个准备啊。”

“呵呵……”朱笑东笑了起来，“中规中矩地按计划行事？怀特是什么人，恐怕我们的计划才开头，他就知道了结尾，相应的对策自然就随之出笼。要他都摸不准我们的动向，我们就只有天马行空任意而为，我们自己都没有的计划，他就根本没有具体可行的应对之策，只能眼睁睁地等着我们去赴约。”

“我们还要去赴约？”王晓娟嘟囔着说道。

“当然！”用不着朱笑东开口，胖子就回答了王晓娟的问题，“除恶务尽、斩草除根，不把怀特那小子干到十八层地狱，永世不得翻身，他就会阴魂不散，一辈子缠着我们！”

“只是一直跟着东哥在一起并肩战斗的，都习惯了，这一分别，不知道什么时候才能聚在 起？”说到后来，胖了禁不住唏嘘起来。

“记住，无论大家在什么地方，下个月那个约定的日子，我们都要赶到陶都，就在陶都，我们漂漂亮亮地干他一仗。”朱笑东把最后聚集的地方定在陶都，相信怀特很快就会知道这个地点。

此时，车队已经接近天津，朱笑东就不再耽搁下去了，招呼车队找了个最近的服务区停下，然后换车。

下了车，朱笑东再次叮嘱胖子：“一定要见机行事，凡事多多跟大树、石头两人商量着去做。”另外，尽量多找好玩儿的地方去转转，不能在一个地方待太久……

随后，带着虎子一班人继续上路。这一段，朱笑东与凯斯换了个座位，跟虎子同乘了一辆车。然后在距离与胖子一行分开的地方差不多两百来公里的岔道上，朱笑东又和虎子他们分了手，萧劲、佟格格自然是跟了虎子和凯斯两人而去。

接下来，朱笑东和杨薇两人互换着连夜开车，高原和高大壮两人则是不紧不慢地跟在朱笑东他们车子后面，一路奔行，直到实在熬不住了，才随便找个地方停车休息。

一连两天，均是如此。此时，朱笑东一行四个人，弃了南下方向，又折转向西，到第三天早饭时节，就已经到了中部的城市——黄山。

早就听闻黄山景色天下冠绝，明代旅行家、地理学家徐霞客两游黄山，赞叹说："登黄山天下无山，观止矣！"又留下"五岳归来不看山，黄山归来不看岳"的美誉。

进了黄山景区，一行人二话不说，直接就到"桃源仙境"找了家有温泉的宾馆，寄好车子，然后直接跳进温泉里，美美地泡了一个温泉澡。趁着睡意还没上来，又问服务员要了当地特色小菜，有香菇片、石耳炖鸡、笋干肉、蕨菜等。

此时，正是黄山上黄菊初开、枫叶微红、青松苍石正劲的秋游旺季，人客如潮。

朱笑东等人正吃着菜，看着人客不断，忍不住问道，现在什么日子啊，怎么还会有这么多人。

杨薇吃了一口滑嫩的香菇片，答道："今天……九月九日啊……"

高原一怔，随即说道："嗯，看来也算是碰巧了，古来就有大诗人王维说：'独在异乡为异客，每逢佳节倍思亲，遥知兄弟登高处，遍插茱萸少一人。'，要不吃完饭，去爬爬山，应应节气？"

没想到不说这个还好，一说起这个，朱笑东竟是一片怅然，刚刚跟胖子、虎子一干兄弟分开没两天，偏偏又遇上重阳佳节，最让人伤感的却是高原不识时务地唠叨那什么千古佳句，让一向习惯了有兄弟们在一旁聒噪嬉闹的朱笑东顿感孤独凄然，因而怀乡思人，思念倍加。

见朱笑东默然不语，杨薇赶紧说道："高大哥，你们要是有兴致，就去爬爬山、赏赏菊，笑东他可能这两天太累了，需要休息休息。"

高原"呵呵"一笑："想不到朱老板这么不禁折腾，嘿嘿，这以后的日子，哼哼……"

如此被高原看轻，杨薇一怔，本来要反唇相讥，但是朱笑东淡淡地阻止了，只让高原两人尽情玩乐就是。

本来高原还以为能出两百万元一个月给保镖的老板，架子必定大到有谱，没想到从见面到现在，始终就没发现朱笑东有半点儿大老板的架子。说到身家，想起以前保护的那些人，除了身份悬殊，能抵得过他的却是很少，要说架子，这个朱笑东却是一点儿都没有。不管朱笑东知不知道高原的身份，起码把自己和高大壮都是当兄弟看，凭这一点，高原还真是挺佩服朱笑东的。

见朱笑东这么说，高原只得笑了笑，说道："其实，我也就只是随口说说而已，呵呵，我怎么能忘记自己的职责呢！"

高原一说"职责"这两个字，朱笑东更是有些落寞，说道："高大哥，其实，我真是有些对不起你，别的不说，你知道我不喜欢拿钱来说事，但是，要你来为我卖命，我却只能用钱来回报你，这一点，我真的是有些过意不去。如果高大哥不嫌弃的话，以后就是兄弟，没有所谓的职责那一说。"

高原目瞪口呆，没想到朱笑东会说出这种话来，以前，就有那么一个老板，开口就是“来，事成之后，我给你多少钱”，或者就是，“来，我给你多少多少钱”，这也就是高原打心底厌恶这一类人的原因。

但是，朱笑东却是个异类，很少说钱这方面的事，几天来问得最多的却是他和高大壮两人生活上的事。他们说得开心了，朱笑东便眉开眼笑，说到烦恼，朱笑东便跟着一起郁闷，和这个朱笑东在一起，完全没有那种被人差遣的感觉。

吃过了地方上的特色菜肴，朱笑东却突然对这个地方来了兴趣，说道：“传说轩辕黄帝曾在此采药炼丹、得道成仙，唐玄宗于是在天宝六年改‘黟山’为‘黄山’。千余年来，黄山积淀了浓郁的黄帝文化，轩辕峰、炼丹峰、容成峰、浮丘峰、丹井、洗药溪、晒药台等景名都与黄帝有关，这倒让我想起一件事情。”

杨薇讶然问道：“什么事情?”

朱笑东回答说：“传说在此地北海散花坞左侧，有一孤立石峰，形同笔尖朝上的毛笔，峰顶巧生奇松如花，故名‘梦笔生花’。传说有年春天，诗人李白来到黄山，见到北海山峰竞秀、景色奇美，禁不住诗兴大发，便昂首向天，高声吟道‘黄山四千仞，三十二莲峰；丹崖夹石柱，菡萏金芙蓉……’这声音惊动了狮子林禅院的长老，后来得知，这位不凡之客原来是‘长安市上酒家眠，天子呼来不上船’的诗仙李翰林，长老急忙吩咐小和尚抬来用清泉酿制的米酒，还拿来一些文房四宝，二人席地而坐，纵谈诗文，开怀畅饮。李白深感长老待人诚恳，意欲草书诗作相赠，以作答谢之礼。李白写毕，还有三分酒意，便将毛笔顺手一掷，那毛笔翻翻摇摇，从空中落下插入土中，毛笔落地，化成一座笔峰，笔尖化成了一棵松树，矗立在散花坞中，这就是如今见到‘梦笔生花’的落笔峰。”

杨薇微一沉吟，顿时明白朱笑东的意思，黄山、大唐天宝、李白、落笔峰，这和朱笑东手上那梁奇宝的几样东西会不会有些联系，难道朱笑东想透了，知道了梁奇宝那最后一件宝贝“发簪”的藏身之地？

好几个月以前，胖子第一次当家盘了一枚杨贵妃用过的戒指，朱笑东看出来是出自梁奇宝之手的宝贝，本来也没把这事放在心上，但是后来的几个月时间里，居然陆陆续续找到几件，就像是冥冥之中自有安排一般。

到了这里，陡然间又遇到与杨贵妃有关的几个传说，会不会无意之中又会有意想不到的收获，杨薇问出了自己的疑惑。

“不是。”朱笑东很干脆地答道，“现在都什么时候，哪有精力去管那事。”

“言不由衷。”杨薇笑道，“高大哥他们又不是外人，你想去看看就一起去呗，反正现在又不是没空。”

朱笑东呵呵笑了半晌，才说：“知我者，我老婆也。”

“酸！”杨薇咯咯直笑，“这是什么地方，自古以来就是文人墨客、才子高人游览的地方，你这点儿本事也敢在这里文绉绉之乎者也的，不怕被人笑掉大牙！”

“可惜胖子没来，要他在这里，无论如何，肯定又要‘青史留名’一回。”朱笑东说道。

既然朱笑东来了兴致，现在时间还尚早，于是几人稍作准备，就此出发。

高原说：“为了安全起见，还是请个向导的好，无论是选择路线，还是对天气的掌控，都要方便得多，毕竟黄山这地方，历来晴雨无常。”

朱笑东稍微沉思片刻，便叫过服务员，问能不能帮忙找个向导过来。

服务员是个三十岁左右的女子，挺热情的，说道："就几个人请一个向导，其实不划算的，现在正是秋游旺季，又正赶上重阳佳节，这里的向导很难找不说，要价还很高，带着人随便走上几个景点，都是好几百元，再说，人多也热闹。"

说着女服务员拿了一份景区地图，递给朱笑东说："现在这么多人都在这边玩，也不是人人都有向导的，反正随大家一起，又不会有什么危险，自己按着地图走也是一样的。"

朱笑东微微笑了笑，掏了一张百元钞票当是小费，然后收了地图。

女服务员接了钱，就说得更是卖力了："其实，上山通常有两条线路：一条从前山上，喏，就是这里……"女服务员对着朱笑东摊开的旅游地图，指指点点地说道，"从这里，可以直接爬天都峰，下来经过玉屏楼，再往上过莲花峰到光明顶，到西海、北海，至后山下……不过这条线路体力消耗非常大，而且对于爬天都峰的人来说，上去非常累，下来的时候却非常险；还有另一条路，就是从后山的云谷寺上到白鹅岭，经过始信峰到北海，实际上是前面一条路的反走，这条路走起来比较轻松，食宿比较方便，而且越到后面，景色就越精彩。如果你时间充裕，体力又好，可以步行浏览黄山的全貌，如果你不愿意浪费力气的话，还有缆车可坐，只是价钱比较贵，几公里就要百十来元钱……"

朱笑东笑着说道："想不到大姐你对这一带这么熟悉，以前当过向导吧？"

女服务员笑了起来："我也就是刚刚才来这宾馆打工不到两个月的，只是这宾馆里的规定，实话说吧，我们宾馆里也有向导，只是一早就被人预约了，这节假日里忙都忙不过来，所以，宾馆里为了方便广大的个体游客，特地推出来的一项服务。"

“原来只是纸上谈兵!”朱笑东暗暗笑了笑，只得拿着地图，约了杨薇、高原等人自己去找路。

这家宾馆正好在前山边上，所以，朱笑东等人要上山去，其实也就只有一条路可走，就是直接开始爬天都峰，只是如此一来，有没有机会去一睹北海散花坞的“梦笔生花”就很难说了，毕竟黄山上的气候变化很大，时晴时雨，反复无常，何况朱笑东的时间也未必宽裕。

因为从前山走的话，要走上七八公里才能到比较精彩的景区，而且，体力耗费也相当大，所以高原提议直接坐缆车。

朱笑东却是笑了笑说：“还是算了吧，你没看见那一条长龙在等着，恐怕轮到我们的时候，什么都错过了。”

高原一拍脑门子说道：“瞧我这眼睛，还真是长到脚底板上了。”

一直抱着一只茶杯不肯开口的高大壮嘿嘿一笑，说：“你不但眼睛长到脚底板里去了，连脑子都给屎糊住了吧。”

高原满头黑线，过了片刻，才讪讪地说道：“说的也是，真要在缆车上弄点什么事出来，我还真是招架不了。”

既然不能坐缆车，就顺着小道往上爬了。

一路上，红男绿女，成双入对，倒也热闹。

朱笑东等人一路上谈笑风生，走了将近一半的路程，到了一个石头平台小憩一阵，见边上有小贩贩卖竹杖竹棍之类登山用品，朱笑东掏钱，买了四根竹杖，人手一根，说有这玩意儿省力许多。

高原笑了笑说：“这点路，倒也用不着竹杖之类的，是不是觉得后面那几个人不怀好意?”

朱笑东微微一点头，后面有四五个精壮的汉子，从一出门就跟在后面，不紧不慢地相隔着三四十米远，跟着朱笑东他们亦步亦趋。

本来，这地方是公共场合，你慢慢欣赏美景，人家同样也可以，又不是你的私人地方，你走得慢人家走得慢，你走得快人家也走快点，也不算出奇。

但是那几个精壮的汉子，除了亦步亦趋之外，见到朱笑东等人回头，便显得有些躲闪，这就不得不让人起疑心了。

高原早就发现了，只不过，高原是凭着自己的职业经验，朱笑东能看穿凭的却是那双近乎妖异的眼睛而已。

高大壮“嘿嘿”一笑，也没去看那几个也停在后面歇脚的大汉，说道：“朱老板不错啊，这都看得出来，还想到要拿家伙。”

朱笑东笑了笑，说道：“看样子，这帮人挺厉害，拿根竹杖在手，好过赤手空拳。”

高原瞟了一眼后面那几个人，说：“那几个人身上都藏着家伙，不过，碰上我，哼哼……”

朱笑东却是劝道：“这六个人，有四把匕首，还有两把砍刀，别鲁莽。”

高原和高大壮两人再次吃了一惊，连有几把匕首、几把砍刀都给看出来了？

“这几个人，其中有三个当过兵，其余三个没当过兵，但接受过特殊的训练。”朱笑东继续说道。

对于这些人的特征，高原和高大壮两人是早就看出来了的，只是没想到朱笑东也看出来了，高原禁不住惊奇地问道：“小朱老板，你是怎么看出来的？”

朱笑东笑了笑说道：“这样吧，高大哥，我要是能说出来，你们以后就不要叫我什么老板了，直接叫我小朱，或者兄弟，怎么样？”

高原沉默了半晌，点点头，算是答应了。

朱笑东低着头，也不去看那几个人，说：“那三个当过兵的人，虽然刻意隐藏他们本身的气质，但是当过兵的人都有一个习惯，他们在甩手走路的时候，一般都是尽量不让手靠近腰间，那是因为，以前他们腰间有配枪，要是靠得太近，手就会撞上枪支，现在他们虽然没有了配枪，但是那个习惯却是改不下来了；另外三个人，虽然接受过特殊训练，却没当过兵，在一般人心里，都有种很尊崇军人的心理，他们没当过兵，却又因为跟着几个当过兵的人在一起，自然而然就有种攀比的心态，无论是走路还是立定，几乎是从潜意识里模仿那种军人的姿势和行为，看上去就有点怪怪的感觉了。”

高原忍不住哑然失笑，走路不碰配枪这习惯，还真让朱笑东给说准了。稍微想想，自己跟高大壮两个都有这习惯，只是自己一直都没注意，不以为意而已。半晌，高原才笑着说：“不错不错，小朱老板能有这份眼力，怪不得在短短几个月时间里，就能做到别人一辈子都做不到的事。”

朱笑东呵呵一笑，他明白高原所说的是什么事，但是对于先前答应要和朱笑东不再保持从属称呼的事，却依旧只字不提，看来是从心底还有些抗拒。

朱笑东也不在乎，只是笑着说道：“两位高大哥，要不我们还是报警算了，和他们这帮亡命之徒干起来，恐怕很麻烦。”

高大壮“切”了一声，很是轻蔑地说：“就他们几个，哼哼，小朱老板你不会是怀疑我们的能力吧！”

朱笑东赶紧解释：“当然不是那个意思，我只是在想，就这样跟他们就交上了手，会不会直接就把我们的实力给暴露出来，这对我们以后的计划可是有很大的影响。”

高原一怔，其实他也知道就这样去跟那几个人干上一架不是很妥！直接把那几个人干倒，的确是爽快，但随之而来的肯定是对方加大力度的反击。毕竟，这几个人肯定只是对方的试探工具，真正扎手的货色绝对不会轻易出手的——这是一个最基本的做法。

“小朱老板，你打算怎么办？”高原问道。

朱笑东笑了笑：“他们要只是跟踪，那就由得他们了，如果他们要动手，我们就报警，让警方去缠住他们，我们岂不是省事了许多！”

高原淡淡地说道：“我却不这样认为，军人最好的防守就是进攻，只有最具威胁力地不断进攻，对手才摸不清我们的底细。”

杨薇买了些吃的过来，见三个男人笑逐颜开，忍不住问道：“什么事啊？一个个这么开心，捡了金元宝似的。”

高大壮笑着说：“还真的就是捡了块金元宝，所以才这么高兴！”

“我才不信！”杨薇痴痴地笑着，一边说，一边把手里的小吃、饮品分给三人，又开玩笑，“真要是捡了金元宝，可不能少了我那份啊！”

“杨小姐也会在乎一块普普通通的金元宝？”高原有些诧异地笑道。

杨薇还没搭话，突然脸上一凉，几丝细细的雨滴飘落在脸上，杨薇仰头看了看天空，忍不住说道：“真怪，刚刚还万里晴空的，怎么就突然下起雨来了呢？”

第十六章
黄山蹊径

朱笑东拿出雨衣，替杨薇披上，笑了笑：“这地方的天气是出了名的怪异，下这点儿雨也没什么好奇怪的！只是现在开始下雨了，你还要不要再看一会儿？”

“可是你想要去看那‘梦笔生花’的，难道你不想去了？”杨薇问。

“就算为了再好的景致，把人给淋得生了病，那也是大大地不划算！”朱笑东答道。

杨薇笑着说：“跟着你，哪一大不是经风历雨的，就这点毛毛雨，我还能怕了。别老把我当成那些花瓶子，正事要紧。”

其实，雨下得确实不大，就秋风里夹杂了几丝，仿佛是为应“遍插茱萸少一人”那伤怀的景儿一般。

不过，这一刻好些游客都撑开了伞或者是穿上了雨衣，山道上顿时花花绿绿的一路，如同一条不断蠕动着的斑斓巨蟒。

也正在这时，先前那几个跟踪过来的人，也隐身进了一大群打着雨伞，穿着雨衣的人群里，快速地朝朱笑东这边逼来。

朱笑东低呼一声：“我们走……”然后扯了扯杨薇，快速闪进刚刚路过的一群人里。

撑开的雨伞、穿上的雨衣，为那几个跟踪者提供了绝佳的隐蔽掩护，但对朱笑东等人也有同样的功效。虽然朱笑东身边有着高原、高大壮两个保镖，但是在这样游客云集的地方，一旦动起手来难免会伤及无辜，这却是朱笑东以及高原都不想的。

一路随着人流匆匆忙忙看了几处摩崖题刻，这时，云雾翻卷，夹杂丝丝细雨，渐渐将无数游客淹进茫茫白雾之中。朱笑东等人顿时寻不到那帮追踪者的身影了，看不清楚绝对不表示就此没了危险，相反，危险性反而大大地增加了。

朱笑东略想了想，带着杨薇等人上了一条游客稀少的小道，只是没想到在这条小道上走了片刻，烟雾迷蒙之中，竟然不知不觉看不见其他游客的人影了。

见没有了其他游客，高原和高大壮两人反而松了口气，均是跟在朱笑东身后，不紧不慢地走着，连方向也懒得再问。

这个时候，本来大部分的游客都上到山顶去欣赏那波澜壮阔的云海了，偏偏朱笑东带着几个人在烟雾弥漫的小道上朝着越来越偏僻、越来越幽森，而且毫无景色可言的地方走，害得杨薇都禁不住有些暗暗担心。

朱笑东却是不管不顾，在小道上越走越远。大约走了两三个小时，几个人眼前突然一亮，出现在几个人眼前的是一片不大的平地，原本迷蒙的烟雾细雨在这里突然之间就减弱了很多。

平地中间，几块巨石围绕着几棵古松，巨石神似伏牛，古树却是枝干遒劲，看起来颇有意趣。

朱笑东见此处宽敞，又难得清幽，便笑着要杨薇等人在此处稍作休息。

刚刚坐定，一个拿着一把药锄、背了半背篓草药的老药农从薄雾里踏雾而出，一见朱笑东等人坐在几块伏牛石旁，顿时满脸不满和戒备。

朱笑东一见有人，并且还是本地药农，顿时站起身来，笑迎上去，问了个好，又说："老伯，看这奇石古松，异趣盎然，想必大有来头，不知道这又有什么说法，能不能帮我们说说！"

老药农看朱笑东虽然年纪轻轻，却谈吐文雅，杨薇则是美目流盼，谦逊有礼，怎么看也不似坏人，心里顿时稍有好感，回了礼，放下药锄背篓，掏出一包黄山香烟来，要敬给朱笑东等人。

高原、高大壮两人毫不客气地接了，点燃叼在嘴巴上，均是一副老烟鬼的模样，抽得津津有味。

朱笑东本来不抽烟，但是老农相敬，朱笑东还是接了，抽了一口，被呛得直咳嗽。

老药农见三个男人都抽着烟，这才笑了笑，说："黄山之上，每一个地方，甚至每一块石头、每一棵树，都有一个神奇的传说，不过我看几位面色匆匆，多半不是信步闲游的旅客，能不能说说，你们到这里来，究竟要干什么？"

朱笑东咳嗽了一下，笑着说道："老伯你好眼力，其实，我们只是出差路过这里，但也久闻其名，既然路过，少不得要来寻幽探秘一番，要不然，这一辈子岂不是多了一桩憾事。"

老药农见朱笑东如此回答，微微笑了笑，一语双关地再次问道："你们真不是迷了路，才走到这里来的？"

朱笑东笑着答道："也无所谓迷路不迷路，反正就是兴之所至，不知不觉就到了这里，说起来也算是有缘吧！”

老药农很是淳朴地一笑：“那就好，我以为你们是来逮山货的……”老药农嘴里的“逮山货”也就是盗猎。

黄山景区之内，野生动物资源很是丰富，而且大多是珍稀之物，也就有了不少专门以逮山货为业的宵小。看得出来，老药农对那一类人很是痛恨，说到后来才知道这老药农原来是这一带的护林员，姓黄，名叫志元。

怪不得一见到来历不明的朱笑东等人出现在这荒山野岭，就有股子戒备，敢情是把朱笑东等人也当作是偷偷摸摸前来逮山货的小辈了。

朱笑东笑了笑，问道：“现在还有人干这事？”

“怎么没有！”黄志元愤愤不平道，“尤其是近来，因为管制得厉害，市面上山货价钱猛涨，那些盗猎的也越来越猖狂，唉……”

朱笑东笑了笑说：“这也是没法子的事，我也看不惯很多贪心的人。”随后又问黄志元，“这地方都有些什么传说？”

黄志元见朱笑东等人不愿再提及逮山货、盗猎之类的话题，当下又重重叹了口气，随后说道：“这黄山上的传说之多，说也说不过来，就这伏牛护松的景致，就有个传说。说的是有个农家娃儿，给地主老财做长工，后来去地主老财地里干活的时候，发现一个石槽，觉得扛回家喂猪挺合适的，就带了回去，没想到往石槽倒一点猪食，好几头猪怎么吃也吃不完，往里面倒一点水，怎么舀也舀不完，后来，这娃儿明白了，这就是传说里的‘聚宝盆’。到年底的时候，这娃儿工钱也不要了，就要这聚宝盆，地主老财起了疑心，就暗暗地带着一帮人跟踪，那娃儿扛着聚宝盆，走到这里，累得走不动了，就停下来休息，偏偏他又怕跟踪而来的地主老财把聚宝盆给抢去，于是就挖了个坑，将聚宝盆埋了，还在上面插了根松树枝做记号，不曾想，这后来，就再也找不到聚宝盆了……”

杨薇暗笑：“幸亏胖子不在这里，要不然，那家伙肯定又要对封建老财痛心疾首一番了，弄不好还真的马上就要翻开这地皮来瞧瞧，看看是不是真的有什么聚宝盆!”

朱笑东却是模模糊糊记得，这个传说好像在哪里听到过，但绝对不是出自朱由校的那几本绢册，那绢册上的东西，每个字、每幅图，至今都深深印在他的脑海里。

一时之间想不起也就不去理会，只是对黄志元口里的小娃儿，朱笑东有些佩服：“试想，地主老财的这土地上，事行耕种的何止数代人，为什么偏偏就他一个人能发现异常，当下就能断定这是聚宝盆，恐怕这除了运气使然，更多的也是这个娃儿有见识、眼力才对!”

高原、高大壮以及黄志元都笑了起来，这朱笑东倒也真是有趣，一个民间传说的故事，没想到他还能说出这么“惊人”的见解出来。

朱笑东笑了笑：“所谓民间传说，大多并非是空穴来风之谈，多半只是被传说之人添盐加醋夸大事实而已，要说一点原型都没有，凭空捏造，却是没多大可能。”

“至于那件‘聚宝盆’到底是什么物件，下落又如何，这个就……”

说到这里，朱笑东含笑不语，不再说下去了。

黄志元听到这里，猛然叫了起来：“这么说，还真是有点谱了……”随后，又赶紧闭住了嘴巴，显然是有话想要说，但是又不想让朱笑东等人知道。

黄志元这点小心思又怎么能躲得过朱笑东的眼睛，朱笑东猛然间想起有首诗，一时间禁不住念道：“空山新雨后，天气晚来秋……”

还没念完，黄志元大惊，失声说道：“你知道……你知道这……你们是来……”

朱笑东念叨的正是上次跟胖子在湘南捡到的那块玉牌上的王维的两句诗词，后两句是“明月松间照，清泉石上流”。

另外的半阕“竹喧归浣女，莲动下渔舟，随意春芳歇，王孙自可留。”却是没有出现在那块玉牌上。

但是这前半阕分明就是有所指向，这黄山之上有好几处均有着这样的题刻，只是题刻时间有早晚之分罢了，作为本地看山守林的黄志元不可能不知道。

朱笑东笑了笑，说：“老伯不必多心，我们真的只是路过而已，对于探险寻宝之类的事，我们真没计划，至少这一次到这里，我们没有这样的计划。”

黄志元狐疑地看着朱笑东，只觉得这个年轻人实在是有些神秘，好像什么都知道，又好像什么都不会去做，这就让黄志元心里忐忑不已。

寻思良久，黄志元最终说道：“小朱老板，看来你知道很多事情，不如，我们做个交易，如何？”

朱笑东笑了笑，问：“交易？什么交易！”

黄志元叹了口气：“我们明人也就不说暗话了，本地一直都流传着这样一个传说，说这一首诗是一笔宝藏的指示，但是千百年来，没有一个人参透这笔宝藏到底藏在什么地方。实不相瞒，我活了这五十多年，有将近四十年在这些山里转悠，多半时间也就是怀揣着这个秘密四处寻找，但时至今日，也是一无所获。要不然我们合伙，我把我所知的告诉给你，大家一起找找宝藏，要找到了，大家二一添作五怎么样？”

朱笑东笑了笑，不答，却把目光投向高原、高大壮两人。

高大壮一听有宝藏可寻，顿时来劲儿了，连声问道："这二一添作五，怎么个添法，是你一个人一半，还是我们按人头平分？"

黄志元略一沉默，答道："按说，这地面上的东西，挖出来都得上交，但是能得不少提成奖励，咱们也不能太贪心，要真能找到，咱们就报告上级，得来的奖励我们按人头算，怎么样？"

高大壮笑道："这样啊，那我们就用不着去找了，所谓奖励，那能值几个钱？"

黄志元劝道："小哥，话可不能这么说，有道是君子爱财，取之有道，违法乱纪的事情我可不敢乱来。"

朱笑东却是笑道："黄老伯不必介意，其实这事也就只是我的一个猜想，会不会真的有宝藏，这个谁能说得清楚。要不然这样吧，我们请黄老伯做向导，你老报个价钱，多少都成，找到宝藏，就由黄老伯处理，要找不到的话，黄老伯算是给我们做向导，也不会有什么损失，好不好？"

黄志元想了半晌，摇头说道："既然是大家一块儿去找宝藏，我怎么能再问你们要钱呢？能找到宝藏当然是好，要是找不到宝藏，那也只能说我耽误几天时间而已，我反正是看山的，时间多得是。"

这黄志元算是把话说明白了，只要能找到宝藏，做不做向导，拿不拿那点做向导的钱，真的就是无所谓了。

"话可不能这么说。"杨薇却是笑盈盈地拿了一叠钱，约莫有两三千元，塞到黄志元手里，说道，"看得出来，您老也是一个视钱财如粪土的好人，这点儿钱，就算是耽误您老采药的补偿。"

黄志元稍微推迟了一下，就接了过去。说实话，快要入冬，能采到的草药其实并不多，自己在山里转了大半天也就找到几株党参、七叶一枝花，算算价值，能卖上几十元钱就不错了，这两三千元钱，几乎是这个季节里一多半的外快收入，黄志元要不收，就有点对不起自己了。

黄志元收了钱，又毫不客气地接过高原递过来的精美食品。

吃过了食物，又喝了矿泉水，黄志元把自己这边流传着山里有宝的传说说了出来，无非是：转上三转，金银三担，往东走走，金银满斗……之类的。

然后又问朱笑东，知不知道这山里的具体情况，朱笑东仅仅凭着手里一份从宾馆里拿来的旅游地图册，当然不知道这里的具体情况了。

黄志元见朱笑东没有半点隐瞒，当下说道："这山里沟涧纵横奇峰异石林立，真正好的景致并不完全是在已经开发的主干道上。从这里出发，再往前面走上半天，那里有座石林，那地方，特有意思。"

朱笑东问怎么个有意思法，黄志元说那个地方很是偏僻，地方却很远，远到一般的游客都不愿过去看，一路上危险性也是很大，到目前为止，还没被开发出来，前些年去采药，还发现过被摔死的游客，可见其险恶程度。

那石林偏僻不说，危险程度大也不说，关键在于那些石林"奇"，怎么个奇法，黄志元却也说不大清楚。总之，他看山守林这四十来年也就只去过两次，第一次是二十多岁时无意之中闯进去的，出来之后却生了场大病；最近一次，就在十年前，也是采药的时候无意之间闯进去的，回去之后，又大病了一场。两次进出石林，得了两场大病不说，连怎么进出那个地方的细节都回忆不起来，现在想起来，这也太奇怪了！

高大壮忍不住说道：“四十多年，就进过两次石林，这么说，您这老本地，也还有不熟悉的地方！”

杨薇忍不住笑着说：“那也没什么稀奇，我住了二十多年的地方，也不能说每条街、每条小巷都走过啊！没事谁会去乱穿乱走！”

黄志元红着一张老脸，解释说：“其实我们看山守林，大部分也是有固定路线的，很多地方也不可能都走上一次，何况那个地方，其实并不在我负责的范围以内。”

“是这样啊！”朱笑东笑了笑，又问黄志元，具体路线要怎么走，是不是真的很危险，要不然就不要去了。

黄志元摇了摇头，说：“危险当然是有，只要注意一些，问题应该不大，主要有危险的只有两处，一处是要过一道深涧，一处是下一道绝壁，这两个地方都是必经之处，没办法绕得过去。”

朱笑东不想去，是不想让高原等人去涉险，要说没有好奇心，那绝对是假的。高原不想去，却是出于职责所在，没危险却要去找危险，这算哪门子事啊。

高大壮和杨薇两人却是好奇心大起，危险什么的就不说了，这黄志元去过两次，怎么会连生两场大病，又连进出的细节都给忘记了，那里到底是一个什么样的所在，又会有什么样的秘密？

说得兴起，连朱笑东也心动不已，当下决定，不管怎么回事，去看看！

于是，四个人在黄志元的带领下，弃了原来去看“梦笔生花”的计划，往那个神奇的石林而去。

黄志元说只需要半天路程，实际上何止半天，“望山跑死马”，这一说法就是针对这样的山地地形来说的。

本来朱笑东听说只有半天路程，还以为今天之内就能到达的，没想到走到天黑黄志远说才差不多走了三分之二，原因吗，自然是朱笑东等人行进速度不够快。

确实，朱笑东等人体力虽然不弱，但是比起常年在山林里打转的黄志元，还是差了一点点，最让高原有些惊异的，却是这黄志元好像身上有些功夫！

黄志元身上有功夫，这就让高原有些紧张，所以高原不动声色地试探了几次，只是黄志元每一次都很是巧妙地给隐瞒了过去。

在中途休息的时候，高原找了个空档，悄悄跟高大壮说了，高大壮却是不以为然，还悄悄跟高原开玩笑说他神经过敏，常在山里转悠的人，体质比常人要好这很正常。再说，自己还真没看出来这黄志元有什么功夫，当然，手脚敏捷这个不能算，除了长期在山里转悠，探山挖药也是一项能锻炼身体手脚的活动！

只是开玩笑归开玩笑，两人暗地里却是加倍注意起这个黄志元来，毕竟，朱笑东和杨薇两人的安全是他们的首要职责。

黄志元对高原和高大壮两人的异动却是装聋作哑，当晚，找了个小小的山洞让大家住了进去。

睡到半夜，高大壮起来方便，出了洞口，准备来个大的，没想到刚刚蹲下来，就听见身后窸窸窣窣一阵响动，扭头去看，影影绰绰的树影缝里冒出一点诡异的红光。

高大壮暗暗嘀咕了一声，突然捡起一块石头，往身后的树林里扔了过去，那阵窸窸窣窣的响声顿时停了下来，只是没过片刻，又响了起来，同时，那点红光也消失不见。

这下子可把高大壮惹恼了，蹲在地上，一连扔了四五块石头出去，虽然黑灯瞎火的看不见，但是高大壮可是接受过特殊训练的退伍军人，扔石头的范围就指定在响声发出来的那一片。

声势自然是有些吓人。

几块石头扔完，那边才响起一个瓮声瓮气的声音：“谁啊，老子拉个屎、抽支烟，都不得安生！老子要方便完了，出来扁死你。”

高大壮一惊，随后又是一乐，是黄志元这老家伙，没想到他也出来了，还把自己给吓了一跳，不过作为“回报”，又向他扔了几块石头，把吓自己的给还了回去。

高大壮偷偷地乐着，准备赶紧办完事儿先回去，要不然让这老家伙知道是自己向他扔石头，指不定会发生什么事。

高大壮方便完毕，赶紧回到洞里，一看，这下可是真正吃了一惊，黄志元好好地躺在那里，还睡得十分香甜，根本就没有出去过的迹象。除此之外，朱笑东、杨薇、高原都在，而且个个都睡得很香、很死。

也就是说，自己遇到的，那就是另有其人了！

一想到这个，高大壮顿时满身都是冷汗了，外面是谁？现在怎么办？不会是拿砍刀那一伙人跟过来了吧！

高大壮赶紧摇醒高原，低声把刚才的事情说了一遍，高原也是吃了一惊，本来以为甩掉了那一伙人，怎么又跟了过来。

高原稍微思索了片刻，低声说道：“现在外面一片漆黑，我们贸然出去肯定不利，要不这样，我们把洞里的灯火灭了，再悄悄地出去观察一下，然后视情况而动。”

高大壮点点头，吹熄了风灯，然后跟在高原身后，慢慢地向洞口靠了过去。

外面乌云遮月、高深树阴，真的是一片漆黑。高原不清楚外面的状况，不敢贸然出击，恐怕冒冒失失地出去反而会中了对方的埋伏，于是两个人在洞口蹲了下来，密切注视洞外的动向。

蹲了半晌，高原表示怀疑高大壮的话：“这月黑风高的，你不是出了什么幻觉吧，哪里有什么响动？”

高大壮紧张不已，低声说道：“我几时骗过你，何况，这关系到自己身家性命的事，我敢胡说八道吗？还有，你不是不知道，要说那些鬼鬼怪怪的东西，我是不信的，除此之外，要不是那伙人来了，我还真不会把那些东西当回事。”

高原想了想，也是，像他们这种人，虽然不像胖子口里那种从枪林弹雨里摸爬滚打出来的，但是要说怕什么鬼神，那也是笑话，真要让几个人搬到乱葬岗里睡上一个晚上，说不定还会弄几根死人骨头出来玩儿。

那么除此之外，真正让人害怕的，就只有人了，那一帮没安好心的人。

虽然看不见有什么动静，但是高原他们天生就是稍有动静就会睡不着的人，再说也不敢松懈，两个人蹲在洞口，眼睛望着漆黑的外面，嘴里却是低声交谈着。

正在两人嘀嘀咕咕交谈的时候，突然一道亮光，很亮，就像是闪电，或者是照明弹一样。

这道亮光很是刺眼，虽然不足以让高原跟高大壮两个人立刻失明，但是那片刻的刺激，也足以让两个人的眼睛进入短暂的盲视状态。

多亏高原机警，一伸手，揽住高大壮，两个人一齐伏倒在地上。

这一道亮光闪过之后，两个人耳朵里传来一阵猛烈的窸窸窣窣的声音，像大风吹动树叶，又像有人踏着枯枝碎叶，在慢慢地靠近，那声音，在这漆黑的夜里听起来让人毛骨悚然。

在这一刻，身后的朱笑东“唔”了一声，醒了过来，第一时间睁开眼，却发现漆黑一片，朱笑东摸索着拿出一把手电，摁亮，先是照了照身边睡着的杨薇，见杨薇好好地，然后去看高原等人，猛然间发现高原等人不见了。朱笑东正在奇怪，一抬头，却发现高原跟高大壮两人伏在地上，正不停地向他挥手，比划着手势，要他把手电灭了。

朱笑东一怔，心里虽然好奇，却还是赶紧熄灭了手电，然后紧握着手电，走到高原和高大壮两人身边，低头问道："怎么回事？"

黑暗里，高原低声说道："外面有情况，要保持警惕。"

朱笑东又是一怔，这才抬头去看洞外，在别人的眼里，这时候风高月黑，漆黑一片，但是在朱笑东眼里却完全不一样了，只见洞外的一些小灌木枝叶乱晃，间或几片闪着黄光划过。只是由于距离稍远，又被大树灌木遮挡，朱笑东也看不清楚，那究竟是什么东西，只感觉到冷森森的，很可怕。

而且，那窸窸窣窣的声音还在不断地变大，最后居然还发出"噼噼啪啪"的声响，灌木丛摇晃得也更是厉害，估计"噼噼啪啪"的声音便是灌木折断之时发出来的。

而最怪异的是，那些斑斑点点的黄光十分快速地从树林灌木的中间闪过，看方向，应该就是自己一帮人要去石林那个方向。

"这到底是什么？"朱笑东忍住背上不由自主冒出来的凉气，低声问高原和高大壮两人。

高原面色凝重，一动也不敢动，几乎是身语一般地低声说道："估计是那一帮人想要趁着夜色前来偷袭，朱老板你可要仔细一些才好。"

高原没有朱笑东的目力，当然以为朱笑东问的这是什么声音，但是他却不知道朱笑东问的恰恰不是那声音，而是快速闪动而过的那些斑斑点点的黄光。

好在这“噼噼啪啪”的响声过一阵之后又渐渐远去，直至消失。

好久，高原才长长地吐了口气，正要跟朱笑东解释，猛地又是一阵“稀里哗啦”的响声。这一次声响更厉害，居然还隐隐约约能听到其中夹杂着“嘶嘶”的声音，依旧是从他们来的方向传来，往要他们去的方向而去。

朱笑东运足目力，想要去看到底是什么东西这么怪异，可惜因为隔得太远，中间又被无数树木乱石、灌木野草遮挡了个严严实实，除了能看见草丛灌木枝叶乱晃之外，就只能在偶尔间从缝隙里看到一些快速闪过的发黄的光点。

这一次，这些声响倒是很快就消失了。而后，就再也没有异常的响动。

只是朱笑东、高原、高大壮三个人却再也不敢入睡了，高原认为是前来找麻烦的那一帮人目前情况不明，自然不敢随便出击。

而朱笑东断定是遇到了一种未知的东西，却又怕节外生枝，不敢多说。

于是只能陪着高原、高大壮两人胡扯一阵，坐等天亮。

当高大壮说到他出去方便，黄志元突然搭话的事时，杨薇也醒了过来，摸出手电找到朱笑东等人的位置，这才放心走到洞口。

听了高大壮的叙述，杨薇忍不住倒转手电，去看还在睡觉的黄志元，只是这一看，几个人大惊失色。

不知道什么时候，黄志元已经不见了！

这怎么可能？

“不可能啊！”高大壮叫了起来，“我方便完毕，进到洞里来，还特地去看了他一下，那个时候他都还好好地在打鼾呢，随后，我叫醒了高原，直到现在，一直都守在洞口的，这黄志元怎么就会不明不白地消失了！”

这洞口也就三米来宽，有高原、高大壮两人往地上一趴，别说是个人，就算是一只老鼠要溜出去，两人也该知道的。

洞口也就三米来高，洞壁洞顶都是光秃秃的石壁，除了蝙蝠，估计也没什么人能攀沿着出去，至于里面，那是早就检查过的，不到十米深，除了地上的一层泥土，其余地方全是坚硬无比的石头，黄志元还能土遁不成！

四个人在洞里折腾了一番，除了黄志元的药锄、背篓还在，其余的，就连头发也没留下一根，难道还真是土遁走了？

这时候，天色已经微亮，高原皱着眉头问朱笑东：“这黄志元莫名其妙地就失踪了，要不要报警？让警方来处理这事。”

朱笑东默然半晌：“这事要交给警方处理，多半也是不了了之，因为实在没办法找到任何证据，可以证明不是我们这一帮人害了他，只是这样一来，我们就陷入了无尽的被动当中。”

“不过，昨天晚上有异动，我们不妨先找找看，就算不能证明我们的清白，也可以看看黄志元有没有留下什么线索。”

一说到线索，高大壮马上想了起来：“我去方便，看见树木缝隙里有红光，我扔石头，还被骂了一顿，说拉屎抽烟都不得安生，不如去那个地方看看。”

四人收拾好行李，至于黄志元的东西，就留在了洞里，四个人沿着高大壮昨天晚上方便的路径去查看。

就在不远的地方，果然有一堆粪便，高大壮说，那就是他干的。至于黄志元回话的位置，高大壮比划了一下，就在靠山洞这边不到十米远的地方。

朱笑东看了一遍，发现一个相当奇怪的地方，按高大壮所说，黄志元当时方便的地方和这路边隔了很多灌木杂草，但是方圆二十米以内，却没有发现走过的痕迹，难道说黄志元会飞进去？

就算黄志元会草上飞，为了方便，也犯不着施展那么高深的轻功吧！

怪就怪在几棵大树后面，真的有一堆粪便，而且，地上还有一只烟屁股，一眼就看得出来，正是黄志元身上带着的黄山牌香烟的过滤嘴儿。

高大壮说自己朝这边扔过石头，高原也找到了证据，其中一块石头打在一棵松树上，把松树的外壳打伤了。

为此，高原还拿了这块石头，回到高大壮方便的地方，去一一比对地上的凹陷，也十分顺利地找到了这块石头的出处。

出了黄志元方便的那个地方，朱笑东想起昨天晚上看到的那些怪异的黄光就在前面不远的草丛灌木里闪过，当下决定再去看个究竟。

高原等人自然不知道那么怪异的事，见朱笑东要往对面去看看，一个个忍不住好奇，跟朱笑东一块儿前去查看。

只是没走几步，几个人脸色都发黄了。

怪不得昨天晚上那么大的阵仗，出现在几个人面前的竟然是一个说不出来的怪异场面：足足有一米多宽的一条 U 形槽子，中间所有的灌木小草一溜儿倒向石林的那个方向，就像是被人用什么东西拖着压过去的一般，不少嫩树都给压折了，露出白生生的茬口。

偶尔间，朱笑东还发现地上有巴掌大小的一块薄片状的东西，捡起来一看，颜色半黑半黄，还带着一股子说不出来的味儿，像骚臭，又像是腐臭，拿在手里，很轻，还有一定的硬度，就像是一张纸一般，但是却比纸的韧度强了不知道多少倍，甚至超过了朱笑东等人身上的衣服的强度。朱笑东估计，这应该就是昨天晚上那东西身上的鳞片。

朱笑东心里凛然至极，难道说，这是一条巨大的蟒蛇走过的道路？可是蟒蛇怎么会在这个季节出现，现在天气早就转凉了，尤其是在这个地方，这么凉爽的天气，估计所有的蛇都该冬眠了，怎么还会有这样的东西？再说，这地方有大蛇的传闻，昨天也没听到黄志元提起过，这到底是什么东西？

朱笑东无法解答，但是他也没舍得扔掉这东西，而是把它放进背包里，对于不知道出处、未知的东西，朱笑东一向都很好奇。

高原把这一切原始的证据都用数码相机给录了下来，这才回过头来找朱笑东，问下一步该要怎么办。

朱笑东想了想，说："估计昨天晚上的事大家都有不少的疑问，说实话，我也发现了些怪异的东西，要不然我们就追踪下去，或许，一切谜底都在黄志远说的那个石林里。"

高原等人想了想，也觉得朱笑东说得有理，当下点头答应。

朱笑东建议，干脆循着这条怪异的道路往前追，上天也好，入地也好，一直追下去，还省了开路的麻烦。

商议已毕，四个人大着胆子，跟着这条怪异的道路追了下去，说来也真是奇怪，这开路的"东西"做了很好的选择，走过的道路基本上都是比较平坦而且开阔的地方，就像一架重型机器，上不了坡、下不了坎，只能往平坦的地方走一般，这倒为朱笑东等人一路追踪过来节省了不少体力，行进速度也大大加快了。

只是没想到，不到三个小时，这条怪异的道路带着几个人到了一条小溪边，对岸上就再也看不到这样明显的道路了。在小溪边，朱笑东又发现一块那种巴掌大小、鳞甲似的东西，这东西怪异，朱笑东没舍得扔，打算把它和先前那一块装在一起。

只是朱笑东打开背包，去看先前装鳞片的地方，却忍不住吃了一惊。先前那块鳞片一样的东西，不知道什么原因，这时节已经变得只有不到原来一半大小了，就像是缩水了一般，而且颜色也变得黄灿灿的，就像是一片金叶子，只是远远没有一片金叶子沉重罢了。

看着这金灿灿的树叶一般的东西，高大壮爱不释手，拿在手里把玩不休，高原却是在小溪里四处寻找这样的怪东西，无奈，上上下下找了好几遍，就再也找不到第二片出来。

只是这两片都是朱笑东发现的，高大壮自然不好意思开口向朱笑东索要。

朱笑东笑了笑说："要是你喜欢，那送给你也无不可，反正这玩意儿说不定前面路上也还有。"

在小溪旁稍微吃了点东西，高原却露出迷惑的神色，小溪对岸几十米内的地方都找遍了，再也没找到那种怪异的道路。

难道是那"东西"顺流而下了？这怎么可能，以先前走过的这一段路来看，就算是顺流而下，小溪两边也该要留下痕迹才对，可是高原说没有什么东西直接从小溪里走过的痕迹，至少，五十米之内，没有。

又一个不翼而飞！这就怪了，在不到二十四个小时里，先是黄志元不翼而飞，紧接着，又是留下两块巴掌大小鳞片的"东西"不翼而飞，这荒山到底怎么回事？